시의 구도, 시인의 기상도

김송배 시인의 시월평 공유(1)
시의 구도, 시인의 기상도

* 시월평 대상 문학지(가나다 순)

『계절문학』
『문예사조』
『문학미디어』
『문학세계』
『월간문학』
『지구문학』
『청계문학』
『흔맥문학』

시원
도서출판 ㄴ

시의 구도와 시인의 정신 읽기

시를 쓰거나 읽으면서 또는 시를 가르치면서 가장 먼저 몰두하게 되는 것은 시의 구도이다. 그 시인이 전해주고자하는 메시지가 무엇인가라는 창작의도를 파악하게 되는데 이는 곧 시적 주제를 이해하는 단계일 것이다. 시적 발상이나 표현에서 무엇을 어떤 방식으로 상황을 설정하고 내용을 전개하고 있느냐하는 시의 위의(威儀)나 본령(本領)에서 창출하는 결론적인 주제까지를 살피는 일이 더욱 중요함을 깨닫게 되었다.

지금까지 시 월평이랍시고 시 읽기를 통해서 감상문이나 독후감 정도의 글을 각 문학지에 발표한지도 꽤 오래되었다. 한국 문협 기관지 『월간문학』을 비롯해서 1994년부터 『순수문학』 『문학세계』 『지구문학』 『문학미디어』 『문학저널』 『흰맥문학』 등에서 어줍잖은 월평을 집필하기 시작해서 『계절문학』 『국보

문학』『문예사조』『시와수상문학』『청계문학』 등에서 시 독자와 만나서 호흡을 함께 나누어 왔다.

사실 이러한 월평(月評)을 연재하면서 이와같은 단평(短評)이나 독후감이 독자들에게 시를 읽는데 도움이 되어 시를 이해하기에 길잡이가 될 것인가하는 문제에 대해서 상당한 고심(苦心)을 했던 것도 사실이다. 왜냐하면, 지금의 수준 높은 독자들이나 작품 발표 당사자들에게 창작의도와 상이(相異)한 해석이나 소감들이 발생했을 때 거기에 따른 지적인 변명(辨明)으로 감당할 수 있을까하는 자문(自問)이 앞섰기 때문이다.

또한 본인은 유능한 평론가도 아니며 국문학을 전공한 교수도 아니기에 더욱 위구심(危懼心)을 느꼈던 것이다. 그동안 시를 연마하면서 축적해둔 시론을 다시 복습하는 마음으로 그달에 발표된 작품들을 차분하게 읽으면서 한 시인이 추구하거나 구현하려는 시적인 위상이나 진실이 어느 시점(視點)에서 발흥하고 있는가에서 그의 시 정신을 이해하는 좋은 계기가 되었던 점을 되새기고자 한다.

이러한 월평으로 인해서 시창작 강연(혹은 강의)과 시집 해설에까지 부탁이 와서 교감을 하다보니 그동안 시집해설집을 약 400명의 시인들과 인적, 시적 교류가 이루어져서 평론집을 6권이나 발간하게 되었고 앞으로도 족히 3권 분량의 해설 원고를 보관하게 되었다.

이번 이 '김송배 시 월평집'을 발간하는 이유는 솔직히 이미 발표한 글들을 그냥 버리기에는 약간 아깝다는 생각이 들었고 또한 이러한 월평들이 수록된 문학지와 발표한 당사자들이 다

시 한번 자신의 작품을 조감하는 계기가 되어 새로운 시 창작
에 미력이나마 도움을 줄까하는 조그마한 소망이 따랐다고 고
백하게 된다.

　이미 1998년 이전에 발표한 얼마의 월평들은 평론집에 수록
되어 좋은 반응을 얻었으며 그 이후에 지금까지 모아둔 글과
현재 집필(『문예사조』『문학미디어』)하고 있는 글들을 집대성하
여 제1권 『시의 구도, 시인의 기상도』 제2권 『나는 누구인가에
대한 시적 성찰』 2권으로 묶어두려는 것이다. 앞에 열거한 문학
지들에게 진정한 감사의 마음을 전하면서 이 책의 내용을 공유
하기 바란다.

2019년 청명절(淸明節)에

연희동 우거(寓居)에서

청송(聽松) 김송배(金松培)

∥차 례∥

▌차 례 ▌

❀ 제2부. 삶의 경계에서 조감하는 생명성

✤ 『문학세계』

✤ 『지구문학』

∥차 례∥

❀ 제3부. 시적 담론과 독백의 차이

|차 례|

8

제1부. 시적이냐, 산문적이냐

『월간문학』 (2008. 11. ~ 2009. 2.)

『계절문학』 (2011. 9.)

『문예사조』 (2019. 1. ~ 4.)

『문학미디어』 (2009. 봄 ~ 2019. 봄)

독백 언어의 한계를 넘어

문득, '시를 배우지 않고는 말할 게 없다(不學詩 無以言)'는 공자의 말씀(『논어』계씨편)이 떠오른다. 이는 단순하게 시(詩)와 언(言)의 관계만을 강조한 것은 아니다. 시를 배우는 것은 곧 말을 배운다는 지극히 간다한 논리가 성립한다. 시는 말의 모든 것을 포괄하고 있음을 암시하고 있기 때문이다.

대저, 시란 무엇인가. 이 낡은 질문에 대하여 다시 관심을 갖게 되는 것은 언어가 포괄하고 있는 이 '모든 것'의 탐색 없이 일상적인 담론 같은 시들을 많이 대할 수 있기 때문이다. 시법이나 시학에서 요구하는 이미지와 상징, 비유 등은 전혀 고려하지 않은 채 자신의 넋두리만 늘어놓은 작품을 종종 볼 수 있기에 말이다. 시는 그 효용이나 위의(威儀)에서도 보편성 이상의 진실을 요구하고 있다. 시는 진리이며 단순성이지만, 그 대상에 덮여 있던 상징과 암유(暗喩)의 때를 벗겨서 대상이 눈에 보이지 않고 비정하고 순수하게 될 정도로 짜여 져야 한다는 누구의 말처럼 그냥 풀어헤쳐 놓은 언어가 아니다.

이제 고전이 되었지만, 공자가 시 300편을 두고 '생각에 사악함이 없다(思無邪)'고 요약한 것을 보면 시의 효용은 인간적 감화력을 강조하고 있어서 이미 휴머니즘에 상응하는 존재의 이유를 자문(自問)하는 주제가 포함되어야 할 것이다. 이를 대체로 정리를 해보면 자아를 인식하는 일, 인식된 자아에서 존재를 성찰하는 일, 현실과 성찰과의 사이에서 마찰하는 갈등과 고뇌를 해소하는 일, 그리하여 가치관을 다시 설정하기 위한 해법을 찾는 일 등으로 발전하는 것이다. 이러한 의미성이 정갈한 언어와 조화를 이룰 때 우리는 좋은 시라고 할 수 있을 것이다. 흔히들 형이상시의 개념으로 설명한다. 이는 사물과 관념, 시간과 공간의 화해를 의미한다. 문예비평가 그리이슨의 「형이상 시인론」에서 다음과 같이 언급하고 있다.

> 형이상시란 완전한 의미에서 단테의 『신곡』이라든가, 쿠크레티우스의 『만상의 본질에 대하여』라든가, 괴테의 『파우스트』와 같이 우주에 관한, 또는 삶이라는 위대한 드라마로서 인간 정신을 나타내는 기능에 관한 철학적 개념에서 영감을 얻어 창조된 시를 말한다.

그렇다면, 우리 현대시의 위상은 어떠할까. 유종호 교수는 그의 저서 『시란 무엇인가』에서 '시인이 많고 좋은 시도 많이 나오는 것이 사실이지만 시가 많다는 것은 시 앞에서 두려움과 외경을 느끼지 못하는 현상의 반영이라는 추측도 가능하다. 전통 앞에서 두려움을 느끼지 못하고서 시 전통에 기여하지 못할 것'이라고 단정적 어조로 시인들의 각성을 촉구하고 있다.

이러하듯이 지난호 『월간문학』 '시 47인 특선'에서도 '두려움과 외경을 느끼지 못'하고 발표된 작품들이 많다는 점에 주목하게 된다. 이는 우리 시의 전통이나 독자들에게 기여하지 못한다는 결론에 이른다. 말하자면 독백 언어의 한계를 넘어서야 한다는 것이다. 그러나 평범한 사고나 사유를 지양하고 표현과 묘사가 속되지 않으면서 깊이와 멋이 있는 작품 몇 편은 읽을 수 있다. 이는 주관적인 시 정신을 그 내용에 투영하면서 체험과 감성 등이 적절하게 조화를 이루고 있다는 점에 공감하게 된다.

우체국은 산속에 있다 / 이 가을에 나는 남루한 한 통의 편지 / 산길 초입 그리고 저물녘에서 / 느릿느릿 우체국을 찾아간다 / 블랙홀처럼 어둠은 황홀하다 / 문득 아찔한 절벽 위에 몸을 가눌 때 / 바위에 온몸을 부딪치고 / 으깨어지면서 물은 / 맑고 깊어지는 흩날리는 꽃잎이다 / 바람은 또 이렇게 깊은 산에 들어야 / 솔내음을 풀어낼 수 있는 것 / 이 가을에 / 우체국 소인이 찍히지 않은 사람은 / 아무도 없다

— 나호열의 「느리게」 전문

가슴에 얼레무늬 새겨, 시간의 연 날린다 // 비 내리면 비 맞고, 바람 불면 바람 받고, 눈 내리면 눈 밟는다. 아니다. 고비마다 엉긴 속내 풀어헤쳐 탑돌이 문신(文身) 새긴다 // 내 사랑은 곤두박이치는 벌이줄무늬다.

— 차윤옥의 「나이테」 전문

그렇다. 두 작품 모두 시적 정황이나 구도에서 낯선 것 같으면서도 그렇게 낯설어 보이지 않는 정감을 내포하고 있다. 우선 나호열은 '이 가을'과 '저물녘'이라는 시간성과 '우체국은 산속에 있다'는 공간의 조화에서 '나는 남루한 한 통의 편지'로 분화하는 묘미를 이해하게 되고 결론으로 가을이 되면 '소인이 찍

히지 않은 사람은' 이 세상에 '아무도 없다'는 것이다. 이는 계절적 감응에서 추출한 이미지의 일단으로써 인간(혹은 인생)의 내면에 잠재한 존재의식이 시간과 화해하면서 떠나보내는(또는 어쩔 수 없이 밀려나는) 아쉬움이 투영되고 있다.

차윤옥의 시간적 분화도 동질의 이미지를 이해할 수 있다. '나이테'는 시간의 상징이다. '비 맞고', '바람 받고', '눈 밟는' 정황이 곧 풍상(風霜)의 시간이며 '나이테'이다. 이러한 인고의 시간이 '고비마다 엉긴 속내 풀어헤쳐 탑돌이 문신'을 새기는 것은 바로 자아 인식의 원형으로써 시적인 깊이를 더해주고 있다. 이처럼 시적 소재나 주제에 충만할 수 있는 작품들은 이미지와 연결되는 언어의 마력에서 찾아야 한다. 독백적인 요소가 배제되었다는 것은 시의 위의뿐만 아니라, 시인의 진실을 이해하는데도 도움이 되며 독자의 공감영역을 확산하는데 기여하게 될 것이다.

이 섬이 「그리움이 번진다」에서 '소쩍새가 운다 / 저문 밤이면 어김없이 / 베란다 겹창문 틈새에 울음을 풀어 놓는다 / 소쩍새 울음 속에는 압축과 은유가 있다'라거나 방지원이 「모자에 관하여」에서 '할인매장에서 할인할 수 없는 목숨을 산다' 그리고 한선향이 「휠체어 소녀」에서 '그 문을 열면 / 슬픈 눈동자 창문에서 / 하얀 얼굴의 소녀가 머문다'는 '압축과 은유'의 절묘한 언술들이 보편적 사유를 지양하는 그들의 존재에 관한 진실이다.

여기에서 신석정 시인은 말한다. '시를 쓴다는 것은 생에 대해서 불타오르는 시인의 창조적 정신에서 결실되는 것이니 대상하는 인생을 보다 더 아름답게 영위하려고 의욕하고 그것을 추구·갈망하는 데서 창작된다면 그 시인의 분신이 아닐 수 없다.' 참으로 지당한 말씀이다. 독백 언어의 한계를 넘어가야 하는 교훈으로 새길 것이다. ✳

(『월간문학』 2009. 2.)

자성의 언어 혹은 인식의 미학

　일찍이 괴테는 『잠언과 성찰』에서 진리를 발견하는 것보다도 오류를 인식하는 편이 훨씬 용이하다고 했다. 오류는 표면에 나타나 있으므로 쉽게 정리할 수 있지만, 진리는 깊은 곳에 숨겨져 있으므로 그것을 탐구하는 것은 누구에게나 가능한 일이 아니라는 언지이다. 우리 인간들이 한 생애를 통해서 성찰하는 과정에서 이미 표면화한 오류에 접근하는 일은 쉽다. 그러나 그런 오류들이 현실과 적응할 수 없는 갈등이 상존하게 된다. 이것은 생에 관한 진실의 탐구보다는 갈등의 화해를 구가하려는 인도주의적 해법이라고 할 수 있다.

　그렇다면 우리들은 인간의 진실을 어디에서 찾아야 할까. 물론 선험적인 인생관이나 가치관을 중시하겠지만, 이는 단순한 심리적 변환에서 성취되는 것은 아닐터이다. 왜냐하면, 이러한 가치관의 정립은 보다 지적인 혜안과 형이상적인 정서의 중심축에서 존재의 근원을 탐구하는 고도의 정신세계와 합일하지 않으면 불가능하기 때문이다.

대체로 인식(erkenntnis)이란 이러한 지각과 경험에 바탕해 있으면서도 이 양자를 초월하는 사고방식이다. 한 가지의 감각적 파악으로 보편적인 의미와 일치시키는 것과 또 하나는 보다 더 보편적 성격을 띤 특징들을 통해 의미를 규정하는 특성을 가지게 된다. 현대 시인들은 이와 같은 인식의 근저에서 현현하는 자성의 언어를 탐색하거나 인식의 범주를 확대하는 경향을 엿볼 수 있게 한다. 존재의 본질을 탐구하는 것이다. 철학쪽에서 보면 플라톤의 직관이며 아리스토텔레스의 추상이다. 이러한 현상은 다음과 같이 나타나고 있다.

　그 속에 / 잠겼던 것이 / 긴 세월을 이고 일어섰다 / 그 속엔 / 숨었던 시간이 / 수줍게 일어섰다 // 태초(太初)에 있었던 것처럼 / 전혀 없었던 것 같은 / 그가 / 긴 시공(時空) 세월이란 / 명찰을 달고 / 그 빛 밝히려 일어섰다 // 내 속에 있던 그림자 / 그 속에 있던 빛 / 또다른 그와 내가 / 아련한 그와 내가 / 아련한 시간 건너 서 있었다 // 그는 그의 / 나는 나의 / 아득한 세월을 / 조용히 실눈 뜨고 바라보고 있었다 // 바람도 없는 날.
　　　　　　　　　　　　　　　－ 秋恩姬의 「그─그리움에게」 전문

　우선 '그 속'이라는 미지의 공간에서 유추하는 시간성과의 대위적 개념의 조화를 이해하게 된다. '그 속에 / 잠겼'거나 '숨었던' '긴 세월'과 '시간'이나 '태초'와 '시공'에서 발현하는 '그 빛'과의 연결은 '그는 그의 / 나는 나'에 대한 고차원적 주제인 '그리움'으로 형상화하고 있음을 알 수 있게 한다. 이는 인식론에서 말하는 인식하는 자(인식주관)와 인식대상(객관) 그리고 인식내용의 3원적 상관성을 절묘하게 합일시키고 있다고 할 수 있다. 그것이 '그리움'이라는 주제를 '내 속에 있던 그림자'와

'그 속에 있던 빛'으로 승화함으로써 시적효용을 극명하게 적시하고 있다.

이것을 우리는 존재의(인생의) 재발견에서 수용하는 연민의 양상이며 성찰의 언어라는 점을 간과하지 못한다. 설령 그것이 한 개인의 '그리움'이라고 단정하더라도 인식 미학의 측면에서 사유한다면 시인의 지적혜안으로 직관하거나 유추된 진실이라는 것을 이해하게 된다.

마루 밑에 숨어 사는 어둠과 침묵은 곧잘 헌 고무신짝 속에 들어가 밀담을 나눈다. 그리고 밤이 되면 안마당과 뒤꼍을 오가며 산책을 즐긴다. 저것들도 나만큼이나 늙었다. 왜 집을 떠나지 못할까. 어디 그거나 달려 있는지 거기 한 번 만져 보시게.
　　　　　　　　　　　　　　　　　　 — 金明培의 「은거」 전문

너는 푸른 여백이다 / 무슨 간절함이 있어 텅 비어 있는가 // 세상에는 아직도 / 며칠째 안개비 내리고 // 바람은 어디서부터 와서 어디로 황급히 가는가 / 말해다오 // 그러나 우리들은 지금 / 끝내 / 저 섬의 몸에 닿지 못한다.
　　 — 김성춘의 「섬—아, 구차한 나날이다. 오늘이여. 장석남」 전문

김명배의 '은거'는 '어둠과 침묵'의 '밀담'으로 시작한다. 과히 형이상적인 인식이다. 이 '은거'라는 의미에서 이미 우리들은 주제의 향방을 예측할 수 있겠으나 그는 '나만큼 늙었었다'는 단정으로 '어둠과 침묵' 그리고 '은거'의 내밀한 상보성을 적시함으로써 자아를 발견하고 재인식하는 여과장치를 설정하고 있는 것이다.

한편 김성춘은 '푸른 여백'과 '텅 비어 있'음을 '섬'이라는 어

느 공간을 설정하여 거기에 '닿지 못'하는 갈등의 요소가 표출되고 있다. 이는 그가 '우리들'이라는 공감의 영역을 확대함으로써 인식의 세계를 존재의 본질로 접근하려는 시적사유의 발현이다.

이처럼 자아를 재발견하고 성찰하는 과정에서 우리는 이미 갈등과의 화해요소를 짐작하게 된다. 이러한 인식의 단계가 시적이냐 산문적이냐 하는 것은 일상인의 사유와 시인의 지적사유와 판이하게 나타나는 것은 당연한 일이다. 그것은 시 창작상의 각별한 필연이기도 하지만, 시인들의 시 정신의 원천이 되는 인식의 상황(사물이든, 관념이든)이 근원적으로 감성(感性)과 오성(悟性), 이성(理性) 등의 심리적인 체계가 정립된 인식미학의 정수라고 할 수 있을 것이다.

박순길이 '배는 뜨기 위해 / 제 속을 다 파낸다'는 「준비」나 임기원이 '길 위에 서면 / 또 하나 건너야 할 강이 있다'는 「허공」, 김성수가 '산이 산을 낳아 / 호숫물에 헹구고 있다'는 「처신」, 고정애의 '이 새벽 어둠 속 남몰래 엎드려 / 부시로 부싯돌을 세차게 치고 있는 / 실루엣'이라는 「불덩어리 열매」 그리고 권선옥이 '내일이면 내 몸은 또 / 어제처럼 무거워질 것이다 / 세상의 모든 것을 버려야 한다 / 세상의 것들은 모두 독이 스미어 있다'는 「독(毒)은 무겁다」 등의 작품에서 고차원적 자성의 언어와 인식의 미학을 읽을 수 있게 하고 있다.

그러나 배두순의 「달의 자식」에서는 요즘 성행하는 하나의 스토리를 전개하여 메시지를 전달하거나 주제를 창출하려는 시법을 접하게 되는데, 이와 같은 표현기법의 변화는 이제 실험단계를 지나 많은 시인들이 작품에 적응시키는 새로운 경향으로 안착하고 있음을 이해하게 된다. ✳

(『월간문학』 2008. 11.)

자문(自問)의 시학, 현답(賢答)의 해법

현대시의 표현기법을 살펴보면 대체로 일반 문장법에서 볼 수 있는 평서문(平敍文)으로서 사물을 객관적으로 서술하여 마침표를 찍는 서술형 종결어미를 사용하는 경우가 대종(大宗)을 이룬다. 가령 이민영의 「꽃씨」에서 '꽃씨를 땅에 놓고/기도처럼 흙으로 묻었습니다'와 또는 함홍근의 「농번기」에서 '일터를 잡고/보람으로 일으켜 간다'는 등과 같이 '습니다'와 '간다'로 종결하는 문장법이다.

우리의 문장법에는 이외에도 김성덕의 「이별 연습」에서 '허무의 곳간에 그리 많은 욕심/쟁여두지 마세' 또는 한수종의 「붉은 치마」에서 '붓끝에서 넘치는 부정(父情), 부정(夫情)/학문에 힘쓰고 효도하라'처럼 명령형 종결어미인 명령문이 있는가하면, 감탄형 종결어미로 끝나면서 느낌표를 붙이는 감탄문도 잘 활용하면 좋은 시 문장으로 활용할 수 있음을 잘 알고 있다.

여기 『계절문학』 여름호(통권 15호)에서 심도(深度)있게 살펴본 문장은 주제에 대한 의문적 서술인 의문형 종결어미가 많다는 점이다. 이는 문장뿐만 아니라, 시인들이 스스로 소재와 주제에 대해서 의문을 제기함으로써 명징한 해법을 다양하게 찾으려는 시법(詩法)의 하나라고 할 수 있다.

타다 남은 불씨가 숨쉰다 / 침묵의 영혼들이 깨어나 / 검은 빛을
따라 / 저 넓은 광장을 응시하는데 / 그대는 누구를 만나려 왔는가
　　　　　　　　　　　　　- 이만근의 「잿더미 속에서」 중에서

짧지도 길지도 않은 인생 / 최선을 다한다고 말하련다 / 이제 황
혼이 나를 붉게 물들이고 있는데 / 이름 석 자 제대로 남기지 못
하고 / 나는 어디를 향해 / 더 가야 하는 걸까
　　　　　　　　　　　　- 최정자의 「묻지마라 내 갈 길을」 중에서

몇 굽이를 돌아서야 / 세월의 굽이를 알고 / 몇 십 폭을 떨어져서
야 / 인생의 깊이를 알까 / 계곡 고인 쪽빛 옥수가 / 시퍼렇게 멍든
상처였다는 / 고행(苦行)의 화두(話頭)를 깨달을 때 / 인생은 어디
쯤 가고 있을까
　　　　　　　　　　- 장순휘의 「유수부쟁선(流水不爭先)」 중에서

　여기에 인용한 작품들은 모두가 의미심장한 주제를 탐색하고
있다. '짧지도 길지도 않은 인생'과 '인생의 깊이를 알까' 또는
'인생은 어디쯤 가고 있을까'라는 등의 어조가 적시하듯이 우리
들의 관념에서 깊게 흐르고 있는 '인생'에 관한 문제들을 '더
가야하는 걸까'라는 등의 의문형으로 시적 구도를 형성하고 있
다. 이러한 시적 상황의 설정은 시인들이 불확실성 혹은 미확인
의 진실에 대한 의문을 스스로 제기하여 해법에 근접하는 담론
으로 구성하는 그 시인의 테크닉이지만, 그 뒤에서 표면화하지

않은 그들의 심오한 철학이나 사상들은 상당한 설득력을 함구(緘口)하고 있다고 볼 수 있다.

이처럼 우리가 인생의 문제를 시적으로 접근하는 일은 일반 담론과는 많은 차이가 있다. 일찍이 비트겐슈타인의 「반철학적 단장」이란 글에서 '인간에게 영원한 것, 중요한 것은 불투명한 베일에 싸여 있다. 베일 저쪽에 무엇이 있는지 알고 있지만 그 모습은 보이지 않는다. 베일에 대낮의 불빛을 반사하고 있기 때문이다.'라고 한 바와 같이 인생에 관한 '고행의 화두'를 위해서 미지의 불투명을 탐지하고 있다.

정일남도 그의 「생(生)」이라는 작품에서 '여태까지 숨쉬고 살지만 내가 언제 / 숨쉬는 것을 느낀 적이 있었던가'라고 자문을 하고 있으나 '자책 없는 생은 민들레 홀씨만도 못하다' 거나 '나는 울음의 귀재인 귀뚜라미만도 못했다'는 자조(自嘲)의 해법으로 자신과의 의미있는 메시지로 대화를 즐기고 있다.

해가 곤두박질하기 전에 / 얼크러진 매듭 / 저만치에 밀어 놓은 채 / 고운 실타래 / 그대 목에 걸어 드릴까
　　　　　　　　　　　　　　　　 － 김하은의 「매듭」 중에서

김하은 역시 '그대 목에 걸어 드릴까'라는 예측과 예상이 불가능한 현실적인 고뇌를 자문으로 적시하고 있으나 이러한 의문의 근저(根底)에는 그가 탐색하는 '생'이나 인생의 문제에서 적절한 해법을 발견하지 못한 고뇌와 갈등의 요소가 산재해 있다는 그의 내면을 읽을 수 있게 한다.

대체로 다른 작품에서는 이러한 자문의 설정이 없고 의혹과 문제점을 바로 자신의 견해로 답하는 경향도 엿볼 수 있다. 최원규는 작품 「황사 속에서」에서 먼저 '저승의 날씨는 오늘 같을

까'라고 전제하고 '짙은 안개 속에 서서히 침몰해가는 남루한 함정의 비운인가 시간을 잃어버린 흔적이 없어졌기 때문이다.'라거나 '주체할 수 없는 인연의 사연들이 넘쳐나기 때문이다.' 혹은 '난폭한 바람은 나를 볼 수 없고 설 수 없게 하기 때문이다.'라고 그 이유를 '때문이다.'라는 어휘로 결론을 적시하여 현답의 해법으로 문제를 풀어나가고 있다.

> 납작한 호박씨 한 개가 / 맨발로 흙을 밟고 자란 / 야성의 근성 때문이다 // 칠팔월 폭양 아래서도 / 할 일 다 마치려고 / 두 팔 걷어붙이고 나선 / 필사의 정신 때문이다 // 그러니 늦가을 서리 내리면 / 생사지경 오간 마른 줄기에 / 엉덩짝만한 저게 열릴 수밖에 / 속에서 씨가 여물 수밖에.
>
> — 권달웅의 「호박」 전문

이 작품에서도 '때문이다'라는 종결어미로 앞의 시적 구도에 대한 해답을 설명하고 있다. 이러한 '호박씨'가 자라는 '야성의 근성'과 '필사의 정신'이 곧 우리 인생에서 빚어지는 갈등이 화해하는 '열릴 수밖에' 혹은 '여물 수밖에'라는 화자의 해법을 이해하게 된다.

박성철도 작품 「꽃의 전설」에서 '꽃들은 / 사람들이 꿈꾸기만 하고 / 잠 못 깨서 그렇지 / 세상이 천국이고 극락이라고 미소를 뿌린다 / 온갖 향기의 꽃이 피어나는 곳이기 때문이다.'라고 꽃의 이유를 역시 '때문이다'는 어휘를 종결하여 그가 지향하려는 '꽃 필 때 기쁨, 꽃 질 때 슬픔은 / 새 생명의 우렁찬 울음소리만 하리'라는 존재의 문제를 인식하고 있다.

송진현도 '새로 지어도 새옷이랄 수 없는 / 오래 입어도 헌옷이라 수도 없는 / 통일대한민국이란 평상복 / 어서어서 내놔내놔 /

노래 부르는 것도 이 때문.'이라고 작품 「평상복이 좋다」에서 그 의미를 밝히고 있어서 그가 사회성 짙은 내용의 일단으로 '행사장 출입 때나 입을 뿐'이거나 '재활용 수집함에 넣고 싶을 뿐'이라는 단정의 해법을 정리하고 있다.

> 옛길은 늘 집 밖에 있어 / 우산도 없이 / 가로등 아래 들꽃 사이로 낙엽을 깔고 / 내 발끝을 바라보고 있어 // 무슨 말을 해야 할까 // 고개를 들면 / 하늘 끝자락 붙들고 / 내 안을 걷고 있어.
> — 권혁수의 「옛길」 전문

여기에서 '무슨 말을 해야 할까'라는 자문의 형식을 빌어서 과거의 시간성에서 생성하는 '옛길'이 권혁수의 상상력을 통해서 '내 안을 걷고 있어.'라고 함축적인 결론을 유로(流露)하고 있다. 이러한 구도는 전홍구가 '내가 몰래 먹는 까닭을 당신이 안다면-중략-왜 먹었는지는 나중에 알게 될 거야.(「나중에」 중에서)'라거나 김규봉이 '내가 / 바람 되어 찾아가면 / 소담한 가슴 / 열어 보여 주려나.(「붓꽃」 중에서)'와 같이 예비적인 의문과 해답을 동시에 현현하고 있음도 특이하다.

한편 김기진은 작품 「취해보니 알겠다」에서 '망각의 대가로 비워버린 주머니 채울 길 막막하듯 / 삶도 그러하지 않을까 / 허송한 세월들 돌이킬 길 막막하다는 것을'이라고 삶에 대한 몇 가지 제언을 '삶도 그러하지 않을까'라고 자문을 하면서 나름대로의 지향적인 사유에서 추출한 해법을 '.....는 것을'이라고 정리하고 있다.

최현희는 「가을에 피는 꽃」에서 '그윽한 가을꽃들의 향연이 끝나면 / 다시 내년을 기다리며 침묵하였지 / 아쉬움도 그리움도 이겨 내리라.'는 단호한 어법으로, 금동건은 「그렇게 살다가 갈

것을」에서 '삶은 그리 만만치 않은 사실 / 계절이 바뀌는 것도 비가 내리는 것도 눈이 내리는 것도 / 태어난 삶도 힘들고 무겁다는 증거가 아니던가'라는 어조로 '삶이 힘들어 자살한 친구를 보내면서' 그의 감성이 실재(實在)에 대한 실증적인 시적상황을 토로하고 있다.

우리는 대문호 톨스토이가 「참회록」에서 말한 것처럼 삶의 의문에 대한 탐구는 마치 깊은 숲속에서 길 잃은 사람이 경험한 것과 똑 같은 경험이라는 것과 같이 시속에 투영되는 자문의 시법은 인생에 관해서 새로운 해법을 탐색하는 근원으로 정립하는 특징을 살펴볼 수 있는 작품들을 많이 대할 수 있었다. ✳

(『계절문학』 2011. 9. 제16호)

세모에 접하는 시간성의 이미지

  '2019. 근하신년'. 다사다난했던 무술년(戊戌年)을 떠나보내고 기해년(己亥年) 새해를 맞이한다. 몇 년 전까지만 해도 연하장을 문구점에서 사서 보내거나 붓으로 직접 쓰고 낙관을 찍어서 맛깔나게 새해의 축하 인사를 했지만 지금은 인터넷의 발달로 이메일에 몇 자 적어 송신하는 문명이기의 혜택을 누리고 있으나 멋스런 향취가 없다.

  우리는 해가 바뀌면 어김없이 새롭고 진취적인 일년지계(一年之計)를 구상한다. 과연 우리 시인들은 어떤 계획을 세우고 있을까. 우선 좋은 시 한 편 창작하는 꿈을 꾸게 되고 이를 성취하기 위해서 다양한 사유(思惟)의 현장으로 활발하게 정중동(靜中動)의 세상을 넘나들게 될 것이다. 그런데 문제는 이러한 시의 창작을 위한 고뇌가 시인 자신에게 어떠한 충족의 기회를 제공하느냐 즉 시의 효용의 범주(範疇)를 생각하게 하는데 '나는 그냥 시가 좋아서'라는 우답(愚答)은 적절하지가 않다.

  대체로 시는 일찍이 공자가 말씀하신대로 '시는 감흥을 일으

24

키고 사물을 살필 수 있게 하고 불의를 나무랄 수 있게 하며-중략-새와 짐승, 풀과 나무의 이름을 많이 알게 한다(詩 可以興 可以觀 可以怨－多識於鳥獸草木之名＝논어 계씨편)'는 사물 응시(凝視)에서 생성하는 감흥이 시가 우리들에게 제공하는 일종의 지향점이라고 할 수 있을 것이다.

> 시를 찾아 오래도록 / 세상의 들판을 헤매었다 // 더러는 / 이방의 숲을 나는 새였고 / 더러는 / 머나먼 해변의 바람이었다 // 볼품없는 나의 내부로부터 / 쏟아낸 언어의 미아들에게 / 이제는 고해를 해야 할 때다 // 생애의 날것들을 익히며 / 깃든 새와 풀잎을 보듬으며 / 지는 꽃의 아름다운 눈물로 / 한 점이 된 격렬비열도쯤에서.
> — 강외숙의 「시에 관한 고백」 전문

이처럼 한편의 시를 위해서 강외숙은 '세상의 들판을 헤매'면서 다양한 사물들과 교감하고 있다. 숲과 새와 해변의 바람과 '지는 꽃의 아름다운 눈물'과의 상관성은 공자가 말씀하신 시의 효용과 흡사한 사유를 분사(噴射)하고 있어서 그가 시를 위한 처절한 고뇌를 감수하고 있음을 이해할 수 있다.

그의 고백은 이러한 사물을 통해서 그의 내부로부터 '쏟아낸 언어의 미아들에게 / 이제는 고해를 해야 할 때'라는 어조로 스스로를 인식하면서 성찰하는 시법(詩法)으로 문제의 해법을 탐색하고 있다. 그동안 그는 상당한 시력(詩歷)을 축적해오면서도 언제나 부닥치는 시적인 마력에 자신이 흡인하는 진실과의 화해를 위한 고뇌가 발현되고 있어서 이는 현실적인 시인들의 고통이라고 할 수도 있을 것이다.

지난해에는 사회적으로(혹은 현실적으로) 많은 변화가 생성하였다. 우선 남북회담이 가장 큰 이슈로 등장하여 세계의 이목을 집중한 바 있으나 우리 국민들의 생각이나 반응은 어쩐일인지 시큰둥한 표정들이다. 이는 아마도 경제문제가 뒷전으로 밀려서 서민들의 의식주 걱정이 불안하다는 당면문제에서 기인된 것이 아닌가하는 아둔한 생각이 앞서는 것은 어인 일일까.

우리 문단에서도 크고 작은 많은 행사들이 있었다. 특히 12월에는 2018년을 마무리 하면서 연말행사가 줄줄이 열렸는데 이 중에서도 각종 문학상시상식, 송년회, 사화집 출판기념회, 정기총회 등등이 시선을 끌었다. 여기『문예사조』에서도 '제29회 문예사조문학상 및 사화집 출판기념회'가 전국의 문예사조문인들이 대거 참석하여 대성황을 이루었다.

각설하고 지난 12월호『문예사조』에는 많은 시인들의 작품이 발표되었다. 여기에는 12월에 관한 시간성의 작품(作風)을 다수 읽을 수 있어서 눈길을 흡인하고 있다. 대체로 시인들은 그가 착목(着目)하는 사물들에서 발상하거나 이미지를 창출하는 경향이 많은데 이 무형의 시간성에서 탐색하는 시법이 세모(歲暮)와 더불어 잘 어울리고 있다.

> 메마른 통증에 삐걱거리는 뼛소리 // 소리 없는 울음 / 다 채워주지 못한 냉가슴이다 // 어려운 시절 배곯지 않게 / 살점을 당신에게 떼다 먹이던 그들 / 지금도 변함 없는데 / 예전이 싫은 당신은 / 초라하게 남은 시간의 흔적을 발라내고 있다 // 초록물 빠진 나뭇잎처럼 / 쩍쩍 갈라지는 소리 / 아이고, 소리를 지팡이처럼 짚고 일어선다 // 수북한 상채기 굴곡진 몸으로 / 저 미안해만 하는 그들 / 부모라는 이유 하나만으로 / 그들이 당신을 위해 기도하고 있다 // 12월이 어디론가 떠날 채비를 하고 있다.
>
> — 이희국의 「12월」 전문

이희국은 떠나는 12월이 아쉽기만 한 회억(回憶)으로 가득 차 있다. 그가 동원하는 시어(詩語)가 대체로 과거 우리의 일상적인 생활에서 생성한 체험의 분출로 혹은 삶의 궤적(軌跡)의 언어로 재생하는 그의 어조는 독자들의 공감을 유로하기에 충분하다.

그는 '메마른 통증'이나 '소리 없는 울음', '다 채워주지 못한 냉가슴', '어려운 시절 배곯지 않게' 그리고 '살점을 당신에게 떼다 먹이던 그들'이라는 시적인 상황도입이나 전개가 그의 뇌리에는 아직도 지워지지 않는 불망(不忘)의 언어로 남아 있는 것이다. 일찍이 프랑스 상징주의의 비조(鼻祖) C.P.보들레르는 '기쁨이든 슬픔이든 시는 항상 그 자체 속에 이상을 좇는 신과 같은 성격을 갖고 있다.'는 말로 시를 옹호하고 있다. 이희국도 '초라하게 남은 시간의 흔적'이 시적인 범주에서 자신의 내면에 잠재한 '기도'로 재현되고 있는 것이다.

그는 함께 발표한 「승부역」에서도 '삶에 떠밀려온 막장'과 '막장 안의 시간은 더디고 / 거친 호흡의 곡갱이들은 캄캄한 어둠을 허물고 있었다'라는 어조로 시간성에서 분사하는 인간들의 노고를 투영하고 있다. 그러나 '막걸리 한 사발, 몇 개비의 담배로 / 검은 가슴을 풀어내던 사람들 / 지금은 모두 어디로 갔을까'라는 지난 시간의 '시름'을 현현하고 있어서 무형의 시간(혹은 세월)과 인간의 현실이 교차하는 그의 지향점을 읽을 수 있게 한다.

가끔씩 입동에 이는 바람에 / 가랑잎 지는 흔적조차 지우고 / 사랑채 아버지의 밭은 기침소리와 / 언년이 부르는 할머니의 목쉰 소리는 / 입동의 문전에 이는 바람에 / 기억의 흔적마저 지운다 // 이제는 홀로 세월의 무게를 안고 / 어쩌다 이는 바람에도 흔들리며 / 정겹게 부르는 소리조차 들리지 않은 / 피안으로 향하여 도피하는 / 이승에서 소멸 되는 / 또 하나의 흔적이어라.
- 가경진의 「12월의 소회」 전문

가경진의 '12월'도 시간성과 동시에 생성한 '기억의 흔적'에 관한 이미지의 재생이다. 이러한 이미지의 창출은 그의 체험(혹은 궤적)에서 회상하는 가운데 그의 실생활(real life) 속의 사유와 상관하는 '세월의 무게'가 바로 '사랑채 아버지' 또는 '언년이 부르는 할머니'로 전이하여 이제는 그가 결론으로 적시한 바와 같이 '피안으로 향햐여 도피하는 / 이승에서 소멸 되는 / 또 하나의 흔적'으로 흡인하고 있다.

이러한 시간의 이미지는 과거와 현재 그리고 미래라는 상황에서 창출하는 시창작의 모태가 되는 부분이다. 일찍이 '시간은 영혼의 생명이다'라고 까지 고차원으로 언급한 저 유명한 롱펠로 시인의 명언처럼 '세월＝흔적'이라는 등식을 성립시키는 세모의 언어로 흡인되고 있다.

한 해의 끝자락이다 / 길어진 밤처럼 생각은 생각의 꼬리를 물고 / 자르지 못하는 생각의 꼬리는 / 도마 위 비린 고등어 한 손이다 / 무딘 칼 한 자루 손에 들고 밤이 깊다 // 새벽녘 연탄불 갈기 위해 윗목 아버지 옷을 슬며시 걸치고 / 조용히 밖으로 나가던 어머니의 모습은 / 잠을 털고 일어나 소금에 절인 김장배추를 뒤집으러 나가던 / 뒷모습과 닮았다 / 연탄을 넉넉히 들여놓고 / 가을 무를 땅 속에 묻어두고 그 위를 자근자근 밟아주던 어머니 // 오랫동안 한쪽으로 비껴서 있던 / 이부자리 끌어당기는 그 무는 바람이 들고 / 바람이 그리움처럼 창문 틈으로 들어온다.
- 조경숙의 「무는 바람이 들고」 전문

조경숙의 시간은 어떠한가. '한 해의 끝자락'에 다시 챙겨보는 '그리움'의 재생이 고즈넉하게 현현되고 있다. 그는 새벽녘 연탄불을 갈기 위해 밖으로 나가던 어머니의 모습과 '가을무를 땅 속에 묻어두고 그 위를 자근자근 밟아주던 어머니'의 '뒷모습'을 통해서 해마다 김장철이 되면 다시 생성하는 그리움이 바람든 무와 세월을 상관하고 있다.

이처럼 이미지는 체험의 산물이며 체험을 성립시키는 존재나 대상에 의해서 떠올리는 상상의 산물이라고 할 수 있다. 대체로 직접 외계의 자극에 의하지 않고 기억과 연상작용에 의해서 마음속에 생성하는 상(像)을 이미지라고 하는데 상상에는 우리의 의식의 주체가 되는 오욕(五慾)칠정(七情)에 의해서 발현된다.

시작이 언제였는가, 어느새 재현일까 / 보내고 맞이하는 시간이 가까워질 때가 / 다가오면서 모여드는 인파가 촘촘히 메워진다 // 이따금 이만큼 더 크게 더 높게 / 성당에서 오는 바람이 구름에 길어 나르며 / 산을 넘고 내를 건너 들판을 달려 메아리쳐 간다 // 눈이 내리는 날에도 어김없이 들려주려고 / 그와의 만남이 언제였는가를 생각하며 / 온 세상 축복을 위한 제야의 기도 소리가 // 저 먼 동구 밖에서 타고 온 종소리와 함께 / 새벽 바람에 실려 들려오곤 했지 / 제야의 굴레는 바람에 실려 솟는 시점이 // 조각 조각 온 세상을 샅샅이 누비면서 / 되돌아보는 순간에도 미지로 이어지는 / 사랑의 종소리가 온 누리에 울려 퍼진다.
                    ─ 홍중완의 「제야의 종소리」 전문

홍중완의 시간은 '제야'이다. 이 제야는 한 해를 마감하는 시간이다. 그는 '보내고 맞이하는 시간'에서 탐색하는 것은 '온 세상 축복을 위한 제야의 기도 소리'를 '사랑의 종소리'로 전이시키고 있다. 이처럼 그는 청각적인 이미지를 시간과 화해하면서 투영하는 영하의 매서운 날씨를 훈훈하게 장식하고 있다. 그리고 그는 '되돌아보는 순간'이라는 상황설정에서 실재(實在)의 상황보다는 순간적으로 요약된 회상의 심리적인 그림 즉 이미지가 작품의 동기로 되살아나는 그 기능을 언어의 감촉으로 심상(心象)의 세계를 발현하는 것이다.

그는 함께 발표한 「수다 삼매경」에서도 '지나온 시간들을 더듬거려 보고는 / 숱한 기억들을 돌아보곤 되묻고 / 여느 고요함도 말수가 많아져 간다'거나 '시간 속으로 창문의 색깔도 잊은 채 / 한나절 밤낮 사이로 올 한 해 계절은 / 수다 삼매경에 후다닥 저물어 간다'는 시간성 어조로 그의 세모 언어가 다양한 의미를 제공하고 있다.

상고대 서리꽃 필 무렵이면 / 오색빛 물든 단풍잎새도 / 한 잎 두 잎 바람에 흩날리고 / 내 나이 나이테도 / 한 바퀴, 두 바퀴 왕거미 집을 짓듯 / 늘어만 간다 // 깊게 패인 밭고랑 따라 / 귀밑머리도 갈대숲을 닮아 가는데 / 한세월 지나면서도 단풍잎 산수화의 뜻을 / 터득하지 못함을 부끄럽게 생각한다 // 그 언제인가 / 하찮은 내 묘지 위에 잠시나마 머물다 갈 / 단풍든 잎새이기에 / 밟지 못하고 빗겨간다.

　　　　　　　　　　　　　　　　－ 향로 오윤근의 「단풍든 잎새」 전문

오윤근은 '단풍'이라는 소재에서 '내 나이'나 '내 묘지' 등의 표현으로 시적인 화자 '내'를 대입하여 세월과의 상관성을 심도(深度)있게 추적하고 있다. 특히 '그 언제인가 / 하찮은 내 묘지 위에 잠시나마 머물다 갈 / 단풍든 잎새'라는 자신의 인지(認知)를 통한 성찰의 정감을 나타내고 있다. 더구나 '한세월 지나면

30

서도 단풍잎 산수화의 뜻을 / 터득하지 못함을 부끄럽게 생각한다'는 자의식(自意識–self consciousness)은 그가 함축하는 시간의 의미를 충족시키고 있음을 이해하게 된다.

함께 발표한 「백년 손님」에서도 '인생이란 누구나 한 번 오고 갈 백년 손님 / 타고난 전생의 업보 따라 / 천태만상(千態萬象)을 겪고 / 천고만난(千苦萬難)을 두루 감수하며 / 망구(望九)에 이르기까지 삶을 영위하지 않았던가'라는 어조로 인생과 세월을 융합해서 의미심장한 인생론을 적시하고 있어서 우리들 공감을 유로하고 있다.

이처럼 작년 12월에는 시간과 교감하는 작품들을 다수 접할 수가 있었는데 대체로 과거의 행적에서 형상화한 이미지들이 대종을 이루었다. 이는 바로 시간성이 우리 인간에게 제공한 소중한 체험들이 불망의 언어로 현현되었다는 시적 정황들이 아늑한 정서로 작품이 창작되었다는 점을 간과(看過)할 수 없었다.

지난호에는 이 밖에도 원로 김종상 시인이 「머리를 숙이면」 외1편으로 '시로 쓴 역사 이야기'를, 오동춘 시인이 「이태리를 여행하며」 연작 4편을 '유럽 기행시'로 발표하여 시를 통한 교양과 교시적인 기능을 전달하고 있어서 시 읽기에 많은 도움을 제공하여 우리 모두를 훈훈한 2019년 새해로 인도하고 있었다. ✱

(『문예사조』 2019. 1.)

'삶과 죽음의 경계선' 그리고 인생론

　2월이다. 지난 1월은 신춘문예의 애환이 서린 희비(喜悲)의 달이었다. 매년 1월 1일이 되면 신문 가판대에서 일간지를 모두 사와서 신춘문예 당선작을 스크랩했던 시절이 떠오른다. 지금은 인터넷으로 검색하면 집에 편히 앉아서 확인할 수도 있어서 그만큼 지난 세월과 더불어 문명의 혜택을 누리는 편리함에 익숙해졌다. 올해에도 어김없이 중앙일간지를 비롯해서 각 지방지까지도 신춘문예 당선작을 발표하고 있어서 지금도 신춘문예의 열풍이 넘치고 있는 듯하다. 당시에는 일반 문학지보다는 신춘문예 당선을 최고의 인생목표로 설정하고 식음을 전폐하는 문학지망생도 많았었다.

　그런데 언제부터인가 신춘 당선작품들이 일반 서정성을 초월하여 언어의 활용과 표현기법이 1980년대까지의 잔잔한 구도가 보이지 않고 지적(知的)인 주제의 창출을 높이기 위해서인지 몰라도 너무나 낯선 이미지와 생소한 언어로 시를 난해(難解)하게 직조(織造)하고 있다는 느낌이 드는 것은 어인 일일까. 또 한편으로는 현대시가 정형적인 운율을 배제하고 산문화하고 있다는 특이성을 발견하게 된다. 시작법에는 산문시의 영역도 있다. 우리의 산문시는 대체로 근대 자유시의 형성과 발전에 큰 영향을 준 작품으로 1919년 2월, 김동인, 전영택 등과 함께 만든 동인지 『창조(創造)』의 창간호에 발표된 주요한의 「불노리」를 말하고 있다.

> 아아 날이 저문다, 서편(西便)하늘에, 외로운 江물 위에, 스러져 가는 분홍빛 놀…… 아아 해가 저물면 해가 저물면, 날마다, 살 구나무 그늘에 혼자 우는 밤이 또 오건마는, 오늘은 사월(西月) 이라 파일날, 큰길을 물밀어가는 사람소리는 듣기만 하여도 흥 성스러운 것을 왜 나만 혼자 가슴에 눈물을 참을 수 없는고?

주요한의 「불노리」 앞 부분인데 이 작품은 4월 초파일 대동 강에서 벌어지는 불놀이를 보며 죽은 애인을 그리워하던 젊은 이가 죽음의 유혹에 휩싸이다가 삶의 의지를 회복하는 이야기 가 담겼다. 이는 신체시의 시발점으로 잡는 최남선의 「해에게서 소년에게」가 다분히 계몽적이고 설교적인 데 반해 이 시는 서 정적이며 대담한 표현을 쓰고 있어서 종래의 한국 시가(詩歌)의 율격을 과감하게 거부하고 산문조의 긴 호흡을 시도했기 때문 에 언뜻 산문형태로 보이지만 3음보의 자유시이다.

이 시의 표현상 특징은 구태의연한 정형성을 탈피하고 자유 로운 시형을 선택하고 있으며 내부에 응축된 감정을 절제 없이 격렬하게 토로하여 산문적인 형식으로 표형하고 있다는 점이다. 특히 당시의 주된 경향이었던 한문투를 쓰지 않고 순수한 우리 말을 쓰려고 노력한 점과 순수한 예술성을 추구하고 영탄법과 반복법, 상징법 등을 사용하여 창작했다는 것이 특징이다.

이 밖에도 서정주의 「신부」, 조지훈의 「석문(石門)」, 정지용의 「슬픈 우상」, 정진규의 「뼈에 대하여」 그리고 필자의 「나와 너의 장법(章法)」 등에서 산문형태로 창작된 산문시를 대할 수 있을 것이다.

도로에 커다란 돌 하나가 있다 이 풍경은 낯설다 도로에 돌무더기가 있다 이 풍경은 이해된다 // 그린벨트로 묶인 산속을 걷는다 / 끝으로 도달하며 계속해서 갈라지는 나뭇가지 // 모든 것에는 규칙이 있다 예외가 있다면 더 많은 표본이 필요할 뿐이다 그렇게 말하고 공학자가 계산기를 두드린다 없는 것이나 마찬가지이지만 그렇기에 더 중요합니다 너무 작은 숫자에 더 작은 숫자를 더한다 // 사라져가는 모든 것은 비유다 // 망할 것이다 // 한여름 껴안고 걸어가는 연인을 본다 정말 사랑하나봐 네가 말했고 나는 그들이 불행해 보인다는 말 대신 정말 덥겠다 이제 그만 더웠으면 좋겠어 여기까지 말하면 너는 웃지 // 그런 예측은 쉽다 / 다영 씨가 웃는다 / 역사는 뇌사상태에 빠진 몸과 닮았다 // 나무 컵 받침이 컵에 달라붙고 중력이 컵 받침을 떼어낸다 // 물이 끈적인다 컵의 겉면을 따라 물방울이 아래로 모이는 동안 사람과 사물은 조금씩 낡아간다 // 조용한 공간에 금이 생긴다 // 되돌릴 수 없다

　　　　　　　　　　　　　－ K신문 당선작 「너무 작은 숫자」 전문

별이 깃든 방, 연구진들이 놀라운 발견을 했어요 그들은 지금까지 발견된 별 가운데 가장 크기가 작은 별을 발견했습니다 그 크기는 목성보다 작고 토성보다 약간 큰 정도로, 지구 열 개밖에 안 들어가는 크기라더군요 세상에 정말 작군요, 옥탑방에서 생각했어요 이런 작고 조밀한 별이 있을 수 있다니 하고 말이

죠 핵융합 반응 속도가 매우 낮아서 표면은 극히 어둡다고 합니다 이제야 그늘이 조금 이해되는군요 // 이 별의 천장은 매우 낮습니다 산소가 희박하죠 멀리서 보는 야경은 아름다울지 몰라요 어차피 낮에는 하늘도 추락하겠지만 그래도 먼지가 이만큼 모이니 질량에 대해 얘기할 수 있군요 그건 괜찮은 발견이에요 // 먼 곳에서 별에 대해 말하면 안 돼요 다 안다는 것처럼 중력을 연구하지는 말아야죠 피아노 두드리듯 논문을 쏟아내지 말아요 차라리 눈물에 대해 써보는 게 어때요 별의 부피를 결정하는 요소는 여러 가지입니다 중요한 것은 둘레를 더듬는 일이죠 옥상난간을 서성거리는 멀미처럼 말이에요 // 여기 옥탑에서는 중력이 약해서 몸의 상당부분이 기체로 존재해요 그래요 모든 별들은 항상 지상으로 언제 떨어질지 숨을 뺏고 있는 거죠

            － S일보 당선작 「역대 가장 작은 별이 발견되다」 전문

일찍이 산문시의 형태를 개척한 C.P. 보들레르는 '산문시란 율동과 압운이 없지만 음악적이며 영혼의 서정적 억양과 환상의 파도와 같은 의식의 도약에 적합한 유연성과 융통성을 겸비한 하나의 기적이다.'라고 했다. 그런데 위에 인용한 산문시는 어쩐지 삭막한 감정이 앞서는 것은 어인 일일까. 요즘 신문사는 하나의 스토리를 적시(摘示)하는 스토리텔링(story telling)의 기법을 적절하게 구사하는 경우는 많지만 아무리 읽어봐도 난해해지는 것은 어떤 연유일까. 러시의 형식주의자 쉬클로프스키가 주장하는 '낯설게 하기(defamilarization)'의 시법을 원용(援用)한 것인가. 독자들의 접근 자체가 매우 난감해진다.

어떤 이는 생소화(生疎化) 내지는 모순어법(oxymoron)이라고 말하면서 작품을 합리화할지 모르지만 우리 시가 이처럼 광활한 이상세계를 지향하고 있다는 점을 간과(看過)하지 못한다. 이

밖에도 H일보, S신문 등 다수의 신문에서도 산문시를 당선작으로 선정하고 있어서 시의 언어 함축이나 절약에서 탐색하는 어조, 색조(色調) 등의 묘미가 자칫 왜소해질까 우려되기도 한다.

각설하고 지난호 『문예사조』에 발표된 작품들을 일별해보기로 한다.

> 무덥던 여름의 폭염이 점차 스러지고 / 가을이 무르익어 초겨울을 문턱으로 손짓하네 / 낮과 밤이 바뀌고 계절이 바뀌듯 / 세월 따라 가 버린 청춘 / 되돌릴 수 없는 그 젊은 시절이여 / 그 누구도 막을 수 없는 이승의 고개는 아득하여 / 황금을 주어도 바꿀 수 없는 그 시절 / 모든 만물은 돌고 돌아 제자리로 다시 돌아가고 / 걸어온 길도, 걸어갈 길도 막막한데 / 삶과 죽음의 경계선은 가깝고 멀어 지나간 그 시절이 밀려오는 / 파도처럼 가슴 아프게 그리워지네.
>
> — 강순매의 「가 버린 청춘」 전문

강순매의 '세월 따라 가버린 청춘'은 이미 지나간 시간에서 탐색하는 삶에서 회상을 통한 인식과 성찰이 조화를 이루면서 '삶과 죽음의 경계선'을 예비하는 인생론이 주제로 투영(投影)하는 일말의 생사(生死)의 시점(時點)을 적시하고 있다. 이러한 시법은 인간 내면에서 분사(噴射)하는 삶의 고뇌가 성찰의 진지한 그리움으로 전이(轉移)하는 심리적인 현상을 목도(目睹)하게 된다.

일찍이 독일의 전기낭만주의의 대표적인 시인 노발리스는 '삶은 죽음으로의 출발이다. 삶은 죽음을 위해서 있다. 죽음은 종말이자 출발이며 분리인 동시에 한층 밀접한 자기 결합이다. 죽음에 의해서 환원은 완성된다.'라는 명언으로 삶과 죽음의 경계선을 말해주고 있다. 한편 박목월 시인도 그의 글 「행복한 얼굴」

에서 '삶도 시와 같다. 왜 사느냐? 즐겁기 때문이다. 그것 외에 삶의 본질을 설명한다면 그것은 삶의 속성을 어느 일면에서 풀이한 것이다.'라는 삶에 대한 명징(明澄)한 변명(辨明)을 하고 있어서 삶의 의미가 어떤 생의 소멸과의 속성을 깊게 성찰하게 한다.

세상만사 오만가지 뜻대로 된다면야 / 굳이 이전투구(泥田鬪狗)로 살아갈 필요가 있겠느냐 / 애당초 인생이란 하늘이 점지한 대로 살아야지 / 그 어찌 팔자소관(八字所關)을 뒤집을 수 있으랴 / 하루 세 끼 밥을 먹든 죽을 먹든 간에 / 잠자리 악몽이든 길몽이든 꿈을 꾸긴 매한가지 / 잘난 사람 잘난 대로 못난 사람 못난 대로 / 서로가 제 잘난 맛에 살아가는 게 세상 이치인 것을 / 삶이란 장기판 인생이라 한 치 앞을 모르기에 / 장땡을 잡아도 삼팔따라지를 잡아도 어느 한 순간 / 양수겸장(兩手兼將)에 패가망신 당하기 십상이니 / 미완성인 인생은 바둑판 소탐대실(小貪大失)을 교훈 산아 / 구(九)자보다 못한 팔(八)자 대로 두 다리 쭉 뻗고 / 잠자리 편안한 것이 곧 행복의 지름길이라 사료된다.
                                    — 오윤근의 「삶이란 장기판 인생」 전문

오윤근의 삶은 어떠한가. 그는 결론적으로 '삶이란 장기판 인생'이라고 명시하고 있다. 이는 말할 것도 없이 어떤 묘수(妙手)를 써서 이기느냐와 같은 하나의 단편적인 인생론이다. 그것은 그가 동원한 시어에서도 직감적으로 알아차릴 수 있듯이 '이전투구'니 '팔자소관'이니 '양수겸장', '소탐대실' 등의 사자성어(四字成語)로 '삶이란 장기판 인생이라 한 치 앞을 모르기에' 오늘도 '행복의 지름길'을 찾아나서고 있는 것이다.

여기에서 우리는 저 유명한 푸시킨의 시 '삶이 그대를 속일지

라도 / 슬퍼하거나 노하지 말라 / 슬픔의 날을 참고 견디면 / 멀지
않아 기쁨의 날이 오리니 / 마음은 미래에 사는 것 / 현재는 언제
나 슬픈 것 / 모든 것은 순간에 지나가 버리고 / 지나가 버린 것
은 그리움이 되리니'가 떠오르는 것은 왠일일까.

금방이라도 부서져버릴 얼굴 / 흙먼지 이는 바람은 온전히 당신
의 몫이라고 / 온갖 서러움을 안으로안으로 삼키다가 벗겨내지
못한 / 삶의 때로 묵은 냄새만 난다 // 눈 속에 들어차는 모래처럼
아직도 그 묵은 속을 / 새까맣게 파먹고 있는 이 철 없는 자식을
/ 겨우내 기다리며 찬바람 끝자락에서 거죽만 남은 / 어머니의 저
마른 시울.

– 김재훈의 「무시래기」 전문

김재훈은 사물 '무시래기'를 통해서 '삶의 때로 묵은 냄새'를
절실하게 감지하고 있다. 작중화자(作中話者)를 자식과 어머니를
설정하고 전개한 시법도 공감하지만 하찮은 '무시래기'의 일생
이 적출하는 삶의 이미지가 더욱 의미를 충전시키고 있다. 그는
'금방이라도 부서져버릴' 것 같은 말라비틀어진 '무시래기'의 형
상에서 '거죽만 남은 / 어머니의' 늙은 모습을 대입하여 형상화
하는 의식의 흐름은 아마도 인생이나 삶의 지향점에서 성찰하
는 진정한 진실을 구현하려는 시혼(詩魂)을 엿보게 하고 있다.

빈틈 보이는 사람에겐 / 인간미가 흘러 / 상대방도 허물을 드러내
고 / 보듬어 준다 // 빈틈 사이로 / 친근감이 배어나고 / 진솔함이 흘
러 / 사람들이 마음을 연다 // 그런 빈틈의 매력이 / 삶을 여유롭게
한다.

– 이정섭의 「빈틈의 신비로움」 전문

이정섭도 삶에 대한 매력과 여유를 일목요연하게 토로(吐露)하고 있다. 이러한 삶에서 보여주는 인간미가 바로 '상대방 허물'도 수긍하는 친근감으로 서로 교통하는 것이 그는 '빈틈의 신비로움'으로 간명(簡明)하게 주제를 정리하고 있다.

셰익스피어도 인생을 불안정한 항해라고 했는데 이것은 삶과 동행하는 행로에서 다변적인 상황들이 속출하면서 상호 교감이 없는 오로지 이기적인 자만심이 팽배한 무의미의 삶이 지속될 것이다. 이러한 삭막한 현실에서도 '빈틈'이라는 다소 허술하지만 그 '진솔함'이 바로 생의 지표로 현현되고 있는 것이다.

나는 너무 좋다 / 이래도 한세상 / 저래도 한세상 // 자네도 빈 손 / 나 또한 빈 손 // 있다고 더 오래 살고 / 없다고 다 적게 사는 / 그런 세상도 아닌데 // 천년을 살 것처럼 / 크게 욕심을 내지만 / 백년도 못 사는 / 우리네 짧은 인생 // 어차피 한 번 왔다 가는 거 / 웃으며 즐겁게 살다 보면 / 여행은 끝나겠지.

- 이준순의 「인생여정」 전문

이준순의 '우리네 짧은 인생'도 그의 여정에서는 '빈 손'이라는 개념은 앞의 '빈틈'과 동일한 이미지를 창출하고 있는데 이 모두가 어쩌면 무(無)이거나 허무(虛無)와 상관하는 깊은 심지(心智)에서 발상한 인생의 철학이라고 할 수 있을 것이다.

이밖에도 조중곤의 「옷 한 벌」 중에서 '이 세상 온 인생 / 빈두 주먹 쥐고 알몸으로 온다 / 등 뒤에서 갈 길이 없이 서성이던 남남이 / 돌아서서 꾸밈없이 얼굴을 마주 대고 / 힘을 나누며 바보처럼 살아가다가 / 두근거리는 가슴 서로 쓰다듬는다'거나 홍승룡의 「자화상」 중에서도 '술잔에 비춰진 얼굴을 바라보다가 / 그렇게 다치고도 살아남은 게 용하다던 / 박씨가 이제는 죽었을 거라는 말 / 육십이 넘도록 홀로 떠돌다 / 얼마 전에 죽은 장씨를 생각하며 / 우리도 그렇게 떠나는 것이라니 / 인생은 그런 거라니 눈앞이 흐려진다'는 등의 어조로 삶에 대한 허무와 덧없는 인생론을 경청(傾聽)하게 한다.

　이처럼 '삶과 죽음의 경계'에는 실생활에서 현실적으로 감응하는 시인들의 의식에는 대체로 성찰적인 인식을 이탈하지 않는다. '삶의 원점에서 멀리 떨어진 / 너들은 / 얼마나 숨가쁘랴? (박길호의 「나의 빛 나의 길」 중에서)'거나 '앙상한 가지마다 황홀한 불빛 / 인생의 삶 속에서 만남의 꽃이었다(김나현의 「해어름 찻집의 여운」 중에서)'는 인생의 애환이 스민 이미지의 절대성으로 창출하는 자애(自愛-self love)의 시학이라고 할 수 있을 것이다. ✳

(『문예사조』 2019. 2.)

자연 정경(情景)과 서정적 시혼

　3월이다. 3월 1일은 기미 독립선언서를 발표하고 일제에 항거한 3.1운동 100주년을 맞는다. 지금까지도 서울 탑골공원과 전국에서 '吾等(오등)은 玆(자)에 我(아) 朝鮮(조선)의 獨立國(독립국)임과 朝鮮人(조선인)의 自主民(자주민)임을 宣言(선언)하노라. 此(차)로써 世界萬邦(세계만방)에 告(고)하야 人類平等(인류평등)의 大義(대의)를 克明(극명)하며, 此(차)로써 子孫萬代(자손만대)에 誥(고)하야 民族自存(민족자존)의 正權(정권)을 永有(영유)케 하노라.'로 시작하는 독립선언서의 낭낭한 외침과 함께 '대한독립만세'의 우렁찬 함성이 들리는 듯하다.

　우리 민족은 위대했다. 잔악한 일제에게 말과 글을 빼앗기고 문화와 미풍약속을 말살당한 압박 만행에 대항하여 자주독립을 실행하려 했던 3.1만세운동은 우리 역사상 영원히 남을 민족적 항거였다. 이제 백년을 맞아서 다채롭게 그날을 기리는 행사들이 전국 각지에서 전개되고 있다.

　지난 2월에는 우리 민족의 대명절인 설날이 있었다. 음력으로 정월 초하룻날은 다양한 의미를 내포하고 있다. 박목월 시인은 그의 글 「나무를 나무로 볼 수 있는 나이의 의미」에서 '정월 초하룻날은 한 해가 비롯되는 우리들의 생활의 시작이요, 그 출발점이다. 우리는 새로운 생활의 설계와 사업에 대한 구성과 그것이 실천으로 옮아가는 제일보를 내딛게 되는 순간이다. 그 처녀성, 그 순수성, 그 정결성-- 그 엄숙하고 숙연한 실감에 사로잡히게 되는 것이 설날 새벽이다.'라고 설날은 새로운 각오와 다짐을 설계하는 뜻깊은 명절이다.

우리 시인들은 이 설날을 테마로 해서 많은 시를 썼다. 김종길 시인은 「설날 아침에」에서 '매양 추위 속에 / 해는 가고 또 오는 거지만 / 새해는 그런대로 따스하게 맞을 일이다. / 얼음장 밑에서도 고기가 숨쉬고 / 파릇한 미나리 싹이 / 봄날을 꿈꾸듯 // 새해는 참고 / 꿈도 좀 가지고 맞을 일이다. // 오늘 아침 / 따뜻한 한 잔 술과 / 한 그릇 국을 앞에 하였거든 / 그것만으로도 푸지고 / 고마운 것이라 생각하라. // 세상은 / 험난하고 각박하다지만 / 그러나 세상은 살만한 곳. // 한 살 나이를 더한 만큼 / 좀더 착하고 슬기로울 것을 생각하라. // 아무리 매운 추위 속에 / 한 해가 가고 / 또 올지라도 / 어린 것들 잇몸에 돋아나는 / 고운 이빨을 보듯 / 새해는 그렇게 맞을 일이다.'라는 작품을 창작하기도 하였다.

지난 달 『문예사조』의 시편들은 자연에서 추출한 서정적인 시혼을 투명하게 읽을 수 있었다. 약간 지적인 주제보다는 우리 주변에서 정감이 넘치는 자연 정경을 소재로 잔잔하게 흡인해 나간 시편들을 많이 대할 수 있어서 모처럼 안온한 감정으로 시 읽기를 진행했다. 먼저 책에 수록된 순서대로 감상해보면 다음과 같이 계절의 시간과 동질의 이미지를 발견할 수 있을 것이다.

낙엽은 떨어져 / 코트 깊이 목을 감추는 / 가을은 깊어 // 아려오는
내 가슴 / 병원에서 투명 사진을 찍었다 // 가슴앓이 흔적이 여럿
이라네 / 옛 사랑의 흔적인가 // 더 이상 / 가슴 아픈 일 없는 게
좋다는 데 // 또 나를 슬프게 하는 / 사랑의 추억.
— 배영재의 「가슴앓이」 전문

배영재는 '낙엽'을 통해서 '가슴앓이'라는 주제를 탐색하고 있
는데 보편적인 사물 '낙엽'의 이미지가 '옛 사랑의 흔적'으로써
그의 가슴앓이는 정립되고 있다. 단시형(短詩型)의 4연이지만 그
가 착목(着目)한 사물(낙엽)에서 창출한 이미지는 그의 인생에서
절감하는 하나의 아픔이 남모르게 내재되어 있어서 그 주제의
근원을 아주 가까이에서 이해하게 된다.

우리의 시법(詩法)에는 어떤 사물이 한 시인의 곰삭은 관념
과 동질성을 형성하게 될 때 좋은 작품으로 탄생하는 경우를
많이 발견하게 되는 데 배영재는 함께 발표한 「호수공원은 '예
술의 전당'」과 「눈내리는 밤」에서도 이러한 정서와 사유의 지향
점을 여실하게 감응할 수 있을 것이다.

하얀 꽃 피면 하얀 감자 / 붉은 꽃 피면 붉은 감자 / 꽃 따라 파
보면 붉은 감자 // 명료한 근원을 사랑하였을까 / 꽃도 줄기도 한
몸인 순수로 / 올망졸망 꿈꾸는 붉은 얼굴들 // 가난한 줄기에 기
대었어도 / 둥글고 겸손한 풍요의 얼굴들 / 어머니가 사랑한 붉은
감자밭.
— 강외숙의 「붉은 감자밭」 전문

강외숙은 어떠한가. '감자밭'에서 추적해본 이미지는 '어머니
가 사랑한 붉은 감자밭'이다. 이 감자밭에서 사랑의 근원을 탐

색하는 그는 이 세상 만유(萬有)의 사물에서도 숭고하고 근엄한 인간애를 접목할 수 있다는 시법은 우리 주변에 지천으로 널려 있는 사물과 관념을 융합시키는 시적 상상력을 이해하게 된다.

이처럼 소박한 정감의 시혼은 단순하고 일상적인 사유에서도 얼마든지 작품으로 형상화할 수 있다는 시적 연륜을 짐작하게 한다. 이러한 그의 진실은 언젠가 '시를 찾아 오래도록 / 세상의 들판을 헤매었다 // 더러는 / 이방의 숲을 나는 새였고 / 더러는 / 머나먼 해변의 바람이었다 // 볼품없는 나의 내부로부터 / 쏟아낸 언어의 미아들에게 / 이제는 고해를 해야 할 때다'라는 어조로 '시에 관한 고백'을 한 바가 있어서 더욱 그의 내면에 잠재한 시적 진실을 이해하게 한다.

> 누군가는 / 잡초라 불렸을 풀에서 / 피어난 꽃 // 키가 땅에 붙어 / 허리 굽히고 / 들여다보아야 하는 // 가장 흔한 것 / 척박한 땅에 / 흔히 보이는 풀 // 편견에 토달지 않고 / 땅바닥에 낮게 깔려서 / 때 되면 어김없이 피는 꽃.
>
> — 전홍구의 「들풀 꽃」 전문

전홍구도 '들풀 꽃'이라는 자연 사물에서 응시하는 그의 순정적인 대사물관을 읽을 수 있다. 흔히 대할 수 있어서 더러는 무관심에 속하는 '잡초'에서 시간성을 발견하게 되고 낮게 임해서 살아가야 하는 인간의 진정한 의식을 창조하게 되는 평범한 사유에서 그가 적시하는 진실을 '들풀 꽃'에서 탐색하고 있는 것이다.

> 눈과 눈이 맛닿아 / 끝이 보이지 않을 때까지 / 마른 낙엽 몇 개 석양에 꽂고 걸어간다 / 한 줌 햇살 / 눈보라에 쓰러진 저녁을 이

고 / 몇 날 며칠 익은 흰 머리카락이 / 차거운 입술의 말수를 줄이게 하면 / 꽃잎처럼 내리는 눈발 / 그 끝 한쪽에 앉아 / 아침으로 길을 내고 있는 손님이 / 하늘보다 낮은 침묵들을 모아 / 작은 꿈들을 / 바삐 쓸어안는다 / 허물도 못 벗겨 낸 겨울밤이었는데.
- 서동안의 「겨울밤」 전문

서동안의 자연관은 어떠한가. 그는 '마른 낙엽'과 '석양'의 대칭에서 체감(體感)하는 사유는 '겨울밤'과 동시에 사물과 시간성이 형상화함으로써 시적인 효과를 상승시키고 있다. 이는 그가 '눈보라(혹은 눈발)'와 '흰 머리카락'이 상호 희다는 개념의 '겨울'을 상징으로 하여 '낮은 침묵'과 '작은 꿈들' 그리고 벗겨내지 못한 '허물'로 시적상황을 전개하여 '겨울밤'의 이미지를 한결 더 높게 각인시키고 있다.

그의 겨울은 무엇인가 아쉽기만 하다. '겨울밤이었는데' 하고 말문을 닫은 것은 남아있는 여백에 무엇을 채워야만 된 빈 공간을 은연중에 적시하고 있다. 그는 다시 함께 발표한 작품들도 「겨울새」「겨울의 집」으로 이 '겨울'이 제시하는 이미지나 메시지가 그가 설정하고자하는 주제가 '한 겹 천으로 휘감은 그리움의 나이테'이며 '어머니의 손길로 울다 간 아침'으로 승화하고 있음을 이해하게 된다,

파란 하늘에 / 흰 구름 몽실몽실 / 하얀 물감 떨어뜨리고 // 먹구름 몰려오면 / 밀대로 밀어 / 검은 물감 옅게 바른다 // 떨어지는 노을 / 가지에 걸려 피멍 들 때면 / 두어 색깔 물에 적시어 / 옅게, 덧칠하고 // 아침 다르고 저녁 다른 / 매일 다른 하늘 수채화 / 여백 남기고 마음 남긴다.
- 이성기의 「하늘 수채화」 전문

이성기는 '파란 하늘에 / 흰 구름 몽실몽실 / 하얀 물감 떨어뜨'려서 수채화를 그리고 있다. 파란 하늘과 하얀 구름과 먹구름과 노을이 서로 다른 색깔로 변하는 하늘 수채화는 모두 '여백'이라는 또 다른 공간을 형성하고 자신의 동심어린 이미지를 투영시키고 있다. 그가 선호하는 시어는 '하늘'인가 보다. 작품 「창 안에 들어온 겨울」에서는 '수직으로 뻗은 / 겨울나무 오르내리며 / 눈보라 걷어차 / 하늘로 오르는 / 비장한 새들의 비행'이나 작품 「생명 너머」에서도 '하늘 가르고 / 천둥 몰아쳐도 / 생명 시작되었다'는 어조는 '하늘 수채화'처럼 다양한 이미지가 창출되고 있음을 알 수 있게 한다.

밤 사이 / 당신을 향한 그리움 / 흰 눈 되어 수북수북 쌓였네 // 발자욱 자욱마다 / 소담스럽게 담아 온 날들 / 은빛나래 속 깊은 정 // 함박눈 펑펑 / 설달 스무아흐레 깊은 밤 / 눈부신 미소로 품에 안기네.

— 홍나금의 「정」 전문

홍나금도 '함박눈 펑펑' 쏟아지는 '설달 스무아흐레 깊은 밤'에서 그의 사유는 '은빛나래 속 깊은 정'으로 전이하고 있다. 이렇게 시의 주제는 보편성으로 존재하는 자연 상관물이 우리들의 심중(心中)에서 깊은 내면의 진실을 토로하고 있는 것이다.

일찍이 M.E.몽테뉴의 말대로 모든 일에 자연이 좀 거들어 주지 않는다면 인간이 영위하는 기술이나 기교는 조금도 진전을 보지 못하리라는 명언처럼 우리 인간과 자연의 교감은 생명과도 같은 상관성을 지니고 살아간다.

모깃불 피워 놓고 평상에 누워 / 밤 하늘 쳐다보며 별을 세고 /

네 별, 내 별 차지하며 놀던 밤 // 작은 별 평상 위 날아다녀 / 별
인가, 잡으면 반딧불이었지 / 호박꽃 초롱불 만들어 놀던 밤 // 보
고 싶다, 그리워라.

— 박봉남의 「반딧불」 전문

박봉남의 '반딧불'도 순수 자연에서 목도(目睹)한 사물에서 그
의 정서는 정착되어 있다. 모깃불과 평상과 밤 하늘과 그리고
별이 그의 뇌리에서 영원히 사라지지 않는 정서의 중심이다. 그
는 안온한 밤을 사유하면서 회상하고 있다. 그의 결론은 '보고
싶다, 그리워라.'이다. 이것은 시간성에서 과거를 재생하는 이미
지의 결집이다. 우리들은 누구나 동심의 세계가 있고 이를 상기
하면서 시적 이미지를 창출시킨다. 이와같이 '반딧불＝그리움'
이라는 등식을 성립시키고 있다. 그는 '호박꽃 초롱불 만들어
놀던 밤'에 '평상에 누워' 별을 세면서 빈딧불이와 교감하는 자
연 정경에서 진솔한 그의 시적 진실을 조망할 수 있게 한다.
    또한 그의 자연관은 '두릅나물'이나 '고사리' 등 산촌에서 지
천으로 볼 수 있는 자연 사물들이 시적인 소재로 등장하고 있
어서 그의 자연 사랑과 동시에 자연서정의 범주를 확대하고 있
어서 자연과 사정시의 진면목을 살필 수 있을 것이다.

식성 좋은 / 떡붕어들이 / 어젯밤에 / 삼킨 달을 토하고 / 아랫목 노
숙한 수초는 / 조용히 이빨 닦는다 // 나는 말없이 / 철새들과 수화
로 / 사랑한다고.... // 나는 / 평생토록 / 날개 하나 달지 못한 채 / 뚝
가에서 꿈도 없이 / 허허롭게 울고 섰구나.

— 공정식의 「갈대숲에서」 전문

공정식의 자연(갈대숲)은 어쩐지 서글픔이 배여 있는 정감이

엄습한다. 의인화한 '갈대숲'의 허망과 아쉬움이 절절하게 넘치고 있다. 떡붕어와 철새들과 상관하는 상황의 전개나 시적 결론이 '허허롭게 울고 섰구나'라는 어조는 바로 우리 인간들의 비애가 동승한 자연의 외침이라고 할 수 있을 것이다.

이처럼 우리 시인들이 자연과 상면(相面)하면서 재생하는 이미지는 대체로 자연이 그 존재 근거를 신이나 인간정신에 두고 일차적으로 낙관론(樂觀論)이 가능해진다. 여기에는 비정적 타자성이라는 심적 유동이 성립하는데 이것을 시론가들은 감상적 오류라고 말한다. 어떻게 보면 낭만적 자연관의 두 가지 원리라고 할 수 있다. 이는 자연의 인격화이다. 먼저 동화(同化－assimilation)인데 시인이 모든 자연을 자신 속으로 끌어와서 그것을 내적 인격화하는 것이다. 또 하나는 투사(投射－project)라는 원리인데 이는 시인이란 정체가 없기 때문에 그가 계속해서 어떤 다른 존재를 채우는 것, 곧 자연 속에 자신을 상상적으로 투여하는 것이다. 이러한 시법이 우리들은 자연과의 대화에서 자주 응용하는 보편적인 이미지의 창출이며 자연 정경을 형상화하는 서정시의 시혼이라고 할 수 있을 것이다. ✳

(『문예사조』 2019. 3.)

'봄'의 향연(饗宴)과 계절의 이미지

　4월. 이제 완연한 봄이다. 새 생명이 푸르게 혹은 색색으로 온 천지를 뒤덮고 있다. 입춘, 우수, 경칩, 춘분 지나서 청명, 곡우의 계절, 농촌에서는 본격적으로 봄농사를 준비하는 4월이다. 이처럼 고즈넉한 전원의 정경(情景)에 심취한 시인들의 내면에는 어떤 이미지의 창출로 시를 쓰고 있을까. 봄에 관한 계절적인 이미지는 탄생이다. 만물이 새싹을 움틔우고 꽃을 피워 생명의 향기가 퍼지는 희망이며 만물이 생동감 샘솟는 활력의 보고(寶庫)라서 우리 인간들에게는 생명의 원류가 충전되는 보람찬 의식의 흐름을 의미한다.

　그러나 언제부터인가 우리는 '4월은 잔인한 달'이라는 인식이 박혀있다. 아마도 이승만 부정선거에 항거해서 일어난 4·19 학생의거 때문이 아닐까 생각되기도 한다. 또 한편으로는 영국의 대시인 T.S. 엘리엇의 『황무지』에서 「1. 죽은 자의 매장」 첫 부분 '사월은 가장 잔인한 달 / 라일락꽃을 죽은 땅에서 피우며 / 추억과 욕망을 뒤섞고 / 봄비로 활기 없는 뿌리를 일깨운다 / 겨울은 오히려 따뜻했다 / 잘 잊게 해주는 눈으로 대지를 덮고 / 마른 구근(球根)으로 약간의 목숨을 대어주었다'는 대목에서 시적인 정서가 4·19와 『황무지』를 동시에 재생하여 보편적인 상상력으로 유발된 것이라고 억측해 보기도 한다. 4·19 혁명은 역사적으로 남아있는 1960년 4월, 제1공화국 자유당 정권이 이승만 대통령과 이기붕을 부통령으로 당선시키기 위한 개표조작 등 부정선거 무효를 주장하는 학생들의 시위가 마산에서 비롯된 혁명이다. 4월 26일 이승만 대통령은 책임을 지고 하야했으며 부통령 당선자였던 이기붕의 일가족은 사퇴 후 동반 자살하는 비극이 벌어진 살벌한 4월이었음을 기억하게 한다.

4월이면 당시의 정황을 묘사한 시들이 많이 읽혔다. 그 중에서도 신동엽 시인은 「껍데기는 가라」에서 '껍데기는 가라. / 사월도 알맹이만 남고 / 껍데기는 가라. / 껍데기는 가라. / 동학년 곰나루의, 그 아우성만 살고 / 껍데기는 가라.'며 4월 혁명을 동학혁명에서 이어지는 하나의 흐름으로 파악하면서도 그 성과와 한계, 장점과 단점을 냉정하게 가리고자 했다. 이러한 시적인 분노와 토로는 많은 시인들이 작품으로 형상화해서 '4·19 시집'으로 나오기도 했으며 대표적으로 수유리 4·19 묘지에 진혼가 시비(안내문에는 '수호예찬의 비'라고 했다.)로 조지훈, 유안진, 정한모, 박목월, 구 상, 장만영, 이한직, 김윤식, 윤후명, 이성부, 송 욱 시인이 참여해서 12기의 시비가 우뚝 서서 그 역사를 기리고 있다.

이제 『문예사조』 3월호에 수록된 봄의 향연을 감상해보자. 새 생명의 이미지는 아직도 사회적인 이유에서인지 몰라도 항상 춘래불사춘(春來不似春)이라는 말을 먼저 앞세우는 우리 국민들의 정서는 어인 일일까. 아무래도 정치, 경제 등 우리 생활과 직결하는 사회문제들이 다소 안정되지 못한 탓으로 활달한 봄의 향연이 어둡게 형상화하는 경향을 읽을 수 있다.

꽃망울이 매화나무에서 / 키를 낮춰 바람을 기다리는 중이다 / 늘
그렇듯이 그것은 봄의 증표와도 같다 / 꽃망울일 때면 겨울이지
만 / 한 번도 겨울인 적 없어 매달려 있어도 봄이다 / 누군가 봄
이 어디까지 왔냐고 / 바람을 쫓아와서 그 말을 묻는 거지만 / 모
두 시간 속에 지닌 것들이기에 / 보이는 그대로 / 알아본 사람들
은 격식을 생략하고 / 다짜고짜 코를 들이민다 / 그처럼 경계에서
조우하는 일인 것인데 / 생각할 것이라면 그가 잡아당겼는가 /
꽃망울과 꽃이 서로에게 눈인사 하는 정도일 것이다 / 하찮을지
라도 그것이 봄에 대한 예의일 것이다 / 겨울의 등 뒤를 쓰다듬
는 바람이 / 굳어 있는 표정들을 지워가며 / 이곳저곳에 소문을
낼 때 / 봄이 있습니까, 물어본다 / 이미 와 있는 봄을 찾지 못한
우리는.

- 서동안의 「봄의 형식」 전문

우선 서동안의 '봄의 형식'은 앞에서 알아본 4·19처럼 사회적
으로 심각한 변혁은 아니지만, 실생활(real life)에서 절감하는 정
서가 어쩐지 안정되지 못한 사회상이 이미지로 녹아 있다. 그것
은 '겨울의 등 뒤를 쓰다듬는 바람이 / 굳어 있는 표정들'에서
감응할 수 있는 것은 현실적인 불안요소가 내면에 잠재해 있음
을 읽을 수 있게 한다.

그리고 그는 '누군가 봄이 어디까지 왔냐고' 의문을 제기하는
상황이나 '봄이 있습니까, 물어본다 / 이미 와 있는 봄을 찾지 못
한 우리는.'이라는 결론적인 상황은 더욱 봄에 대한 이미지가
보편적인 정서를 추월하고 있어서 내면에 감추어진 함의(含意)
를 깊이 살펴보게 한다. 이러한 시법을 시론가들은 '시의 사회

성'이라고 명명해서 시와 사회가 공존해야 하는 이유를 설명하고 있다. 시는 순수하게 생활과 사회로부터 동떨어진 아름다움만을 추구하는 것으로 생각했던 종래의 시법을 탈피하고 현대라는 거대한 사회 기구가 던져주는 불안감이나 위기감을 극복하기 위해서 투쟁방식이나 고발형태의 경향을 선호하는 작품들을 많이 읽을 수 있게 한다.

가랑비는 내리고 / 샛바람은 아직 추운데 / 겨우내 움추렸던 매화나무 / 꽃봉오리 치켜세웠네 // 봄바람에 간지러워 / 티밥 눈 뜨려다가 / 잔설 눈보라에 / 입 다문 꽃봉오리 // 이 밤 새고 나면 / 높새바람 몰고 와 / 대지 속 잔서리 헤집고 / 아직 멀었다, 전해 주려나.
                                    – 이성기의 「이른 봄」 전문

이성기의 봄도 심상찮은 기운이 감돈다. 그는 '봄바람에 간지러워 / 티밥 눈 뜨려다가 / 잔설 눈보라에 / 입 다문 꽃봉오리'라는 어조에서 엄습하는 현실적 감각은 무엇인가 우리들에게 경고 내지는 주의를 요망하는 메시지가 형상화하고 있다. 다시 그는 결론으로 '대지 속 잔서리 헤집고 / 아직 멀었다, 전해 주려나.'라는 의문형 종결은 아직도 영글지 못한 '이른 봄'이기에 명징(明澄)한 봄의 해답을 제시하지 못하는 상황이다. 이러한 시법은 시적 발상이나 전개가 사회적인 불안 요인이 불확실하거나 미확인이라는 또 다른 문제와 상관성이 내재되어 있다는 가정을 엿보게 하는데 아마도 앞에서 언급한 「봄의 형식」의 예견에서 압축된 이미지가 발현되고 있지 않나 유추해보게 한다.

새벽 잠결에 / 물방울 똑똑 떨어지는 소리 듣는다 / 베란다 난간 위를 부딪치며 신선하게 다가오는 소리 / 겨울이 몸을 풀고 있다

// 오래 전 내 나라가 싫어서 멀리 떠났다가 / 다시 돌아와 시작
할 때 기분처럼 / 마음선반을 두드리는 울림과 음폭이 상쾌하다
// 이제 얼었던 한강도 녹아서 고요히 흐르고 / 우리의 삶도 이렇
게 얼고 녹아 가는 반복을 / 계속하는 것 / 이런 기복이 없다면
삶에 / 무슨 감동이 있으랴 // 삶은 / 기우는가 싶으면 / 다시 제자리
로 오르는 시소를 닮았다.

　　　　　　　　　　　　　　　－ 이희국의 「입춘 무렵」 전문

　이희국도 봄의 시작을 알리는 입춘에서도 상황 도입부분에서
는 '겨울이 몸을 풀고 있다'거나 '이제 얼었던 한강도 녹아서 고
요히 흐르'는 정황은 봄을 영접하는 안온한 정감이 흐르지만,
'우리의 삶도 이렇게 얼고 녹아 가는 반복을 / 계속하는 것'이라
는 전개과정은 무엇인가 미지의 사회성이 감춰져 있다. 이러한
그에게 내재된 사유(思惟)의 근저(根底)에는 삶에 대한 기복(起伏)
을 깊게 염려하고 있다. 이것이 입춘과 무슨 상관이냐 하는 문제
가 대두하지만, 그는 우리 사회에서 가장 이슈로 등장하는 삶의
기복에서도 봄의 향취나 그 이미지가 불사춘(不似春)의 범주에서
배회하고 있음을 암묵적으로 현현하고 있다고 할 수 있다.
　필자도 오래전에 봄에 관한 작품을 쓰면서 '또다시 몰아칠 풍
우를 예감하면서 / 그 아픔, 마지막 기도글은 / 이 땅의 고통이려니
/ 이 시대의 수난이려니 / 저런 어쩌나(졸시 「봄 詩－저런, 이 봄날
어쩌나」)'라고 시의 사회성을 어줍잖게 읊어본 일이 있었다.

겨울과 봄 사이 / 바람 든 무처럼 가벼워진 내부 / 내 쓸쓸한 식
민지에 적막이 세들었다 / 어떻게든 올 것은 오고 갈 것은 간다
// 산다는 건 / 사슴뿔 같은 노란 싹을 달고 / 지친 몸피로 버려지
는, 무 같은 실재 // 겨울과 봄 사이 / 청춘이 지나간 인생의 오후

에／봄눈처럼 흘러내리는 것이 있다／나는 붉은 손톱의 시절을 지나왔을 뿐／적막의 빈 터에 든 너를 어쩔 수 없다／／결말은 명료한데／그래도 다를 거라는 착각의 힘으로／파랑 치는 바다를 건너려고 했을 뿐／어떻게든 올 것은 오고 갈 것은 간다.
                    — 강외숙의 「내 쓸쓸한 식민지에 네가 있다」 전문

강외숙도 '내 쓸쓸한 식민지'라는 공간 상황이 어쩐지 '겨울과 봄 사이'의 시간성과 동행하면서 '바람 든 무처럼 가벼워진 내부'의 자아를 설정하고 있어서 그의 내면에는 계절적인 우수가 '나는 붉은 손톱의 시절을 지나왔을 뿐／적막의 빈 터에 든 너를 어쩔 수 없다'는 단정의 시법을 유념하게 한다. 그는 다시 '겨울과 봄 사이／청춘이 지나간 인생의 오후에／봄눈처럼 흘러내리는 것이 있다'라는 어조에서 적시하는 것은 겨울의 이미지에서 봄의 정서로 변화하는 과정은 바로 청춘과 '인생의 오후'가 '어쩔 수 없다'거나 '어떻게든 올 것은 오고 갈 것은 간다.'는 숙성된 사유가 약간은 '산다는' 것에 비유하는 시사성에 근접하는 시법이라고 할 수 있다.

함초롬 다가오는／해맑은 바람결／봄빛으로 감싸안고／／풀 향기 폴폴／바람에 실려／스러지는 꽃샘바람／／덤불 속 두런두런／연둣빛 풀꽃들／소리 없는 웃음을 편다.
                    — 홍나금의 「봄」 전문

이제 사회성을 탈피하고 진정한 봄의 서정성에서 시의 위의(威儀)를 살펴보자. 홍나금의 '봄'은 바로 일반적인 사물에서 자신의 잔잔한 여성적인 정서와 접맥하는 서정에 심취해 있다. 그는 '해맑은 바람결'이나 '봄빛', '풀 향기', '꽃샘바람' 그리고

'연둣빛 풀꽃'이라는 정감적인 어조가 작품의 중심을 이루고 있어서 완전한 자연 서정시의 일면을 보여주고 있다. 그의 간결한 문체가 이런저런의 스토리 없이 봄의 정서가 새봄과 함께 새록새록 그 향연이 펼쳐지고 있다. 서정시(lyric)의 본령은 그 시인의 주관적이고 개인적인 정서나 체험을 노래하는 것으로써 우리와 밀접한 상관성을 갖는 것이 일반적이다. 더군다나 자연에 심취하는 서정성은 인간들과의 친밀한 대화 속에서 형상화하는 것이므로 지난 날 음유(吟遊) 시인들의 낭만과 더불어 안온한 정감을 공유하고 있다.

> 벌서 시작이 되려나 보다 / 새 단장 기운이 제법 돌아서 / 풋풋함에 손을 내밀어 본다 // 봄맞이하러 동행으로 나서면 / 손잡고 어깨이고 발굽이며 / 눈웃음은 찡한 친교의 주파수다 // 산과 강둑을 넘는 산들바람은 / 코끝으로 봄내음을 스미며 / 잠시라도 화음에 활짝 제쳐본다 // 이렇듯 날씨도 고리를 풀고 / 새 병풍으로 첫 계절의 신호가 / 생기로 채색하기 분주하다.
>
> ― 홍중완의 「3월의 화음」 전문

홍중완이 3월에 흠뻑 젖어보는 봄 향기는 어떠한가. 그가 동원하는 시어들을 살펴보면 '새 단장', '풋풋함', '봄맞이', '산들바람', '봄내음' 그리고 '새 병풍으로 첫 계절의 신호'라는 어휘로 봄의 향연을 펼치고 있다. 그는 봄을 기다리면서 그 '화음'을 예비하는 정감이 다양한 언어로 장식되고 있다. 서정시의 본령은 정서를 물길어 올리듯 펼쳐 드러낸다는 시인의 감정과 정서를 형상화하는 특징을 잘 직조하고 있다. 우리는 시 작품에서 그 시를 노래하고 있는 화자, 즉 서정적 자아를 중시하는 시법을 선호한다. 언젠가 언급한 바도 있지만 자연을 인격화하는 동화와 투사에서 시인 자신을 시적 화자가 되어 노래하는 경우이다. 위의 홍중완은 자신을 투사해서 봄의 향연을 노래하고 있어서 서정적 자아가 내포(內包)된 서정성을 엿보게 하고 있다.

겨우내 긴 어둠 삼킨 채 / 햇살 받은 언덕에서 버들강아지 / 보송보송한 기다림으로 봄맞이 한다 / 부드러운 몸짓 어디선가 / 덜 녹은 얼음장 밑으로 흐르고 / 새 생명 새롭게 돋아날 / 내 엷은 소망도 냇물의 화음이 된다 / 아아, 겨울새 한 마리 목이 쉰 울음 / 가누지 못한 봄볕의 광채로 / 삐리삐리 사랑의 메아리를 전해 주노니 / 아직도 내 곁에서 풀리지 않는 / 기다림 하나 껴안고 / 빛바랜 갈대 조금씩 흔들릴 쩍마다 / 온몸에 퍼지는 은밀한 언어 / 어둠을 다시 삼키면 살랑 바람 속 절로 / 초록빛 내음 사랑을 잉태하노니 / 사랑이여, 문득 저 들판에 던져버린 / 따사로운 내 웃음 한 올 / 어쩔거나 이맘때면 솟구치는 그리움 / 마알간 하늘 위 두둥실 구름으로 띄울거나.

— 졸시 「계절의 말·봄」 전문

오래 전에 쓴 작품이지만 '계절의 말' 즉 춘하추동에 대한 이미지를 추적해 보았다. 한 폭의 풍경화처럼 전개되고 있으나 결론적으로 봄의 이미지는 '보송보송한 기다림'이며 '사랑의 메아리' 그리고 '은밀한 언어'로 수놓아지는 '이맘때면 솟구치는 그리움'이라고 할 수 있을 것이다. 우리 시인들이 사계(四季)에 대하여 예민한 감화(感化)로 작품에 투영하는 것은 계절적인 이미지가 다양해서 어쩌면 인생론과 결부해서 형상화하려는 정서가 용틀임치고 있기 때문이 아닐까 생각된다. ✳

(『문예사조』 2019. 4.)

시의 구도, 혹은 시인의 '기상도'

올해 벽두부터 문화관광부와 조선일보, 한국문인협회, 대한출판문화협회 등이 공동으로 주최하는 '책, 함께 읽자'라는 행사가 펼쳐져서 우리 문인들과 일반 독자들에게서 많은 호응을 받고 있다.

시가 안 쓰이는 한철 / 벼랑에 세워져 사납게 흔들리는 / 기이한 공포...... 이런 때 / 우리는 어떤 예배를 올릴 것인가 // 어느 날 시가 쓰여진다 / 혈액처럼 고여 오는, / 아니 혈액 자체인 그것을 / 원고지 위에 공손히 옮긴다 / 한데 야릇한 가책과 의문이 섞여 치받는다 / 더 오래 절망에 잠겼어야 / 옳았지 않을까 / '여러 세대에 걸치는 / 소수의 진정한 독자' / 저들의 가슴을 관통하기엔 / 참담할 만치 화살이 허약한 게 아닌지 / 시적 진실성의 함량미달로 / 친구인 시인들에게 / 환멸을 끼치지 않겠는지 // 시인이여 / 우리는 시에게 잘못하는 일이 많다 / 하면 오늘밤 각자의 시 앞에 / 속죄의 등불을 켜고 / 새벽녘까지 / 천 년 같은 긴 밤을 / 시와 참

배필로 있자.

－ 김남조의 「시에게 잘못함」 전문

지난 2월, 어느 날 대학로 예총회관에서 100여명이 참석한 가운데 김남조 시인을 초대하여 '책, 함께 읽자' 행사를 처음으로 시작했다. 김남조 시인을 직접 모시고 그의 작품을 후배들이 읽어주고 그의 '나의 시에 관하여'라는 짧은 강의와 해설이 곁들여졌다. 여기에는 김후란, 허영자, 오세영, 김선영, 이향아, 김송배, 한분순, 이승하, 김귀희, 장충열, 홍금자, 이오례, 송연주, 배기정, 차윤옥 시인과 민지원 소설가, 홍성훈 아동문학가 등이 낭독하고 특별 출연으로 연극인 박정자(예술원 회원) 씨가 김남조 연작시 「촛불」을 낭독하면서 박정이 시인의 '詩춤'과 어우러져서 분위기를 고조시켰다.

외국에는 이러한 문학 전 장르에 걸쳐서 책 읽기 운동을 국가적인 행사로 벌인다는 소식은 접했으나 우리나라에서 문광부가 직접 시도하는 것은 처음이다. 그날만 해도 전국 각지에서 동시에 이루어졌고 매월 첫째 수요일에 계속해서 행사를 한다는 것이다. 각 단체나 모임, 개인에 이르기까지 조선일보사로 신청하면 선정해서 지원을 한다는 것이다. 기쁜 소식이 아닐 수 없다.

각설하고 지난호 『문학미디어』에 수록된 작품을 살펴보기로 하자. 우선 '나'라는 화자를 중심으로 시의 구도를 형성하고 있다는 점이 시선을 집중시키고 있다. 물론 '나'의 정서가 반영되고 '나'라는 주체가 작품의 근원으로 작용한다는 기준에서 보면 별것이 아닐 수도 있겠으나 '나'를 지나치게 주체로 내세우게 되면 시의 구도는 변형될 수 있다는 점을 유의해야 할 것이다. 이는 이미지의 투영이 약해지거나 주제가 객관적인 사유를 여과하지 않으면 자칫 개인의 독백에 머물 수 있다는 위험이 상존하고 있어서 현대시에 각별히 신경을 쓰게 되는 연유에서이다.

나는 안다. 나를 통해 태어났으나 영원으로부터 달려 온 영혼임을. 사랑은 줄 수 있지만 생각은 줄 수 없다는 것도, 꿈을 꾸는 그의 영혼이 내 꿈속에 살 수 없다는 것도. 그래도 무슨 연유일까. 그녀가 웃으면 기분이 좋다. 그녀가 웃으면 따라 웃고 그녀가 울면 마음도 바쁘다. 눈물도 말라버린 듯 이제는 웬만한 일에도 무심하던 내가 그 영혼 앞에서 가슴이 뛴다. 흔들린다. 기상도가 된다.

– 이길원의 「기상도」 전문

여기에서 보는 바와 같이 '나는 안다'라거나 '나를 통해 태어났'다는 화자가 바로 '나'이다. 그러나 '영원으로부터 달려온 영혼'이라는 객관적 상상물과 흡착함으로써 시적 구도를 완전하게 바꾸어 놓고 있다. 더구나 대칭 화자인 '그녀'가 등장하여 상호 갈등구조를 '영혼'과 대입하여 시적 본령을 정립하고 있어서 이길원이 의도적으로 현현하려는 주제를 형상화하고 있다. 이러한 시법은 그의 특성이거나 실험일 수도 있지만, 대체로 현대시의 구도에 만만찮은 기법임을 이해하게 된다.

그가 구상하는 '기상도'는 '나'와 '그녀' 사이에서 '꿈을 꾸는 그의 영혼이 내 꿈속에서 살 수 없다는' 어떤 현실적 갈등 요소를 '영혼'이라는 상관물에 의해서 화해하고 조화를 이루려는 '무슨 연유'를 그의 내면에서 탐색하고 있다. 그것이 그가 그리는 '기상도'의 등고선이며 기상 기호가 된다.

함께 가자고 조르면 가줄걸 그랬다 / 그래도 괜찮았는데 / 함께
머물자 조르면 머물걸 그랬다 / 그래도 괜찮았는데 / 다른 길로
달려와도 이만큼 / 다른 곳에 머물러도 이만큼 / 두 손 뻗어 양껏
품을 수 있는 것보다 / 어쩌면 그 애틋한 인연이 더 맑은 시간
흩뿌려 / 깊게 뿌리박은 나무 한 그루 만들 수 있었을 텐데 / 작
지만 후회 없는 집 한 채 만들 수 있었을 텐데 / 마른 꽃 한 아
름 걷어낸 뒤에나 / 바보같이 깨닫게 되었다.

                           — 이윤경의 「아름다운 하루」 전문

그러나 이윤경은 화자가 모두 그 형체를 돌출시키지 않고 있
으나 그 화자의 주체가 누구인지를 금방 알 수 있게 시적 구도
를 형성하고 있다. 말하자면 '나'라는 화자를 은폐하고 있지만,
'나'의 정서이며 사유의 한 단면임을 파악하게 되는 시법이라고
할 수 있다. 어쩌면 이런 시법이 앞에서 말한 독백이나 넋두리
를 피해 갈 수 있는 한 방편인지도 모른다. 그의 '아름다운 하
루'는 대체로 '바보같이 깨닫게 되었다'는 자아 성찰로 조율되
고 있는데 현실적(혹은 표피적)인 잠재의식이 고고한 정서의 부
동으로 동화하지 못한 것들을 '마른 꽃 한 한 아름 걷어낸 뒤
에' 그는 이해하게 되는 갈등 구도를 화해하지 못한 것을 '바
보'로 현현하고 있다.

거친 밤잠을 안고 잔 나 / 어둠 반의 밤을 깨워 들여다보니 / 귀
속을 때리는 소리 지렁이 걸음이다 / 아스콘 깨는 소리에 / 밤사
이 다녀간 지구에 대한 이야기 / 산맥은 안식년에 들어가 / 바람
은 숲을 외불처럼 뉘운다 / 하루의 막노동을 마다하고 / 도심 한
복판에서 / 돌 깨는 소리에 땅굴 파는 소리에 / 공사명은 한전 지
중화 사업이라며 거친 눈발이다 / 불안에 떨며 안부를 묻는 민초

60

들의 새벽 / 밤을 낮 삼아 깨고 깨는 여백의 나이들 / 지구의 사
나이들 / 누가 뭐라든 어쩌다 눈 감긴 새벽의 능선에 / 올곧게 서
서 능선을 깨치며 평화의 불 속으로 뛰어드는가. / 그래도 눈 감
긴 새벽은 내 삶에 꽃 핀 새벽이다.

— 홍윤표의 「눈 감긴 새벽」 전문

  여기 홍윤표의 '나'는 완전히 작품의 중심축을 이루고 있다.
하기야 모든 작품들이 '나'를 중심으로 시간과 공간, 나아가서
는 우주까지를 함축하는 것이겠으나 '거친 밤잠을 안고 잔 나'
가 설정하는 시적 상황은 자아가 감지하는 현실적 상황의 전개
에서 적시하는 이미지의 추출은 또 다른 시법으로 작용하고 있
다. 그는 결론에서 '눈 감긴 새벽은 내 삶에 꽃 핀 새벽'으로
형상화하여 현실과 자아와의 상간성에 대해서 깊은 성찰을 하
고 있다. 그러나 '불안에 떨며 안부를 묻는 민초들'에서는 다분
히 갈등의 구조를 대입하면서 해법을 탐색하는 시적 구도를 이
해하게 된다.
  그러나 어떤 사물을 '나'로 의인화하지 않고 실제 관념 속에
서의 화자 '나'는 스스로 독백을 자초하는 우를 낳게 하는 모험
이 항상 뒤따르게 된다. 이러한 일련의 정황들은 사랑시나 종교
시 등에서 '나'를 중심으로 한 작품을 대할 수가 있는데 이는
좀더 적극적이거나 친밀감에의 접근을 시도하기 위해서 자주
사용하는 시법으로써 시적 효용을 충만시키고 독자들의 공감을
유도할 수도 있을 것이다.

  소지(燒紙)하지 못하는 미련 / 어디에선가 내 영혼의 이름도 / 반
토막이 났는지 / 매캐한 냄새가 나는 시간.

— 김대근의 「수첩을 새로 산 날」 중에서

김대근은 평범한 소재 '수첩을 새로' 사고 새 수첩에 '몇 명은 그나마 / 새 이름을 얻고 살아남'을 수 있도록 옮겨놓고 헌 수첩은 '서랍에 넣고 봉인'하는 상황이 시간성에 따른 인간의 어제와 오늘을 유추하게 하는 이미지의 형상화에 기여하고 있다.

더구나 '내 영혼의 이름'이 적시하는 이미지는 서랍에 봉인된 헌 수첩(또는 옛 수첩)에서 '혹여 죽었던 그들이' 밤마다 다그락거리는 소리를 듣는 형상은 과거와 현재의 상충되는 현실 상황에서 자아를 반추하면서 '매캐한 냄새'를 정서속으로 흡인하고 있다.

이 밖에도 송보영이 「어느 봄날의 단상」에서 '아직도 무엇이 되고 싶어 하는 터무니 없는 욕심 때문에 오늘도 나는 그저 부끄럽기만 하다'거나 이문연이 「매미 소리」에서 '매미 소리 한 옥타브에 / 내 삶이 부끄러워지던 여름날' 또는 임난희가 「가을엔 내가」에서 '가을엔 내가 꿈꾼다' 등의 어조는 실제의 자신으로 전환된 '나(또는 '내')'라는 개념을 떨칠 수가 없다.

요즘 현대시에서 흔히 말하는 형이상시(形而上詩)의 원형은 사물과 관념의 이미지를 적절하게 배합하는 시적 구도를 말하는 것도 너무 관념속의 '나'를 내세우지 말라는 것으로 이해해도 좋을 것이다. ✳

(『문학미디어』 2019. 봄호)

시간성에 관한 시적 의미

2008년이 저문다. 한국 현대시 100년의 뜻 깊은 한해가 우리 시인들의 가슴에 별다른 각인도 없이 사라지고 있다. 문학단체나 시인 단체들이 많이 있기는 하지만, 이를 기념할만한 행사(심포지엄, 시낭송 등)나 논점(論點-issue)이 없었다. 다만, 연초에 한국문인협회에서 『계절문학』 특집으로 '기획좌담-현대 한국문학 100년을 점검한다-시 100년'을 게재하여 필자와 성찬경, 성춘복 시인이 우리 시의 현주소와 나아갈 방향을 점검한 바가 있다.

여기에서 필자는 보수와 진보라는 양분된 문단이 새 정부의 출범과 함께 불식되고 새로운 패러다임을 형성하는 일과 앞으로 통일시대를 대비하는 통일문학의 연구가 필요하다고 지적하였다. 그리고 『한국문인』에서도 특집으로 '현대시 100년의 미래에 대한 고찰'(홍금자, 김 종, 김송배, 유자효, 배상호, 황금찬)을 게재하였다.

21세기 우리 시의 전망에서 외적으로 절대 배제할 수 없는 것은 우리 시의 글로벌화이다. 이를 위해서 국가가 정책적으로 지원하여 발전시키지 않으면 안 된다. 또 하나는 국토분단의 역사적 통한을 어떻게 승화해서 앞으로 다가올 통일시대의 문학을 정립할 것인가에 대한 지성적 고뇌이다

　　　　　　　　－ 필자의 '다원화 시대와 현대시의 전망' 중에서

한편 지난 여름 백담사 만해마을에서 열린 '2008 만해축전'에서 현대시 100주년 기념 학술대회가 열렸고 지난 11월에는 한국문협이 문학강연회를 전국 주요도시에서 열었던 던 것이 전부라고 할 수 있다. 그러나 지난 11월 1일 '시의 날'을 맞아 KBS Media가 주관한 '한국 현대시 탄생 100주년 기념 －시인만세－'가 국립극장에서 성대하게 열려서 많은 시인들의 관심을 모으기도 했다. 우선 지역 예선을 거쳐서 올라온 전국 시낭송 경연대회가 주목을 받았으며 시 퍼포먼스, 축하공연, 자작시 낭송, 한국인의 애송시 낭송, 작고 시인 육성 낭독 등 다채롭게 진행되었다.

이러한 행사들만으로는 현대시 100주년을 기념하고 그 의미를 기리는 것은 미흡하다. 적어도 전국의 시인들이 모여 '시의 날' 잔치를 벌이면서 시와 대중들과의 만남을 시도했어야 옳았을 것이다. 문인단체도 국가도 모두 무관심했던 것은 오점으로 남겨질 수도 있을 것이다.

각설하고 지난호 『문학미디어』에서는 9명의 작품 18편이 수록되었다. 여타 문학지보다는 적은 편이다. 질보다 양을 중요시하는 것은 아니지만, 앞으로 좋은 시를 더 많이 게재하여 우리 시의 저변확대에 기여해 주기를 바라는 것은 필자만의 욕심일까.

코스모스가 피었다고 / 가슴 달싹이는 소녀의 무제(無題) // 한적한
모퉁이 길에 서서 나지막이 / 강 너머 가을을 불러내는 추억의
목소리 / 맥없이 연고도 없는 풀꽃에게 / 그 사람의 안부를 묻는
추억의 떨림 / 늘 달아나기만 하는 물살을 / 걷어차는 세월의 꼬
리지느러미 / 이어 놓고 끄나풀도 없는데 / 먼 하늘 감아 들이는
인연의 얼레질 / 풀 향기 따라 외진 길 접어드는 / 목련꽃잎 같은
추억의 발자국 / 겨드랑이에 숨어 든 가을바람까지 수소문해서 /
원근법에 길들여진 캔버스 길로 접어드는 / 추억의 귀향 // 어언 /
강 건너 가을을 탐하는 / 정분의 보랏빛 점 하나가 팽창한다 // 평

오양수는 「추억의 비구상」을 통해서 지나간 시간을 다시 불
러오고 있다. '코스모스가 피었다고 / 가슴 달싹이는 소녀'의 '추
억'은 끝까지 긴장을 풀지 못한다. 과거가 현재에 접목되면서
'비구상'으로 그려 나가는 시적 정황들이 한 행마다의 이미지로
구성하면서 긴장감을 고조시키고 있다. 그러나 '추억'이라는 어
휘를 삽입하여 시의 의미나 정황들을 감도 높게 현현하려 했지
만, 오히려 설명하는 부분으로 나열될 우려가 있음을 배제할 수
없다. '추억의 목소리', '추억의 떨림', '추억의 발자국' 그리고
'추억의 귀향' 등의 언술은 그 빈도수에 따라 이미지를 저하하
는 작용도 있게 하고 있다.

품속에 잠깨고 눈 떴어도 / 괴롭도록 그날들이 들락거린다 / 측량
할 수 없는 그리움의 무게 / 종지부를 찍기에는 너무나 큰 하늘
// 끝 곡을 연주하는 삶의 고개에서 / 바람처럼 애절함이 배일(排
日)하고 있다

김솔아도 역시 「오월 애모」에서 '그날들이 들락거린다'거나

'삶의 고개에서' 등은 시간성에 민감한 반응을 보이고 있다. 더구나 '오월'이라는 특정의 계절적 이미지가 '그리움의 무게'로 투영하는 것을 보면 그 '애절함'에 대한 중심축은 역시 시간성과 상관관계에서 시적 발상이 현현되었다고 할 수 있다. 그러나 함께 발표한 「비 개인 새벽길―동해로 가며」에서처럼 시적 공간이 없다는 점을 주목하게 된다. 시간과 공간이 적절하게 융합되지 않으면 관념적 이미지로만 작품을 완성하게 되는데 이때 유의할 점은 한 개인의 독백이 되지 않도록 각별히 언어의 조합에 신경을 쓰지 않으면 안 된다.

이번 가을엔 / 진하게 녹여진 저린 사연 / 찬바람 서리 전에 / 지우고 싶다 // 문구점을 가니 / 연필을 지우는 지우개도 있고 / 잉크를 지우는 지우개도 있는데 / 나를 지우는 지우개는 없다한다 // 너와 나와 만들던 사랑 / 불보다 뜨겁게 달구었던 / 그 아픈 흔적을 말끔히 지우는 / 지우개는 그 어디에도 없다한다 // 가을이 되면 / 바람을 지우듯이 너를 지운다 / 너와 내가 함께한 사랑 / 그 아픈 흔적을 지운다

유병택의 「공연한 다짐」도 '가을'과 '서리 전', '아픈 흔적' 등은 시간성에서 발현된 언어들이다. 그는 '너와 내'라는 화자를 등장시켜서 '함께한 사랑 / 그 아픈 흔적을 지'우려는 지움의 미학을 창출하고 있다. 이처럼 현대시에서 시간성은 중요하다. 과거, 현재, 미래라는 존재론적 시간의 의미 이외에도 춘하추동의 계절적 의미와 낮과 밤(혹은 조석) 등 그 시간에 따른 사물의 변화는 서로 다른 이미지를 제공할 뿐만 아니라, 다양한 형태의 시적구도를 형성하는 동인(動因)이 되기도 한다.

뜨거워질수록 끈질기게 매달리는 / 매미의 울음 / 울컥울컥 터져 나오고 있다 // 여름 불꽃 쏘아올린 빛과 빛 사이로 / 반지하 단칸 방에서 노파가 빨대로 요구르트를 / 마셔댄다. 수 십 년의 언덕을 쪽쪽 빨아댄다 / 목숨을 다해 지나왔던 꽃자리는 / 흙 속의 젖어 있던 날개였을까 // 누구나 하늘의 뿌리였다 // 한낮의 정오, / 그늘이 조용히 숨 거둘 때까지 / 이렇게 슬피 울던 날개를 아스라이 펼쳐드는.

한승엽의 「지상의 매미」에서도 '여름'과 '정오'라는 시간성을 전제하면서 '매미의 울음'을 형상화하고 있다. 또한 '수 십 년의 언덕'과 '지나왔던 꽃자리' 등의 언술도 시간과 무관하지 않음을 알 수 있다. 결국 현대시의 구도는 시간과 공간의 조화에서 이루어진다. 삶의 궤적에서 추출하는 과거의 시간과 공간, 현실적 갈등과 고뇌를 해소하려는 현재의 시간과 공간은 시인들에게 가장 중요한 소재이며 주제로 승화하는 요소가 되고 있기 때문이다.

그러나 이 시간성을 직접 표현하지 않고 간접적으로 암시하는 경우도 있다. 가령 김재분이 「호수와 달」에서 '호수는 / 달을 안고 있어요 / 당신처럼 // 달은 / 호수를 / 몽땅 차지하고 있어요 / 나처럼'에서 알 수 있듯이 '달'은 밤의 시간이다.

또한 김학순의 「까치밥」에서도 '깊은 잠에서 / 깨어나 보니 / 해는 / 앞마당 / 감나무 끝에 매달려 있다'거나 「대평원―미국서부에서」 '태양은 종일 작열하고 / 상처 위로 / 긴긴 수로 / 평원을 다 독인다'에서 '해(태양)'의 시간을 이해할 수 있게 한다.

한편 김영채의 시간도 암묵적으로 제시하고 있다. 「생굴 장수」에서 '하얀 눈길 위로 스며 오던 / 낮은 목소리'와 '눈송이 툭툭 털고 들어서던 / 영감님', '정겨우시던 화롯가 / 곰방대 한 모금

긴 연기'로 겨울의 시간을 언술하고 있다. 이렇게 시간성에 관한 시적 의미는 무한하다. 어쩌면 현대시의 양상이나 형태가 모두 시간을 배제하고는 성립될 수 없을 정도로 불가분의 관계에 있다고 해도 과언은 아닐 것이다. 누군가가 시간은 인간이 소비할 수 있는 가장 가치 있는 것이라고 했다.

필자도 시집 『시간의 빛깔, 시간의 향기』 '시인의 말'에서 '과거 현재 미래가 모두 불투명한 변주곡이기에 무엇을 속단하기 어려운 칠흑 어둠 속에 어느 날 내가 홀로 서 있음을 알았다'며 '나에게 배당된 시간은 얼마일까' 하고 고뇌한 적이 있었다. 그러나 '시간이 소유한 비방(秘方)은 사랑(졸시 「시간에 대하여·7」 중에서)' 뿐이라는 것을 스스로 이해하기 까지는 60여년의 시간이 필요했다. 이것이 시간성에서 시적 의미를 창출하는 충분조건인지도 모른다. ✳

(『문학미디어』 2008. 겨울)

시적 서정성, '세월'과 동화와 진실

시의 사전적 해석은 '문학을 형식상으로 크게 분류하여 산문과 운문으로 나뉘어 지는데 운문의 대표적인 형식이 시이다. 시의 정의는 간단히 말할 수 있는 성질의 것이 아니지만, 그 일반적인 공통점을 추려서 말한다면－시란 인간의 사상과 감정을 운율과 이미지로 결합하여 압축 통일시켜 표현한 문학의 한 장르－'라고 간추릴 수 있을 것이다. 그러나 이렇게 장황하게 시의 정의를 하는 것보다 카알 샌드버그(C.A. Sandburg-미국의 시인)는 '시란 무지개가 어떻게 만들어지고 왜 사라지는가 하는 것을 가르쳐 주는 환상의 대본이다'라고 설명하고 있다. 무지개의 생성과 소멸에 대한 순간의 환상(fantasy)이라고 한다면 그것을 찾아나서는 시인들의 상상력은 무한의 우주를 헤매어야 한다는 심경의 고뇌가 동반하고 있는 것이다.

그래서 '시는 너무나도 재빨리 수평선 저쪽으로 사라져 가기 때문에 설명할 수 없는 인생에 관한 일련의 설명이다.'라고 말하는 것을 보면 어떤 시각적이나 우리의 외관(外官)에서 보거나 듣거나 할 수 없는 불투명한 마력(魔力)을 지니고 시인들에게 인생문제 등을 탐색하는 책무를 준 것이 아닌가 생각되기도 한다.

대체로 시창작에서 소재나 주제의 창출은 자신의 체험을 중시하면서 거기에서 재생하는 상상력이 우리 인간들의 진정한 내면의 노래를 도출하는 경향을 자주 대하게 되는데 이는 자신의 체험을 통해서 자신의 존재를 인식하고 성찰하는 인생론이 동행하고 있어서 이를 창조하기 위해서는 무지개의 환상 같은 내적인 관념의 형상화가 필요하다는 결론에 도달한다. 지난 여름 『문학미디어』에 발표한 작품들은 우선 서정성과 자연과의 동화(同化)를 엿볼 수 있으나 외적(外的)인 표현에 집중함으로써 사물이미지만 노출되고 관념인 주제가 미약(微弱)한 위험을 내포하고 있어서 이미지의 적절한 혼용(混用)이 필요함을 유념해야 할 것이다.

> 숲에는 샘이 있다 / 땀 흘림으로 인하여 / 목마른 자만이 / 마실 수 있는 샘물이 있다 // 숲에는 터가 있다 / 일함으로 인하여 / 지친 자만이 / 쉴 수 있는 쉼터가 있다 // 숲에는 둥지가 있다 / 베풂으로 인하여 / 그리워하는 자만이 / 꿈꿀 수 있는 아랫목이 있다 // 숲에는 꽃이 있다 / 숲에는 향이 있다 / 숲에는 아늑한 마을 / 풀잎 속삭이는 꽃동네가 있다.
>
> — 박영춘의 「숲에는」 전문

박영춘은 '숲'이라는 전형적인 자연 사물에서 획득하는 이미지는 다양하게 현현되고 있다. 자연 친화에서 흡인된 정감의 이미지는 보는 바와 같이 '마실 수 있는 샘물', '쉴 수 있는 쉼터', '둥지', '꿈꿀 수 있는 아랫목', '꽃', '향', '아늑한 마을' 그리고 '풀잎 속삭이는 꽃동네'로 분화하고 있어서 만유(萬有)의 대자연

'숲'에서 취하는 사유(思惟)의 갈래는 모두가 생명성과 상관하는 풋풋한 내적인 향기를 가지고 있다.

이러한 그의 내면에는 '땀'과 목마름, 일함, 지침, 베풂, 그리움, 꿈, 그리고 속삭임 등등의 일상적인 동화(同化)와 상호 유대적인 언어로 관념의 의미를 교감하는 시법을 이해하게 된다. 그는 함께 발표한 작품 「유채꽃 풍경」에서도 '맨발로 왔다 맨발로 가는 / 그 바람 뒷모습 쌀쌀하네 // 노랑나비 노랑꽃에 앉아있거늘 / 눈길 주지 않고 그냥 지나치네 // 유채꽃에 파묻힌 둥그런 돌덩이 / 그 바위 구름처럼 꽃에 붕 떴네.'라는 어조로 어쩐지 '그 바람 뒷모습 쌀쌀하'다는 부조화의 자연에서 무엇인가 고립되고 고독한 상념이 교감하고 있다.

쓸쓸함이 범람하는 허리 흰 백사장 / 밀려온 파도가 몸을 푸는 모래톱에 / 아직 잠들지 않은 야윈 햇살이 / 푸석한 얼굴 포개고 있다 / 푸른빛으로 노래하던 해조음은 / 먼 길 더듬는 바람의 연골에 부딪쳐 / 거친 파도소리를 뱉어내고 / 절정을 향해 치닫던 뜨거운 몸짓들 / 이젠 돌아올 수 없는 기억의 저편에서 / 부다듯한 시간의 뼈를 줍는데 / 언제였나 / 진실한 사랑으로 부르던 노래들도 / 물때에 부대끼는 흰 거품이 되었다가 / 모래성처럼 무너져 흩어진다 / 지금은 출렁이는 꿈을 좇아 퍼덕이던 / 은빛 날개를 조용히 접을 때 / 저만치 달아난 꿈꾸던 시간들은 / 왜바람의 발치 아래 파도로 뒤척이다 / 시린 가슴속 동굴 하나 만든다 / 이제 얼마 뒤엔 서릿발 하늘 / 허공에 꿈 한 점 떨구고 가는 갈매기들 / 시나브로 짚어가던 저무는 계절은 / 키질 하는 바람의 울음으로 적시겠지 / 그러나 꿈은 늘 가지런한 것 / 멀리 불 켜진 등대 너머 / 저녁별 하나 반짝 떠오르고 / 집어등 밝힌 오징어 잡는 배들이 / 만선의 꿈 바다에 풀어놓는다.

우덕호도 '바다'라는 유형(有形)의 사물과 '저물 무렵'이라는 무형(無形)의 시간성을 조화함으로써 그가 여망하고 기원하는 '꿈'의 승화를 노래하고 있다. 이러한 그의 시법에서는 먼저 시각적인 이미지의 활용이 적절하게 이루어지다가 다시 청각으로 변용하는 다변적인 이미지를 접할 수가 있다. 이는 '허리 휜 백사장'이나 '몸을 푸는 모래톱', '야윈 햇살', '부대끼는 흰 거품', '서릿발 하늘', '갈매기', '불 켜진 등대', '저녁별 하나', 그리고 '집어등 환하게 밝힌 배들'로 사물을 응시하면서 분사하는 시각적인 측면에는 '해조음', '파도소리', '부르던 노래', '바람의 울음' 등의 청각적인 예리한 음율(音律)을 투영하면서 작품의 의미를 구현하고 있다.

다만, 작품의 도입부분과 상황설정 그리고 사물과 관념의 융합을 위한 작품의 전개가 대단히 복잡하다는 결론에 이르면 사유의 산만한 정감이 약간 결집이 되지 않는 모순에 도달할지도 모르는 위험을 경계해야 할 것이다. 그러나 그가 몰입하는 주제는 '출렁이는 꿈'과 '꿈꾸던 시간' 그리고 '만선의 꿈'에서 엿볼 수 있는 바와 같이 그의 시적 진실을 지향하는 '집어등'처럼 환하게 밝혀지고 있는 것이다.

달빛 부서져 / 물결 위에 춤추는 소리 / 두 손바닥 가득 담아 듣는다 // 사방팔방 튀어 오르는 소리 / 돌돌돌 미끄러져 흐르는 소리 / 해맑은 소리 흘러 어둠 속으로 숨는다 // 달빛 한 웅큼 / 별빛 한 웅큼 // 움켜 담아도 / 움켜 담아도 / 눈부심은 가시지 않는다 // 시간을 잊고 / 부서져 반짝이며 흐르는 / 달빛 / 달빛 닮은 // 소리.
— 정광지의 「여울 소리」 전문

정광지는 '소리'를 통해서 특유의 청각적 이미지를 발현하고
있다. 그는 물결 위에서 달빛이 부셔져서 춤추는 소리가 다양한
선율로 서정성을 구현하고 있다. 그 소리를 '두 손바닥 가득 담
아'도 끝내는 '어둠 속으로 숨는' 시적 정황이지만 여기 '여울
소리'에서 적시하는 의미성은 무한의 시간과도 상관하면서 우리
들의 정서에 잔잔한 울림으로 들려주고 있다.

환갑 아들 앞에 응석부리며 / 일상이 동화로 돌아가 / 스스로 어
린아이 되어 / 떼장이가 된 아흔의 노모 // 그 길었던 / 헌신의 아
픈 세월 어이 다 버려두고 / 오직 동공에 담은 영상 / 그리운 어
린 날 하나만 맴돌고 // 수염 허연 자식 앞에 분별없는 / 딱한 다
섯 살 고집으로 / 삶의 마감 유예받으며 / 의식을 던져버린 아픔
까지 잊었다 // 아기의 떼 뒤에 숨어버린 의식 / 어찌 받들어야 할
까 / 안타깝게 잡아주는 손 뿌리치며 / 투정으로 정 구하는 애달픔.
                                    – 정광지의 「망각한 세월」 전문

함께 발표한 「망각한 세월」에서도 시간성에 대한 아쉬움과
안타까움으로 전개하고 있는데 '아흔의 노모'를 위한 헌사를
'헌신의 아픈 세월'과 '삶의 마감 유예받으며 / 의식을 던져버린
아픔까지 잊'어버린 사모(思慕)의 정을 애달프게 노래하고 있다.

코스모스가 피었습니다 / 며칠 내 비바람이 몹시도 몰아닥치더니
/ 서서히 꽃으로 피어났나 봅니다 / 그 자리에 피고 또 피고 지더
니 / 매마른 땅에 향기를 가득 실어 옵니다 // 코스모스가 피었습
니다 / 귀뚜라미 울음소리에 며칠밤 잠을 설치더니 / 가녀린 모습
으로 피어났나 봅니다 / 산들바람에 흔들리고 또 흔들리더니 / 메
매른 가슴에 설레임을 심어줍니다 // 코스모스가 피었습니다 / 너

의 모습을 / 너의 향기를 / 닮고 싶던 소녀는 / 세월의 향기 속에 /
어느새 머리에 흰꽃물이 들었습니다 // 그때는 몰랐습니다. / 저만
치 그리움이 가을을 몰고 올 때 / 어느새 삶도 가을이었다는 것을..
       - 정성원의 「코스모스가 피었습니다」 전문

    정성원도 '세월의 향기'라는 시간성에서 후각적인 이미지를
생성하고 있는데 그의 결론적인 의미는 '어느새 삶도 가을이었
다는 것'이라는 세월과의 동화하는 시법이 '코스모스'라는 사물
에서 흡인하는 '설레임'과 '그리움'으로 형상화하는 전개가 상당
한 공감을 불러오고 있다. 그는 '코스모스'와 '귀뚜라미 울음소
리'는 동일한 이미지로 작용하지만 '너의 모습을 / 너의 향기를 /
닮고 싶던 소녀는 / 세월의 향기 속에 / 어느새 머리에 흰꽃물이
들었습니다'라는 어조는 세월의 아쉬움이 적나라하게 현현되고
있어서 삶(혹은 인간)과의 밀접한 상관성을 적시하는 자연과 세
월과 인간과의 동화를 정감으로 이해하게 된다.
    함께 발표한 「세월호」에서도 '잊지 않으려는 약속을 할 수 없
어도 / 바람 따라 왔다 갔노라 / 풀꽃에게 소식이나 남겨놓고 가
게나' 라는 어조로 '그리움'이 세월에 묻혀지는 아쉬움이 절절하
게 현현하고 있어서 그가 내면에 굳게 새겨두는 세월은 어쩔
수 없이 동행하면서 수용해야 하는 정감(情感)을 이해하게 된다.

한 움큼씩 손에 쥐고선 / 거센 바람이 / 건너뛰며 들어선다 // 껍질
벗기니 / 속살 향기가 / 입 안 가득 소리내고 있다 // 한뜸한뜸 / 한
올한올 / 마음을 내려놓아 / 오늘 혼자가 아닌 / 함께함이 // 여기저
기 수군거리는 / 하루가 기울어져 가는 시간 / 아랑곳하지 않는 /
수없는 이야기 / 힘든 어제를 토하고 있다.
       - 이 샘의 「사랑심기·2」 전문

이 샘도 '하루가 기울어져 가는 시간'을 통해서 그가 감지하는 이미지는 '속살 향기'와 '여기저기 수군거리는 / 하루'에서 후각과 청각을 동원한 신선한 정적인 이미지를 발현하고 있다. 여기에서 '하나님의 정원에서'라는 부제가 붙어 있는 것은 그 나름의 상당한 의미를 적시했지만 '힘든 어제를 토하고 있다.'는 어조는 '어제'라는 시간성으로 그의 '사랑심기'가 심도 있게 진행되고 있음을 묵시적으로 현현하고 있다고 할 수 있을 것이다. 함께 발표한 「사랑심기 1」에서도 '추억들이 흐느적거리'거나 '숨결 건져 올린 / 푸른 눈망울 꺼내어 / 정을 쏟아내고 있다'는 어조에서도 '추억'이라는 삶의 궤적(軌跡)에서 창출된 시간(혹은 세월)의 이미지가 강렬하게 부각(浮刻)됨으로써 '하나님의 정원 쉼터에서' 만끽(滿喫)할 수 있는 사랑의 주제를 명징하게 현현하고 있다.

바위가 말이 없다고 하는 것은 다 거짓말이다 / 바위는 할 말이 너무 많아 / 자신의 몸속에 많은 언어를 가두고 있을 뿐 // 수다쟁이 바위를 상상해보라 / 작고 수많은 알갱이들 / 바위가 되기 전의 각양각색의 사연과 이야기들을 간직한 채 / 아무 일도 없었다는 듯 무심히 서 있는 것이다 // 우리는 바위 곁을 지나칠 때면 / 두 귀를 막아야 한다 / 한번 터지기 시작하는 이야기들을 감당하지 못하므로…. // 그래서 어느 날, 나는 / 바위의 모래알 같은 작은 알갱이들이 / 동시에 말하기 시작하자, / 그 바위를 두 팔로 안고 / 조용히 쓰다듬기 시작했다.

— 서현진의 「바위」 전문

서현진은 묵언(默言)의 '바위'에게 '바위가 말이 없다고 하는 것은 다 거짓말이다 / 바위는 할 말이 너무 많아 / 자신의 몸속에 많은 언어를 가두고 있을 뿐'이라는 전제로 '바위'가 간직한 묵시(默示)나 묵음(默吟)에 대한 또다른 의미를 창조하고자 다변적인 스토리를 구현하려는 그의 내심(內心)을 엿보게 한다. 그는 '수다쟁이 바위'라고 상황을 설정하고 있다. 그러나 '바위가 되기 전의 각양각색의 사연과 이야기들을 간직한 채 / 아무 일도 없었다는 듯 무심히 서 있는' 정황(情況)은 약간 생경(生硬)한 이미지를 대할 수 있겠으나 이러한 모순어법(oxymoron)을 러시아의 평론가 빅토르 쉬클로프스키는 '낯설게 하기' 또는 생소화(生疏化)라고 해서 문학이론을 말하고 있다. 이는 흥미나 긴장감을 유발시키기 위해서 사용하는 문학의 한 기법이다.

그가 함께 발표한 「안개」는 요즘 흔히 말하는 스토리텔링(story telling)의 시법을 잘 활용하고 있는데 어떤 이야기를 통해서 진정한 주제를 구현하려는 기법이다. 근래에 우리 시인들이 '낯설게 하기'와 함께 이 '스토리텔링'의 시법을 자주 응용하고 있어서 새로운 시적 흥미를 감응하고 있는 것이다. 일찍이 장 콕토가 시는 진리이며 단순성이라고 했다. 그것은 대상에 덮혀 있던 상징과 암유(暗喩)의 때를 벗겨서 대상이 눈에 보이지 않고 비정하고 순수하게 될 정도로 만들어 놓은 것이라는 시론으로 시를 정의하고 있어서 지금도 우리들은 시 창작에서 참고 자료로 삼고 있는 것이다. ✳

(『문학미디어』 2008. 가을.)

고독과 독백의 간극, 그 화해의 해법

지난 여름 우리 시단에서는 영원히 잊지 못할 행사가 있어서 이를 환영하면서 관심의 대상이 되었다. 우리의 문화재청에서 윤동주(1917~1945) 시인과 이육사(본명 이원록. 1904~1944) 시인의 친필원고를 문화재로 등록했다는 소식이다. 윤동주의 친필원고는 그가 남긴 유일한 원고로 개작한 작품을 포함해서 1934년부터 1941년 사이에 쓴 시 144편과 산문 4편이 담겼다고 한다. 시 「하늘과 바람과 별과 시」와 같은 개별 원고를 묶은 시집 3책과 산문집 1책, 낱장 원고로 구성되었는데 '하늘과 바람과 별과 시'라는 부제가 달린 「서시(序詩)」는 우리들에게 익숙한 작품이다.

죽는 날까지 하늘을 우러러 / 한 점 부끄럼 없기를, / 잎새에 이는 바람에도 / 나는 괴로워했다 / 별을 노래하는 마음으로 / 모든 죽어가는 것을 사랑해야지 / 그리고 나한테 주어진 길을 / 걸어가야겠다 // 오늘 밤에도 별이 바람에 스치운다.(1941. 11. 20.)

한편 시인이면서 독립운동가였던 이육사의 친필 원고 「편복(蝙蝠)」은 그가 1939년부터 40년 사이에 쓴 시라고 한다. 일제 강점기 우리 민족의 현실을 동굴에 매달려 살아가는 박쥐에 빗댄 시로 이육사의 시 중에서 가장 무게 있고 훌륭한 작품으로 평가받고 있다. 당시 이 작품은 사전 검열에 걸려 발표하지도 못하다가 해방 후인 1956년 『육사시집』에 처음 수록되었다. 작품 「편복(蝙蝠)」 전문을 독자들을 위해서 다음과 같이 옮겨 본다.

광명을 배반한 아득한 동굴에서 / 다 썩은 들보라 무너진 성벽 위 너 홀로 돌아다니는 / 가엾은 박쥐여! 어둠의 왕자여! / 쥐는 너를 버리고 부잣집 곳간으로 도망했고 / 大鵬도 북해로 날아간 지 이미 오래거늘 / 검은 세기에 喪裝이 갈갈이 찢어질 긴 동안 / 비둘기같은 사랑을 한 번도 속삭여 보지도 못한 / 가엾은 박쥐여! 고독한 유령이여! // 앵무와 함께 종알대어 보지도 못하고 / 딱따구리처럼 고목을 쪼아 올리도 못 하거니와 / 만호보다 노란 눈깔은 유전을 원망한들 무엇하랴 // 서러운 呪咒 일사 못 외일 고심의 이빨을 갈며 / 종족과 홰를 잃어도 갈 곳조차 없는 / 가엾은 박쥐여! 영원한 '보헤미안'의 넋이여! // 제 정열에 못이겨 타서 죽는 불사조는 아닐망정 / 空山 잠긴 달에 울어 새는 두견새 흘리는 피는 / 그래도 사람의 심금을 흔들어 눈물을 짜내지 않은 가! / 날카로운 발톱이 암사슴의 연한 간을 노려도 봤을 / 너의 머-ㄴ 조선의 영화롭던 한 시절 역사도 / 가엾은 박쥐여 멸망하는 겨래여! // 운명의 제단에 가늘게 타는 향불마저 꺼졌거든 / 그 많은 새 짐승에 빌붙일 애교라도 가졌단 말가? / 相琴鳥처럼 고운 뺨을 채롱에 팔지도 못하는 너는 / 한 토막 꿈조차 못꾸고 다시 동굴로 돌아가거니 / 가엾은 박쥐여! 검은 화석의 요정이여!(1956. 유고 『육사시집』)

이제 우리 시인들의 친필 작품들이 국가의 문화재로 등록되는 쾌거를 보면서 우리 시인들은 자신의 시세계를 더욱 고차원으로 정립하고 작품도 문학성이 출중(出衆)한 시의 위의(威儀)가 되도록 절대적인 열정을 모아져야 할 것이다.

지난 여름호의 작품들은 김민수가 '살기가 시시하면 시를 쓴다 / 무엇을 해 봐야 더 시시하니 / 시를 쓰면서 시름이 시가 되고 / 시시함도 시가 된다 / 웃음 뒤 울적함이 눈물을 쓰고 / 거울 속에 서 있는 거짓을 닦고 / 시를 쓰면 시시함이 시원해 진다 / 딱지 앉은 가슴 / 응어리 한 꺼풀 벗겨져 / 불그래 새살이 돋고.' 라는 작품 「시를 쓴다 2」가 우선 눈길을 흡인시킨다.

김민수는 시인이 시를 쓰면서 스스로 내뱉는 시인의 독백이다. 시인들은 한번쯤은 깊이 생각해봄직도 한 일이다. 그는 '웃음 뒤 울적함이 눈물을 쓰고' 이미지를 재생시키고 있다. 그것이 '시를 쓰면 시시함이 시원해 진다'는 결론에 이르기까지 그의 사유(思惟)의 중심에는 왜 시를 써야 하는지를 진솔하게 적시하고 있다.

본의 아니게 연(緣)이 닿은 개똥밭 / 누구나 혼자 머물다 바다로 간다 외로이 / 다들 그래도 저승보다 이승타령 / 왜냐고 / 사랑 때문에, 돈 때문에 / 사랑은 고독의 문신 / 돈은 육신의 문서 / 산 입에 거미줄 치는 일 없다면 / 사랑 아니, 고독이 문제겠지 ─중략─ 히말라야 밤하늘 무수한 별 / 홀로 떨어져 있는 별이 더욱 빛나지 / 곧 그렇게 될 거야.

                               ─ 김민수의 「고독의 독백」 중에서

한편 그의 독백은 저승과 이승을 넘나드는 '사랑'과 '돈'이라는 실재(實在)의 인간적인 고뇌를 분사하고 있는데 이는 그가 당면한 '홀로 떨어져 있는 별'이라는 시적 정황이 '고독'의 깊은 심연으로 흡인시키고 있다. 그것이 '개똥밭'이라는 인간세의 '연'과 그에게 내재한 휴머니즘적인 정서와 교감할 때 '사랑 아니, 고독이 문제'라는 결론을 창출하고 있는 것이다.

> 나이가 무거우니 여유조차 묵직하여 감당하기 버거우이 // 가슴 뛸 때 / 눈빛 강렬할 때 / 향기 뿜어줄 때 / 환희를 안겼을 때 / 아집을 세웠다는 사실이 창피하구려 // 행운의 여신은 거치적거릴 만큼 / 널려 있을 거란 착시현상이 자만이었다는 걸 / 겨우 알아가려는데 / 근육은 몽창시리 빠져 버렸수다 // 그래서 / 보이는 앞의 만물에 / 이제라도 새뭇새뭇 하다보면 / 느슨했던 맥박이 / 퉁퉁 살아주려나 / 변명을 반성처럼 하려하오.
>
> — 이철희의 「성찰」 전문

또한 이철희는 '성찰'에서 '버거우이', '버렸수다', '새뭇새뭇' 등의 익숙치 않은 단어가 새로운 시적 상황과 결합하고 있는데 어조의 실감을 유로하는 특징을 이해하게 한다. 어찌보면 북한 말을 그대로 인용하여 '나이'라는 인생의 연륜에서 응시해보는 자아가 이제 '행운의 여신은 거치적거릴 만큼 / 널려 있을 거란 착시현상이 자만이었다는 걸 / 겨우 알아가려는데'라는 어조에서 이해할 수 있듯이 그의 '성찰'은 '변명을 반성처럼 하려하오'라는 그의 진실이 분사하고 있다.

한편 그는 '초승달빛이 차다 // 사방이 비수처럼 시퍼렇게 차다 / 살을 에는 삭풍으로 온몸이 차다 / 매몰찬 사내놈의 비웃음이 차다 // 소녀가 고개를 야멸스레 떨구고 / 산부인과병원 계단을 내려오다가 / 후들후들 떨리는 발목을 잔뜩 긴장하고 / 흔들리는 초점으로 / 밤하늘을 쳐다보기에 / 멀찍이서 나도 / 넌지시 올려다

보았더니.(「냉소」 전문)'와 같은 어조로 그가 착목(着目)한 사물
들이 모두가 '차다'는 체감(體感)으로 시적 상황을 전개하면서
긴장(후들후들 떨리는 발목을 잔뜩 긴장하고)과 관망(넌지시 올
려다보았더니)이라는 심적 변화를 통해서 결국 '냉소'라는 메시
지를 유로하고 있다.

이처럼 이철희는 '성찰'이나 '냉소'라는 그의 내면 정서에서
시적으로 투영시킨 관념이미지는 자신의 가치관과도 무관하지
않다는 감정이입(感情移入)을 이해하게 한다. 우리 인간이 시적
대상에게 자신의 감정을 이입하고 공감함으로써 미적 예술이
성립되는 시법을 잘 활용하고 있음을 읽을 수 있다.

> 가을이 그리워 / 산골 여울목에는 / 찬바람 노을에 걸려 / 경이로운
> 그림으로 피어난다 // 바람소리 / 숲속을 지나 / 산기슭 언덕 움막
> 뜰에 / 오동잎에 / 새겨진 사연마다 / 소리 없는 아픔의 방황 서러
> 움이 / 응결돼 고독이 시려온다.
>
> — 공정식의 「가을 명상」 전문

여기 공정식은 어떠한가. 공정식의 가을도 '고독'이다. '그리
움＝고독'이라는 등식을 성립하여 '아픔'과 '서러움'으로 그의
'명상'은 시작된다. 그는 시각(산골 여울목, 노을, 산기슭 언덕
움막, 오동잎)뿐만 아니라, 청각(바람소리)적 이미지까지 복합적
으로 공감각적 혹은 절대 심상으로 그의 시혼을 '고독'으로 응
결시키고 있다.

또한 그는 함께 발표한 '인생은 / 잠깐 머무는 듯 / 선회(旋回)
하는 날개를 달아 / 과거도 / 현재도 / 미래도 / 모두 함께하는 / 세월
이 / 흐르는 듯 가고 / 고여 있는 듯 / 흐르고 간다 // 또 흐르고 가
는 인생이란다 참!(「흐르는 인생이여!」 전문)'과 같이 '가을'이라

는 시간성에서 추출한 '고독'이 바로 '세월(과거, 현재, 미래)'에
서 재생한 이미지가 그의 인생론(인생이란다)으로 명징하게 적
시하고 있다.

코앞에 두고도 / 단 한 번을 만나지 못해 / 그리움만 키웠다 // 그
리워 그리워서 / 헐벗은 몸이 되어 / 휘파람 소리만 냈다 // 눈물은
눈(雪)이 대신하고 / 한숨은 바람이 대신했다 // 사랑이란 / 꽃짐을
지고 사는 것 / 무겁지만 끝내 내려놓지 못하는 / 일기장 같은 것
// 겨울나무 / 바람소리 빌려 눈물 닦는다.
- 김민정의 「겨울나무」 전문

김민정은 '겨울나무'로 의인화하여 진정한 자신의 목소리로
심연의 진실을 토로하는 화법으로 시를 전개하고 있다. 앞에서
보아온 화자 '나'보다는 '겨울나무'라는 사물을 통해서 자신의
정감을 동화(同化-assimilation)하거나 투사(投射-project)하는
시법은 우리들의 공감을 확대하고 있다.
그는 '겨울'의 시간성에서 생성시킨 이미지는 '그리움'이다.
여기에는 '사랑'을 전제로 하고 있다. 이 '겨울나무'의 이미지나
상징은 대체적으로 계절(시간성)을 통해서 긴 휴식을 취하면서
도래할 내년 봄의 이미지, 즉 새생명의 탄생 등을 꿈꾸면서 새
로운 세상을 그리워하는 상상과 관념으로 나타나는데 그의 명
민한 감정이 잘 투사되어 '그리움'과 '사랑'을 복합적으로 흡인
하는 의식의 흐름으로 사물의 의인화에 기여하고 있다. 함께 발
표한 「내님」에서는 '불보다 뜨거운 심장을 / 호수보다 푸른 새날
을 / 끝없이 내어주는 / 그는 바로 / 사랑을 주기에 충분한 사람'이
라는 사랑의 대상이 애절하게 현현되고 있어서 '겨울나무'의 이
미지는 더욱 명징하게 이해할 수 있게 한다.

이 의인화(personification)는 사물이나 추상적인 개념들에 생명을 부여하는 언어 표현의 한 방식으로서 우리 시에서 많이 응용하여 독자들에게 생동감 있게 다가가는 시창작법이다. 모든 자연물(사물)들이 우리 인간의 존재양식과 연결하여 생명력을 형상화하는 특징이 있다.

할아버지 지게에 올라앉아 / 보물 대접 받으며 / 봄바람과 함께 / 밭으로 외출을 했네 // 가로다지 볼록한 배불뚝이 / 좁은 아가리의 생김새 / 생활 속 숨결이 묻어나는 멋과 / 소박함을 느낄 수 있네 ―중략―풍요로운 수확 안겨주려 / 지독한 냄새도 마다 않고 / 새 새명 지키려고 밭으로 / 씩씩하게 나가는 장군, 똥장군.

― 박수여의 「똥장군」 중에서

박수여는 옛 할아버지 시대의 우리 농촌 정경을 재생함으로써 잊혀져가는 순박한 정서가 '새 새명'과 교감함으로써 시적 의미를 부여하고 있다. 이처럼 요즘 시법에는 어떤 이야기를 도입해서 그 과정이나 상황을 전개하면서 주제를 창출하고 그 시인의 진실을 결론으로 적시하는 일종의 스토리텔링으로 작품을 구성하는 시인들을 많이 대할 수 있게 한다.

그는 함께 발표한 「연꽃차」는 짙은 서정성이 가미된 안온한 작품이다. '시간과 공간 속에 / 진한 그리움으로 배어 있는 / 은은한 향기 선물로 주어 / 모난 마음 어루만져 준다.'는 심리적인 안정을 유로하고 있어서 '연꽃차'가 갖는 이미지가 돋보인다. 특히 '극락정토', '윤회의 설법', '연화교 계단', '아미타불', '삼라만상 중생', '극락세계 관문' 등의 불교적인 용어가 시어로 장식되는 '은은한 향기'가 넘치고 있다.

나여, / 한번 그득하도록 담어보고 싶은 / 항아리 / 나여, / 고독한
이여 / 못견디게 가슴 위에 부비고 싶은 / 아아, 국화 위에 지는 /
나래의 그늘 같은 자여 / 끝내 둥그렇게 맺히우고 싶고나.
　　　　　　　 － 『한국시원』 제9호 장윤우의 「자화상」 전문

　장윤우 원로시인의 작품을 오랜만에 읽는다. '자화상'이란 제
목에서 눈치챌 수 있듯이 '나여,'하고 나에게 몇 마디 말을 전
하려 하고 있다. 그는 하나의 기원이나 욕망같은 어조로 자신을
몰아세우면서 '고독'함을 독백처럼 분사하고 있다. 그는 '담어보
고 싶은', '부비고 싶은', '맺히우고 싶'다는 여망의 의식으로 형
상화하는 '나'를 새롭게 묘사하고 있다. 그는 함께 발표한 「1+1」
에서는 '하라하라 하지말거라 / 평생 서울내기인데 / 나는 영혼을
떠다니는 자칭 연금술사이다 / 미끄러진 채 흙탕물 속에서 / 진흙
은 비집고 올라서다 / 곡선과 기체(氣體)로 엮은 자화상이다.'라
는 어조로 노년의 '자화상'을 반추하고 있다. ✳

　　　　　　　　　　　　　 (『문학미디어』 2008. 가을)

'나'와 서정적 자아의 성찰 인식

    지난 봄에는 사회적으로 많은 현상들이 생성하여 우리들의 이목을 집중한 사례가 관심의 대상이 되었다. 남녀간에 성희롱이나 성폭행이라는 불미스러운 행위가 특정 지위나 권력을 이용해서 자행되었음에 분노를 느낀 일부 여성들이 Mee too라는 운동을 시작하면서 검사, 도지사, 정치인, 예술인 등등 특권층들이 줄줄이 고소고발로 이어지는 수치스러운 행태가 뉴스로 매일 떠들어대고 있다.

    우리는 자고(自古)로 '남녀칠세 부동석(男女七歲不同席)'이라는 유교의 전통적인 교훈에 따라서 남녀가 유별(有別)한 사회생활이 습관화되었으나 사회의 대변혁으로 남녀평등이니 여성상위니 하는 새로운 풍조가 이 세상을 뒤집어 놓았다. 여성들이 당당하게 사회의 모든 분야에 진출하여 실력을 발휘하여 오히려 남성보다도 더 훌륭한 직위에서 여성 특유의 섬세함과 근면으로 우뚝 서고 있는 시대에 살아가고 있다.

이러한 사회생활의 변천에 잘도 적응하면서 남녀가 대등한 위치에서 동행하여 여성의 권익은 향상되고 남녀의 자유로운 생활패턴에서 자유롭게 상면(相面)과 교제와 사랑이 이루어지는 현실에서 지나치게 여성을 희롱하거나 때로는 폭행에까지 이르러서 Mee too라는 불명예를 초래하게 되었던 것이다.

특히 우리 문단에서도 예외가 아닌 듯, 당시 「서른 잔치는 끝났다」라는 작품을 발표하여 우리 시인들뿐만 아니라 사회적으로도 회자(膾炙) 되었던 최영미 시인이 지난 2017년 12월에 발행된 『황해문화』에 수록된 작품 「괴물」이 뉴스면을 온통 도배질하고 있어서 지금도 그 귀추를 헤아릴 수가 없다.

En선생 옆에 앉지 말라고 / 문단 초년생인 내게 K시인이 충고했다 / 젊은 여자만 보면 만지거든. // K의 충고를 깜박 잊고 En선생 옆에 앉았다가 / Me too / 동생에게 빌린 실크 정장 상의가 구겨졌다. // 몇 년 뒤, 어느 출판사 망년회에서 / 옆에 앉은 유부녀 편집자를 주무르는 En을 보고, / 내가 소리쳤다. "이 교활한 늙은이야!" / 감히 삼십년 선배를 들이박고 나는 도망쳤다. / En이 내게 맥주잔이라도 던지면 / 새로 산 검정색 조끼가 더러워질까봐 / 코트자락 휘날리며 마포의 음식점을 나왔는데, // 100권의 시집을 펴낸 "En은 수도꼭지야. 틀면 나오거든 / 그런데 그 물은 똥물이지 뭐니" / (우리끼리 있을 때) 그를 씹은 소설가 박 선생도 / En의 몸집이 커져 괴물이 되자 입을 다물었다. // 자기들이 먹는 물이 똥물인지도 모르는 / 불쌍한 대중들. // 노털상 후보로 En의 이름이 거론될 때마다 / En이 노털상을 받는 일이 정말 일어난다면, / 이 나라를 떠나야지 / 이런 더러운 세상에서 살고 싶지 않아. // 괴물을 키운 뒤에 어떻게 / 괴물을 잡아야 하나.

그렇다. 시라고 단정하기에는 약간의 망설임이 있다. '100권의 시집을 펴낸 "En은 수도꼭지야. 틀면 나오거든 / 그런데 그물은 똥물이지 뭐니"라는 약간 비꼬는 듯한 어조에서 볼 수 있듯이 시는 언어의 예술이라는 신성한 영역에서 조망해본다면 'En'이라는 화자를 누구나 눈치챌 수 있다는 점과 전개가 너무 적나라하다는 점에 우선 당황하게 된다. 그러나 이 작품으로 하여 세상을 떠들썩하게 하고 실제 인물 고 은(85) 시인라는 것이 판명되면서 그에 대한 거부운동은 전국에서 벌어지고 있다. 아직 미확인된 보도이지만 전국에 세워진 그의 시비를 모두 철거하고 각종 교과서에 실린 그의 작품을 모두 삭제한다는 것. 그리고 수원시에서 제공한 그의 집(문화향수의 집)에서도 퇴거해야하는 기로에 서 있는 듯하다.

'그런데 이런 글도 시가 될까. 시 맞다. 이런 글도 시가 되는 것이 아니라 시인이 시로 썼다. 그저 평범한 일기장이나 고발문인 것처럼 읽히지만, 제목 '괴물'이 우선 풍자적이고 내용 또한 풍자로 가득 차 있다. '풍자 = 고발'이다. 실크 정장이 구겨지고 검정색 조끼에 얼룩이 묻는 것은 순수에 때가 묻는 것이다. 은유다. 게다가 마지막 두 행은 이 시가 '고발문학' 혹은 풍자시가 어떠해야 하는지를 잘 보여준다. −<중략>− 남성우월주의, 가부장제도 그리고 문단권력이 만들어낸 성추행과 성희롱. 시 한 편을 통해서라도 나를 포함한 모든 남성문인들은 자신의 행동을 되돌아보아야 하지 않을까. 최영미 시인 − 참 멋진 시로 더 멋진 고발을 했다. 박수로 응원한다.' 라는 글을 어떤 사람이 발표하고 있어서 '노털문학상' 후보자를 더욱 당황하게 하고 있다.

각설하고 지난 봄호 『문학미디어』에서는 '나'를 사유의 중심축으로 창작한 작품들을 많이 대할 수가 있었다. '나'라는 화자는 바로 자아에 대한 인식이다. 그 인식은 나를 회상하면서 다양한 체험에서 창출된 이미지가 한 편의 작품으로 형상화하는 시적 전개과정을 살펴볼 수가 있다.

> 곱지 않은 거울 속의 낯/곱지 않은 내 안의 낯/이름이 반쯤 비어간다//무엇에 대한 무엇/확인해 보는 존재, 낯/현실은 나에게 선물이다//일상 속에 나는 부재중/고장난 나그네 길에/누군가 속도를 낸다.
>
> — 곽종례의 「살며 살아간다」 전문

우선 곽종례는 삶의 방식에서 인식하는 사유의 방향이 성찰의 관념적 내면에서 발현하는 존재의 문제에 심각한 가치관을 설정하고 있다. 이러한 시적상황의 배경과 그 전개양상은 시작 담화의 진정성이 바로 곽종례의 인생관과 융합하고 있어서 그가 지향하는 '살며 살아'가는 인생의 가치관을 이해할 수가 있을 것이다.

대체로 화자(persona)는 연극용어로서 가면이라는 말로 시적 담화 중에서 그 시인 자신이거나 '대리인'의 역할로 현현하고 있다. 우리들 자아의 내부에서 잠재해 있는 자아(ego) 또는 초자아(super-ego)가 어떤 현실상황과 부딪혀서 생성하는 진실이 주제로 현현되는 것이다. 곽종례의 진실은 바로 '반쯤 비어가는 이름'과 '일상 속에 나는 부재중'이라는 그의 인생관에서 창조된 인생론의 단면이라고 할 수 있을 것이다. 그가 '확인해보는 존재'라는 자아의 인식과 성찰이 동시에 적시되는 시법을 이해하게 된다.

> 욕망의 진흙먼지를/어른스런 아이의 웃음처럼 웃으며 털어내니/파란 하늘에 적셔 해맑게 흔들리는/풀꽃을 닮은/나를 보네.

정순영도 마지막 결어 '나를 보네'라는 어조는 '나'라는 중심 축에서 '욕망의 진흙먼지를' 털어내는 비움의 미학이 간명(簡明)하게 현현되고 있다. 그는 화사한 '풀꽃을 닮은 / 나'라고 시적 진실을 적시함으로써 '해탈'이라는 대명제에 대한 시적 담론을 정리하고 있다. 다시 그는 '나의 눈은 / 해맑은 햇빛이 찰랑거리는 아침에 / 눈을 부비는 / 시간 위에서 / 조잘거리는 시냇물과 새의 노래와 / 부드럽게 휘감는 바람소리를 / 보는 창입니다(「나의 눈은」 중에서)'라는 어조로 '나의 눈'에 대한 시각적인 형상과 함께 이 세상과 삶의 양태를 조감하는 자아의 인식을 발현하고 있다.

김민수도 '나를 본다'라는 어휘를 사용하면서 그가 감응하는 현실적인 양태를 발현하는 작품이 있는데 작품 「진짜 가짜」 중에서 '나의 눈은 앞에 있는 나를 본다 / 호접몽! / 장자는 이것을 예언했던가 / 꿈이 진짜이고 가짜가 꿈인 세상 / 비트코인이 동전인 줄 아는 진짜는 / 테이터 편식에 시달리고 / 사람은 현기증에 시달린다.'라는 현실 비판적인 또다른 현상을 목도(目睹)하고 있다.

분별의 임계치 넘는 / 의식의 사각지대 / 불쑥 나타난 만리장성 / 적막은 밤의 언어 / 흐린 하늘같은 까다로운 귀로 / 소리 없는 소리를 듣는다 / 중력과 시간이 깨어진 공간 / 왼편으로 뛰고 있는 감정의 조각 / 냄새와 빛깔 허공을 떠다닌다 / 내 것이면서 내 마음대로 되지 않는 / 이상한 기관 / 창밖에 불던 바람을 그린다 / 문밖 어둠 소리에서 나의 나를 본다.

- 김민수의 「관음」 전문

김민수도 역시 '나의 나를 본다'는 결론으로 자아를 승화하는 시법에서 '관음(觀音)'이라는 초월이나 해탈의 경지를 시적으로 형상화하고 있다. 그는 '의식의 사각지대'라는 상황의 설정은 그가 정립하려는 진실이 '중력과 시간이 깨어진 공간'과 '내 것이면서 내 마음대로 되지 않는 / 이상한 기관'이라는 어조에서 알 수 있듯이 그가 궁극적으로 탐색하는 인생론은 바로 '나의 나를' 보는 인식의 정립이다. 이렇게 시적 화자를 '나'로 설정하는 것은 대체로 우리 시인들이 전유물처럼 사용하는 점을 간과(看過)하지 못하는데 이는 일인칭인 '나'는 앞에서 말한 퍼소나일 수도 있고 그 시인 자신일 수도 있다. 문제는 '나'를 잘못 적용하면 실제 시인인 '나'가 담론으로 적시하는 고백이거나 독백(혹은 넋두리, 푸념)으로 표현되면 시적 묘미가 약해 질 수 있다는 점을 유념해야 할 것이다.

　일찍이 파스칼은 그의 「팡세」에서 '인간은 자기 자신을 알아야 한다. 그것은 비록 진리를 발견하는 데는 도움을 주지 않는다하더라도 최소한 자기의 생활을 율(律)하는 데는 도움을 준다'는 말로써 자아의 인식이 작품의 창작에서 뿐만 아니라, 인간의 삶에서도 얼마나 소중한 중심축을 형성하는지 짐작하게 한다. 이와 같은 어조는 이병비가 '열차는 앞으로 / 나는 뒤로 / 한참을 달려 멈춰선 곳(「교차로」 중에서)', 손경희는 '지금 / 나는 / 차를 마신다(「너를 비운 채」 중에서)', 박재경은 '된서리에 놀라 감빛으로 타들어간다 / 내 몸 아닌 당신 / 감이 멀다 아리다'(「늦가을의 무늬 아리다」 중에서)', 김근이는 '시간과 세월이 / 앞뒤에서 / 나를 잡아챈다(「고독」 중에서)' 그리고 최호림도 '내가 머문 이 해안의 달빛은 / 사랑이 떠난 뒷모습도 적시고(「그대의 바다」 중에서)' 등으로 '나'를 시적으로 승화하고 있는 것을 엿볼 수 있다.

이처럼 일인칭 대명사인 '나'와 대칭되는 화자가 이인칭인 '너(혹은 그대)'로 나타난다. 우리가 시를 감상할 때 전적으로 감응으로 흡인시키는 화자들이 바로 '나와 너' 등으로 현현하는 정감이 넘치는 담화를 공감하는 경우가 많다. 우덕호가 '그러나 만남 후에 찾아오는 허전함은 / 너와 나의 울먹이는 표정만을 뒤로한 채 / 우리의 잡을 수 없는 시간 속으로 묻히지(「우리가 벗이 되어」중에서)', 박성구의 '눈처럼 희어져 가는 / 그대와 나 / 여전히 / 손잡고 가고지고(「그대 있음에」중에서)' 역시 손경희도 '그대를 안고 / 그대를 품으며 / 살아갈 수만 있다면 // 어찌 외면만 하리오(「두루마리 화장지」중에서)'와 같이 대칭의 시법도 묘미를 가중시키고 있다.

이 화자 '나와 너' 등은 만유의 사물을 의인화하는 시법도 잘 적용하면 퍼소나(나의 대리인)로서의 역할과 소임을 적절하게 수행하는 대변인이 될 수 있다. 그러나 '나와 너 또는 그, 우리'라는 화자를 전혀 사용하지 않는 시인들도 많이 있다.

> 읽던 시 / 식은 찻잔에 붓는다 / 긴 숨 버릇대로 불어서 보내고 / 고개 저어 식힌다 / 뜨거워지는 눈시울 버석인다 / 어떻게 이 시인은 / 공감의 출렁임 너머 / 이런 공감각의 미로에 섰을까 / 어렴풋이 어리어 / 잠자리 날갯짓으로 꿈으로 / 별 하나 따고 있다.
> — 최인호의 「별을 따는 아이」 전문

그렇다. 최인호는 화자를 동원하지 않는다. 굳이 화자를 들추어낸다면 '시인'을 화자라고 할 수 있을 것이다. '시인'이 관망하거나 감응한 정서가 '시인'의 언어로 발현되고 있다. 이처럼 '나' 등의 화자 없이도 이 시인의 담론이나 주제 등의 진실을 이해하면서 공감하게 된다.

한 번도 꽃망울 피운 적 없고 / 기대어 쓰러진 적 없이 / 바람소
리 갈라지던 긴 회랑에서 / 무겁게 속울음 밟던 날 / 살별처럼 흐
르는 작은 평온을 / 오랫동안 입상으로 마주하며 / 긴 침묵의 강
가에 서 있네 / 흐르는 구름의 상처를 보듬으며.
　　　　　　－『한국시원』에서 이옥희의 「투시(透視) 1」 전문

　부산대 고 김준오 교수의 『時論』에 보면 시인과 독자를 연결
하는 텍스트(메시지)가 표현기능에 나타나는 감탄, 정조 등의
양상으로 그 어조가 상호 절대적인 공감을 흡인하는 시법이 얼
마나 설득력 있는지 모른다. 위의 이옥희도 작품겉면에서는 나
와 너라는 인칭 화자가 없는데도 그 시인의 진실을 우리는 감
지할 수 있어서 그가 내면에서 분사하는 관점이 무엇인가를 이
해하게 된다. 자아(the ego)는 결국 자애(self love)에 해당하는
인생의 과정을 재생하는 심리적인 현상이다. 소크라테스가 '너
자신을 알라'라고 외쳤던 것도 삶의 질을 향상시키기 위한 정신
적인 메시지를 심어주기 위한 교훈으로써 우리 시창작에서도
다양하게 응용되고 있는 것이다. ✻
　　　　　　　　　　　　　　　　（『문학미디어』 2018. 여름.）

삶의 방식과 사유의 지향점

무술년 새해를 맞았다. 연년유여(年年有餘)라고 써서 보내던 연하장도 언제부턴가 이메일로 혹은 문자로 간편하게 새해 안부를 전하는 시대에 살고 있다. 아날로그 시대에서 디지털 시대의 삶으로 전환한 것이다. 과학과 기술의 혁명은 우리들의 생활뿐만 아니라, 정신세계까지도 많은 변화를 제공하고 있다.

우리들의 관심은 연초가 되면 각 신문사에서 실시하는 신춘문예 발표에 쏠린다. 문학지망생들의 최상의 관심이며 기대가 넘치기 때문일 것이다. 누구나 해마다 신춘문예의 열병을 앓아보지 않은 예비문인들은 없을 것이다. 이렇게 새해가 밝아지면 제일 먼저 찾는 것이 신춘문예 당선작품들이고 보니 영하의 날씨에도 시내 신문가판대를 순회하면서 신문을 사고 이를 오려서 스크랩을 해서 읽고 음미하면서 나도 언젠가는 기필코 당선의 영광이 찾아오리라는 믿음을 잃지 않았던 옛날이 그립기도 하다.

그러나 현실은 언제부턴가 숭엄한 인간의 사유 영역을 변화시키고 있다. 신문 사는 일도 집에 앉아서 인터넷으로 검색해서 찾고 하는 조그마한 사실들은 아마도 경제발전과 과학도약의 영향이 아니겠나라고 생각해 보지만 딱히 그런 것만이 정서미 숙의 영향이나 결과라고는 보지 않는다.

우리의 현실은 너무나 냉혹하다. 현실과 이상의 괴리(乖離)는 다양한 사유(思惟)의 지향점을 제시해주고 있다. 이러한 편리한 삶의 추구로 인해서 삶의 방식도 단순하면서도 실리적인 패턴 으로 바뀌어 지고 있는 것이다. 여기에 부응하는 우리의 시정신 이나 표현방법이 다양하게 변혁을 가져왔다.

유월의 제주 / 종다리에 핀 수국이 살이 찌면 / 그리고 밤이 오면 수국 한 알을 따서 / 착즙기에 넣고 즙을 짜서 마실 거예요 / 수 국의 즙 같은 말투를 가지고 싶거든요 / 그러기 위해서 매일 수 국을 감시합니다 / 저에게 바짝 다가오세요 / 혼자 살면서 저를 빼곡히 알게 되었어요 / 화가의 기질을 가지고 있더라고요 / 매일 큰 그림을 그리거든요 / 그래서 애인이 없나봐요 / 나의 정체는 끝이 없어요 / 제주에 온 많은 여행자들을 볼 때면 / 제 뒤에 놓 인 물그릇이 자꾸 쏟아져요 / 이게 다 등껍질이 얇고 연약해서 그래요 / 그들이 상처받지 않았으면 좋겠어요 / 앞으로 사랑 같은 거 하지 말라고 / 말해주고 싶어요 / 제주에 부는 바람 때문에 깃 털이 다 뽑혔어요, / 발전에 끝이 없죠 / 매일 김포로 도망가는 상 상을 해요 / 김포를 훔치는 상상을 해요 / 그렇다고 도망가진 않 을 거예요 / 그렇다고 훔치진 않을 거예요 / 저는 제주에 사는 웃 기고 이상한 사람입니다 / 남을 웃기기도 하고 혼자서 웃기도 많 이 웃죠 / 제주에는 웃을 일이 참 많아요 / 현상 수배범이라면 살 기 힘든 곳이죠 / 웃음소리 때문에 바로 눈에 뜨일 테니까요
  ― L의 H일보 당선작 「제주에서 혼자 살고 술은 약해요」 전문

보라. H신문 신춘문예의 작품이다. 이 작품을 신춘문예 당선 작품이라는 선입견에 미치지 못한다는 생각은 왠일일까. 너무 쉽게 씌어졌다는 것일까. 아니면 특별한 주제가 발견되지 않는 다는 것일까. 아무튼 신춘문예를 위해서 열정을 결집한 고투(苦 鬪)의 흔적은 느낄 수가 없다는 독자들의 후일담이겠다.

그러나 심사위원들의 평을 들어보자. 읽게 만드는 시, 노래처 럼 흐를 줄 아는 시, 특유의 리듬만으로 춤을 추게 하는 시, 도 통 눈치란 걸 볼 줄 모르는 천진의 시, 근육질의 단문으로 할 말은 다하고 보는 시, 무엇보다도 '내'가 있는 시, 시라는 고정 관념을 발로 차는 시, 시란 강박 속에 도통 웅크려본 적이 없는 시, 어쨌거나 읽는 이들을 환히 웃게 하는 시, 웃는 우리로 하 여금 저마다 예쁜 얼굴을 가져보게 만드는 시라고 온갖 여구(麗 句)로 칭찬하면서 이를 당선시켰다는 것이다.

우리들 시인들이 시를 한 편 창작하기 위해서는 많은 체험을 통한 인생의 근본을 먼저 대입하는 주제의 설정을 기초로 하는 경우가 많다. 단순한 하나의 일상적인 스토리가 평범한 표현에 의해서 탄생되었다면 평론가들이나 시를 오랫동안 연구하고 창 작한 시인들에게서는 간단하게 잘 된 시 혹은 좋은 시라는 평 을 획득하기에는 약간의 무리가 있을 것이다.

각설하고 지난호 『문학미디어』에서는 열 한 분의 시인들이 작품을 발표하였다. 모두가 이 각박한 생활에서 감지(感知)하는 인생의 의미가 무엇인가를 탐색하는 조용한 이미지들을 재생하 고 있다.

움막 창가 인적 없는 / 차 한 잔 없이 외로워도 / 소슬한 바람소 리가 정겹다 // 담소할 사람 없어도 / 넓은 책속에 진인(眞人)들의 숨소리에 / 담뿍 담을 영혼이 있어 좋습니다 // 이제는 / 모든 망상

내려놓고 / 내 즐거운 꿈과 이상세계를 / 한 올 한 올 엮어.... // 이
렇게 이 터 이 움막이 즐겁습니다.

- 공정식의 「혼자 사는 법」 전문

먼저 공정식이 전하는 삶의 방식이나 지향점은 그가 설정한
시적 상황으로 보아서 '움막'이라는 공간의 고독감을 형상화하
는 주변의 여건들이지만 '소슬한 바람소리가 정겹다'거나 '넓은
책속에 진인(眞人)들의 숨소리에 / 담뿍 담을 영혼이 있어 좋습
니다'라는 어조는 바로 그의 담담한 인생적인 사유의 단정을 분
사하고 있는 것이다. 또한 그는 이미 '혼자 사는 법'을 익히 터
득하였기 때문에 움막생활의 외로움 같은 것은 없다. 이는 그가
단정하는 '이제는 / 모든 망상 내려놓고'라는 체념과 성찰의 심
원(深源)만이 그와 동행하고 있을 뿐이다.
   이러한 시법(詩法)에는 강심원의 작품 「내려놓는다는 것」 중
에서도 다음과 같이 현현되고 있어서 이들이 간직한 시심의 원
류에는 인생의 문제가 너무나도 진지하게 가득차 있음을 이해
하게 한다.

   내려놓으니 / 마음이 편하다는 말은 / 그 만큼 고통스러웠다는 것
   이다 // 치매로 시작하여 / 폐렴으로 집 떠나 병원을 전전하며 / 요
   양병원에서 삶을 내려놓을 때까지 / 얼마나 외롭고 무서웠을까

   그렇다. 우리 인간들의 내면에는 누구에게서나 선(善)이나 무
아(無我)의 경지를 꿈꾸고 있다. 더구나 시인들에게서는 인본주
의의 탐구라는 시적 대명제의 실현을 위해서라도 주제의 창출
은 인간의 고통을 제거하고 활달한 인격체로서의 삶을 기원하
고 있는 것이다.

우리들이 삶을 영위하는데는 몇 갈래의 지향점이 있는데 물론 사람의 교양과 지혜에 따라서 다르겠지만, 대체로 살펴보면 한생을 그냥 지각없이 오욕칠정의 탐구에만 매달려서 인생을 망치는 사람이 있는가하면 진실로 인간이 무엇인가를 깊이 깨달으면서 침착하게 살아가는 진정한 인간미를 감응(感應)할 수 있는 사람도 있다.

　한 가지 길도 모르며 / 두 가지 길을 찾다가 / 잃어버린 길 // 가장 높은 길 / 가장 낮은 길 / 멀고도 먼 길 / 가장 가까운 길 // 비어 있는 길 / 오직 한 길 / 내가 가는 길 // 오솔길로 접어들어 경사진 길을 걷는 / 헤쳐가는 인생길

　　　　　　　　　　　　　　　　　　－ 안광석의 「길」 전문

　안광석의 '길'은 어떠한가. 이처럼 삶의 길에서 만난 진정한 자신만의 '길', '헤쳐가는 인생길'은 바로 그가 걸어가야 할 길이다. 여기에는 너무나 많은 시련과 고통이 상존하지만 그가 '오직 한 길 / 내가 가는 길'은 오로지 오솔길, 경사진 길 등을 헤쳐나가야하는 운명이다.

　가을은 / 집을 나서게 한다 // 먼 푸른 하늘이 그렇고 / 단풍 물드는 나무들이 그렇고 / 옷깃에 스미는 바람결이 그렇게 한다 // 먼 옛날 고향이 생각나고 / 젊은 날의 아련한 추억 / 그리움으로 되살아난다 // 삼라만상이 기도 속에 머무는 / 아름다운 가을 // 그 분위기 속에서 / 가을을 음미하며 / 시를 쓰리라 // 한 생애 돌아보며 / 소중했던 인연들에게 / 감사한 마음으로 두 손 모은다.

　　　　　　　　　　　　　　　　　　－ 신미철의 「가을엔」 전문

한편 신미철은 계절적으로 풍요로운 가을이 되면 무조건 '집을 나세게' 된다. 그를 유혹하는 것은 푸른 하늘과 단풍 물든 나무와 옷깃에 스미는 바람결이다. 어쩌면 누구나 훌훌 틀어버리고 대자연 속으로 묻히고픈 계절의 향훈이다. 거기에는 고향과 추억이 함께 되살아나는 '그리움'이 진하게 배어 있다. 그래서 그는 가을이 되면 그 분위기를 음미하면서 '詩를 쓰'게 되는 삶의 활력을 집중시킨다. 그는 이러한 시작(詩作)을 통해서 '한 생애를 돌아보'는 소중한 인생관을 재생하고 있는 것이다.

이와 같이 시는 그 시인의 체험을 가장 중시하는 연유도 그가 감응하는 단순한 그리움이 아니라 한 생애를 통해서 어떠한 체험, 즉 인생의 칠정(七情－喜怒哀樂 愛惡慾)에서 가장 깊게 상관하는 체험이 바로 이미지로 재생하는 시의 모티브가 되고 주제로 승화하는 것은 우리는 잘 알고 있을 것이다.

남해 / 한려수도 / 눈에 밟혀 // 다시 찾은 암자 향한 / 절험(絶險)한 오름 / 숨 가쁘다 // 오묘한 벼랑 끝자리 / 자비품은 부처님 시선 / 내리 머문 그 곳 // 해무(海霧) 잠긴 드넓은 바다 위로 / 머리만 솟아 보이는 섬, 섬들이 / 오순도순 죽순처럼 몽롱하다.

— 정광지의 「향일암」 전문

정광지도 그가 찾아가는 방향은 '다시 찾은 암자 향한 / 절험(絶險)한 오름 / 숨 가쁘다'고 토로하면서 '향일암'을 오르고 있다. 그는 무엇 때문에 아니면 무엇을 위하여 숨가쁘게 '오묘한 벼랑 끝자리'를 오르고 있는가. 그는 오르다가 '자비품은 부처님 시선 / 내리 머문 그 곳'에 이르게 된다. 여기에 응시(凝視)하는 삶의 길을 무엇이었을까. 이러한 의문은 안병준의 「핀랜더 보살」 중에서도 '은근과 끈기의 민족성 / 닮은 코리언과 핀랜더 /

우랄알타이 고향으로 / 함께 가는 길 // 妙行無住 無住無想'이라는
어조로 삶의 방식과 지향점을 짐작할 수 있게 하고 있다.

산에 올라 / 시원한 바람 다니는 길에 편안히 앉아 / 지난날의 싱
거운 부스러기를 파낸다 / 각시풀 곱게 땋아 / 철쭉꽃대 다듬어
비녀를 꽂아 / 양지바른 길섶에 누이면 // 낮에 핀 노란 달맞이꽃 /
부끄러워 눈 가리고 / 언제 왔는지 기억 없는 추억이 / 웃음 배시
시 // 오르는 만큼 / 내려가야하는 / 덧셈과 뺄셈이 / 정직하기만한
산 / 이렇게 오르고 내리며 하루를 살아간다.
                              — 강신기의 「산이 있기에」 전문

강신기도 동일한 심원에서 작품을 구상하고 있다. 그는 '산'
이라는 절대공간에서 펼쳐져야 하는 삶의 범위나 그 무게가 시
간성과 동시에 분사하고 있다. 아련한 추억이 샘솟는 양지바른
길섶에서 잠시 회상하는 삶의 중심이 마지막 연에서 결론지었
듯이 '오르는 만큼 / 내려가야하는 / 덧셈과 뺄셈이' 확연하게 현
현된 인생길이다. 이것을 그는 '정직하기만한 산'이라고 했다.
이 정직한 산을 오르내리는 것이 그의 삶의 '하루'이다. 단순하
다. 그러나 그가 유유자적(悠悠自適)으로 일관하는 사유의 원류
에는 이미 그만큼 살아온 인생연륜이 흐르고 있음을 알 수 있
다.
　이렇게 지금까지 훑어보았지만 시와 인생(혹은 삶)과 불가분
의 상관성은 재론할 필요도 없이 끝날 때까지 동행해야 하는
숙명적인 존재이다. 삶이 있고 인생이 있고 시가 있는 삶의 해
법은 바로 인생과 모든 현실이 서로 화해하고 인생의 절대적인
가치관과 인생관이 철저하게 시로 형상화할 때 우리는 좋은 작
품을 창작하게 될 것이다. 요즘 시들은 흔히들 아픔이 없다고

한다. 이는 근본적으로 우리 인간들이 칠정중에서 애(哀)와 노(怒)를 멀리하고 절망과 갈등을 경험하지 못한 채 생활과 인생을 안주(安住)하려는 안일한 생활방식 때문일 것이다.

누군가 말했다. 삶에의 절망 없이 삶에의 사랑은 있을 수 없다고 했다. 삶에는 절망과 분노와 질투와 경쟁이 있게 마련이다. 일찍이 박목월 시인께서도 한 말씀 하셨다. '삶도 시와 같다. 왜 사느냐? 즐겁기 때문이다. 그것 외에 삶의 본질을 설명한다면 그것은 삶의 속성을 어느 면에서 일부 풀이한 것이다.' 지금 현재의 삶이 더욱 소중한 까닭이 여기에 있는 것이다. ✴

(『문학미디어』 2018. 봄.)

삶과 동행하는 시간성의 이미지

　지난 계절 가을에는 우리 시단(詩壇)에서 한국시인협회가 주관한 '2017 평창 한중일 시인축제'가 '평화(平和)へいわPeace, 환경(環境)かんきょうEnvironment, 치유(治癒)ちゆHealing'를 주제로 하여 평창동계올림픽 성공기원 행사의 일환으로 강원도 평창에서 시인 300여명이 참가하여 성대하게 거행되었다. 이날 주제에는 한국의 오세영 시인(「삶의 지표종(指標種)으로서의 시」)과 중국의 뤼진 시인(「시는 사람들의 친화력과 사회성을 키워줍니다」) 그리고 일본의 이시카와 이쓰코 시인(「시의 힘을 믿으며」)이 진지하게 시의 문제를 발표하여 참가자들의 공감을 가지기도 했다.

　이 자리에서 낭독한 나태주 시인은 '마당을 쓸었습니다 / 지구 한 모퉁이가 깨끗해졌습니다 // 꽃 한 송이 피었습니다 / 지구 한 모퉁이가 아름다워졌습니다 // 마음속에서 시 하나 싹 텄습니다 / 지구 한 모퉁이가 밝아졌습니다 // 나는 지금 그대를 사랑합니다 / 지구 한 모퉁이가 더욱 깨끗해지고 / 아름다워졌습니다(「시」

전문)'라고 시를 정리하고 있었다.

지난 가을호 『문학미디어』의 시를 읽으면서 문득 우리가 살아가는 행로에는 언제나 평화와 환경 그리고 치유라는 대명제가 작품 속에서 어떻게 투영되고 있는가라는 의문과 함께 거기에는 시간성(혹은 세월)이 동행한다는 생각을 하게 된다. 그것은 삶에서 배제할 수 없는 것이 시간과 공존하면서 모든 생활의 행위와 사유의 지향점이 현저하게 나타나는 것을 알 수 있기 때문이다.

일찍이 미국의 사상가이며 시인인 R.W. 에머슨은 삶은 실험이다. 많은 실험을 할수록 좋다고 했다. 이는 우리 인간들이 일생동란 얼마나 많은 실험 속에서 살아왔는지를 가늠하면서 그 많은 실험에서 추출한 진실과 진리는 무엇인가를 탐구하는 삶이 바로 진정한 인생일 것이다. 이러한 삶의 진행도 T.S. 엘리엇의 말대로 현재의 시간과 과거의 시간은 아마 모두 미래의 시간에 있을 것이며 미래의 시간은 과거의 시간이 담고 있을 것이라는 시간과 삶의 상관성을 말해주고 있다.

이러한 관점에서 작품들을 일별해보면 우선 삶과 세월의 화해를 탐구하는 시적 진실을 구명(究明)하여 하나의 인생을 정리하려는 정서의 응집(凝集)을 엿보게 하고 있다.

나무는 하늘을 향해 포효도 합니다 / 그러나 서로가 지혜롭게 상생하며 / 뿌리를 굳건히 내리고 살아갑니다 // 나무는 마음을 비우고 삽니다 / 보낼 것 보내고 비울 것 비우며 / 수행하며 세월을 맞이합니다 // 나는 청맹과니 / 나무가 지닌 미덕을 제대로 못 보지만 / 나무처럼 반듯하게 살고 싶습니다.
                                    － 안광석의 「나무처럼」 중에서

안광석에게서 이러한 정서가 삶의 방식이라면 '나무처럼 반듯하게 살고 싶다'는 안광석의 소망이 명징(明澄)하게 현현되고 있다. 그는 이러한 기원을 위해서 '마음을 비우고' 살거나 '보낼 것 보내고 비울 것 비우며' 살아야한다는 메시지를 적시하고 있어서 그의 '수행'은 아직도 진행중임을 알 수 있다.

이것이 삶의 '지혜'이며 '미덕'임을 그는 이미 그의 인생의 가치관으로 정착시키고 있지만 나무는 '사람 사는 세상과 다르게 / 묵상만 하고 있을 뿐' 잡다한 우리 인간들과 같이 소란럽지 않게 자기의 삶을 영위하고 있는 것이다. 이러한 공허(空虛)의식을 '수행'의 지표로 세우면서 어느 도인(道人)처럼 살아가려는 그가 진정한 삶의(혹은 인생의) 가치가 존재의 이유로 정립하기 위한 하나의 결단으로 허심(虛心)을 궁극적으로 갈망하고 있다.

또한 작품 「가을과 바람」에서도 이 '나무'에 대한 정담(情談)은 계속되고 있다. 그는 '떠나는 것들은 때가 되면 / 반드시 떠나게 되어 있다고 일침하며 / 내 머리 위에 있는 나무가 내려다 본다'는 어조(語調)로 인식을 단정하면서 비움과 떠남과의 상징성을 우리들의 삶에서 시간성(가을)과 상관으로 적시하고 있다.

그러나 마지막 불꽃 사르는 / 저 뜨거운 몸짓을 보라 / 얼마나 눈부신 삶의 모습인가 // 저 가풀막 헤치는 은어들을 닮아 / 나도 목숨 다하는 날까지 / 아름답게 열매 맺는 내일을 향해 / 삶의 영토를 꾸며 가꾸리라

　　　　　　　　　　　－ 우덕호의 「저 은어들처럼」 중에서

우덕호는 앞의 작품과 같이 '처럼'이라는 직유법으로 시적 상황을 설정하고 '눈부신 삶'과 '목숨'의 대비는 그가 여망하는 '삶의 영토를 꾸며 가꾸리라'는 너무나 당위적인 인생의 진실한

메시지를 전해주고 있다. 다시 그가 착목(着目)한 지점에는 '산란 앞둔 치열한 몸짓의 은어떼/그 생명의 불꽃 뜨겁다'는 '은어'들의 생존이 바로 우리들 인간의 삶과 유사한 상황으로 전개시키고 있어서 우리들의 시 읽기는 더욱 공감을 흡인하게 된다.

> 곱지 않은 거울 속의 낯/곱지 않은 내안의 낯/이름이 반쯤 비어간다//무엇에 대한 무엇/확인해 보는 존재. 낯/현실은 나에게 선물이다//일상 속에 나는 부재중/고장난 나그네 길에/누군가 속도를 낸다
>
> — 곽종례의「살며 살아간다」전문

곽종례의 삶에 대한 사유(思惟)는 평범하면서도 비범성을 확인하게 한다. 대체로 시창작에는 시인들의 체험을 가장 중시하면서 거기에서 창출된 이미지가 작품의 중요한 소재나 주제로 정립하게 되는데 이 체험은 바로 과거와 현재 그리고 미래의 시간성에서 기인하고 있다. 이처럼 '무엇에 대한 무엇/확인해 보는 존재. 낯/현실은 나에게 선물이다'라는 어조에서 감지할 수 있듯이 이러한 우리들의 삶이 포괄하는 이미지는 보편적으로 갈등과 고뇌, 분노 그리고 다양한 사유의 방식이 칠정(七情)의 성정(性情)에서 발현하는 경우를 많이 접하게 된다.

이것이 종내에는 인식을 통해서 인내하고 화해하면서 극복하는 인간들의 심중(心中)을 이해하게 한다. 그러나 곽종례의 경우는 '존재'와 '확인'이라는 심층구조에서 '고장난 나그네 길'에 서서 '부재중'임을 인식하고 있다. 또한 작품「항암처방을 받으며」마지막 연에서도 '하루살이 짜증나/얼른 내일이 보고 싶다'는 어조에서 삶에 대한 번민이 잠재해 있어서 그는 '싶다'라는 보조형용사로 어떤 간절한 희망이나 기원을 토로하고 있다.

한 해의 허리 / 유월에는 / 중간점검이 필요한 계절 // 더 이상 짙을 수 없는 초록으로 / 가슴 설레던 유월은 / 하루살이의 삶조차 / 아름다운 시절이었다 // 이제는 / 신기할 것도 놀랄 것도 없는, 단지 / 지나온 얘기들만 홀연히 / 담았다 쏟았다 반복할 뿐 / 낡은 언어들로 잡다하다 // 더 이상 푸를 수 없이 / 푸르른 세상에서 / 황량한 겨울 속을 걷는 듯 / 팔다리가 무겁대 // 이제는 / 중간점검하고 가야겠다 / 버릴 것은 버리고 / 털어낼 것은 털고 가야겠다 // 온전한 나로 / 남은 길 가기 위해 / 중간점검해야겠다

　　　　　　　　　　　　　　　　　－ 이병비의 「중간점검」 전문

　이병비는 어떠한가. 한 해의 중간 허리 '유월'쯤에서 자신의 삶에 대하여 점검이 필요하다고 진술한다. 이처럼 시간성(유월)과 동행하는 삶의 애환에서 그가 창출한 이미지는 '하루살이의 삶'이라는 비유에서 그는 '담았다 쏟았다 반복'하는 '낡은 언어', 그것은 바로 '더 이상 푸를 수 없이 / 푸르른 세상에서 / 황량한 겨울 속을 걷는 듯'한 잡다한 일상뿐임을 인식하고 있는 것이다. 이처럼 의미 없이 황량하기만 한 삶의 편린에서 그는 단정한다. '온전한 나'를 지향하는 성찰의 의지가 분사하고 있다. 그것이 바로 그가 심도있게 톤을 높이는 '버릴 것은 버리고 / 털어낼 것은 털고 가야겠다'고 명징하게 토로하면서 '남은 길 가기 위해 / 중간점검해야겠다'는 어조로 시법을 정리하고 있다.

　나이 들어 허름한 노숙 / 구겨진 인생이 대낮부터 잠들어 있다 / 상행선 하행선 / 기차는 때맞추어 출발하지만 / 재고로 남은 인생들은 가지도 못하고 / 오지도 못한다 // －중략－ // 인생은 잠시 잠깐인데 / 지옥 같은 이 세상 뭣 때문에 고생하느냐며 / 같이 가자고 천국으로 같이 가자고 / 종 주먹을 대는 예수꾼도 있다

송준용은 수원역에서 목도한 노숙자의 삶을 조망하고 있다. 이것은 '구겨진 인생'이며 '재고로 남은 인생'이다. 시에는 언제나 삶의 이야기 있고 삶의 현장(공간)이 있고 삶의 시간이 있다. 거기에는 인식이 있고 성찰이 있으며 나아가서는 희구(希求)나 기원이 있다. 여기에서 그는 '허름한 노숙'이라는 상황 설정에서 이미 우리들은 눈치를 챘지만 인생이나 삶의 애환은 밤이 무섭고 독수공방이 무섭다. 그러나 그는 '그러지 않아도 쓸쓸한 세상 / 수원역은 이대로 좋으냐고 물으며 / 나에게 낮술 한 잔 건네며 히죽이 웃는다'는 어조로 삶에 대한 심각한 넋두리를 풀어내고 있다.

이렇게 시간성과 삶의 대칭은 송준용이 '언제쯤 끝이 날까 / 그날이 언제일는지 아무도 알 수가 없다 / 이 시대가 가고 다음 시대가 와도 / 퇴색되지 않은 양심의 피켓 하나 / 광화문 네거리를 지키고 있을 것이다(「일인 시위」 중에서)'라거나 우덕호도 '아, 저 바람 뒤에는 / 무더운 여름을 딛고 찾아온 가을이 / 아름다운 빛으로 물들어가겠지(「가람 뜰에 이는 바람」 중에서)', 이 샘은 '시계 바늘이 한 바퀴 돌아 / 하나 될 때까지 / 문 여는 소리에 / 해바라기처럼 긴 하루가 / 숨을 쉰다(「하루놀이·1」 중에서)' 또한 '보일 것 같은데 / 보이지 않는 공간 속에서 / 푸성귀 같은 시간들을 꺼내어 / 추억들을 올린다(「하루놀이·3」 중에서)'라는 시간과의 동행을 통해서 삶의 현재를 조명하고 있다.

늦은 저녁 동네 골목을 돌아본다 / 어귀를 돌아 돌다 보면 / 골목은 골목을 맞이하고 / 내가 중년에 이른 시간만큼 / 이 작은 길도 많은 시간을 살아왔겠거니 / 종종거리며 살아가는 식구들 모습은

/ 누구보다 이 길은 다 기억하고 있으려나
                    — 이수견의 「골목연가」 중에서

집을 나서면 / 작은 골목을 지나면서부터 / 느긋함을 갖지 못하는
조급한 하루를 / 무엇으로부터 위안 받고 싶다
                    — 이수견의 「짧은 명상」 중에서

그렇다. 이수견도 이 시간성과 삶의 동행에서 창출하는 이미
지는 '동네 골목'에서부터 발현되고 있다. 그 골목에 질펀하게
깔려있는 인간들의 행태가 아련한 기억 속에 어른거리고 있다.
이제 '내가 중년에 이른 시간만큼' 많은 시간과 삶의 행보가 동
행해온 회억(回憶)이 체험의 한 대목으로 남아 있다. 그리고 이
러한 애환을 이제는 '느긋함을 갖지 못하는 조급한 하루를 / 무
엇으로부터 위안 받고 싶다'는 심중의 진실을 기원하고 있다.
이것이 우리네 삶의 표상이며 시간이 남겨준 삶의 확인이다.
    우리들은 이렇게 시간과 삶의 대칭을 통한 회상과 인식은 다
양한 상상력을 제공하고 있다. 이 상상력은 곧 이미지를 창출하
는 원류가 되기도 한다. 사람들은 누구나 이러한 능력이 있다.
보고 듣고 겪었던 일을 돌이킨다거나 현재의 갈등 그리고 미래
의 아름답고 활기찬 일들을 꿈꾸는 상상의 활동이 전개되는 것
이다. 우리 시인들은 자신의 삶의 궤적(軌跡)에서 생성된 체험의
일단을 이미지화하고 거기에서 형상화한 의식의 흐름이 한 편
의 작품으로 창조되는 그 시인의 시적 진실을 현현하게 되는
것이다.
    나의 작품 「여백시편·10」에서도 '시간과 공간 / 그 합치점에는
/ 언제나 희망과 절망이 / 교차하고 있다 / 그 교차지점을 지울 수
도 없고 / 훌쩍 뛰어 넘을 수도 없다 / 시간, / 그는 희망의 메시지

를 전하면서 / 인간을 연약하게 만들지만 / 공간, / 그는 허공에 가
능성의 깃발을 달아놓고 / 인간을 방황하게 하고 있다'는 삶에서
상관하는 시간과 공간의 접맥(接脈)은 시법의 영원한 하나의 방
편인지도 모를 일이다. ✳

(『문학미디어』 2017. 겨울.)

상상력의 재생과 이미지의 창출

올해에 우리 시단의 거성(巨星) 두 분이 세상을 떠났다. 김종길 시인이 91세로 후백 황금찬 시인이 99세로 별세하여 우리 시인들에게 큰 슬픔을 안겼다. 김종길 시인의 그 유명한 작품 「성탄제」가 우리 귀에 익숙하다.

어두운 방 안에 / 바알간 숯불이 피고, // 외로이 늙으신 할머니가 / 애처로이 잦아드는 어린 목숨을 지키고 계시었다. // 이윽고 눈 속을 / 아버지가 약을 가지고 돌아오시었다. / 아 아버지가 눈을 헤치고 따오신 / 그 붉은 산수유 열매— // 나는 한 마리 어린 짐승, / 젊은 아버지의 서느런 옷자락에 / 열로 상기한 볼을 말없이 부비는 것이었다. // 이따금 뒷문을 눈이 치고 있었다. / 그날 밤이 어쩌면 성탄제의 밤이었을지도 모른다. // 어느새 나도 / 그때의 아버지만큼 나이를 먹었다. // 옛 것이라곤 찾아볼 길 없는 / 성탄제 가까운 도시에는 / 이제 반가운 그 옛날의 것이 내리는데, // 서러운 서른 살 나의 이마에 / 불현듯 아버지의 서느런 옷자락을 느끼는 것은, // 눈 속에 따오신 산수유 붉은 알알이 / 아직도 내 혈액 속에 녹아 흐르는 까닭일까?

김종길(1926~2017.4.1.) 시인은 경북 안동에서 출생하여 영문 학자, 문학이론가, 번역자였으며(본명 김치규) 고려대 영문과 명 예교수로 한국시인협회와 한국현대영미시학회, 한국 T.S. 엘리 어트학회의 회장과 대한민국예술원 부회장 등을 지냈다. 목월문 학상, 인촌상, 청마문학상, 육사시문학상과 이설주문학상을 수상 했고 국민훈장 동백장, 은관문화훈장을 받았다. 시집으로 『성탄 제』(1969년) 『황사현상』(1986) 『해가 많이 짧아졌다』(2004) 『해 거름 이삭줍기』(2008) 등이 있다. 그는 부인 강신향 씨가 세상 을 떠나자 그 충격으로 힘들어 했으며 10일만에 세상을 떠났다 고 한다.

황금찬 시인은 백수(白壽)를 누리면서도 먼저 떠나간 딸 애리 를 사랑하는 애절한 작품 「너의 창에 불이 꺼지고」를 우리들은 애송하고 있다. 그는 어느 글에서 '딸을 잃은 것과 부인을 사별 한 것과 어느 편이 더 슬픕니까'라는 질문에 '슬프기야 아내를 사별한 것보다 딸을 잃은 것이 더 슬프지요. 그렇지만 아내와 사별한 것은 더 무섭지요'라고 대답했다고 한다.

밤하늘에 별빛만 / 네 눈빛처럼 박혀 있구나 / 새벽녘 / 너의 창 앞 을 지날라치면 / 언제나 애처롭게 들리던 / 너의 앓음 소리 / 그 소 리도 이젠 들리지 않는다 // 그 어느 땐가 / 네가 건강한 날을 / 향 유하였을 때 / 그 창 앞에서 / 마리아 칼라스가 부르는 / 나비부인 중의 어떤 개인 날이 / 조용히 들리기도 했었다 // 네가 그 창 앞 에서 / 마지막 숨을 걷어갈 때 / 한 개의 유성이 / 긴 꼬리를 끌고 / 창 저 쪽으로 흘러갔다 // 다 잠든 밤 / 내 홀로 네 창 앞에 서서 /

네 이름을 불러 본다 / 애리야! 애리야! 애리야! 하고 / 부르는 소리만 들려올 뿐 / 대답이 없구나 // 네가 죽은 것이 아니다 / 진정너의 창이 잠들었구나 / 네 창 앞에서 이런 생각을 해보나 / 부질없구나

황금찬 시인(1918~2017.4.8.)은 강원도 속에서 출생하여 「문예」와 「현대문학」을 통해서 문단에 나와 시동인 '청포도'를 결성하고 한국기독교문인협회 회장과 추계예술대 강사를 역임하였다. 월탄문학상, 대한민국문학상, 서울시문화상과 대한민국예술원상을 수상하였으며 보관문화훈장을 받았다. 시집으로는 「현장」(1965), 「별과 꽃과 그리움」(2017) 등 39권이 있다.
이렇게 원로시인들이 세상을 떠나는 것을 지켜보던 원로 서정태시인(94)은 작품 「이제부터」(『월간문학』)에서 '나보고 좀더 있다 가라 하네.'라는 어조로 건강하게 시작활동을 계속하고 있다.

궂은 일도 보며 살만큼 살았으니 / 그만 떠날까 하고 / 신발 신고바깥에 나와 보았더니 // 우거진 숲 나무는 가지마다 / 꽃을 맺어촛불시위하네 // 머언 산엔 아른아른 아지랑이 / 공중에선 새들의노래 / 따스한 햇빛은 사랑으로 내리고 // 천지가 함께하는 봄이눈앞에 와서 / 이제부터 살맛나는 세상일 터 / 나보고 좀더 있다가라 하네.

이처럼 시의 공유(共有)의 미덕은 아무래도 독자와 감동적으로 교감하는 것이다. 각설하고 지난 계절에 발표된 작품을 다시읽으면서 그 시인이 메시지로 현현하고 있는 주제가 어떤 정감으로 다가오고 있는지를 살펴봐야겠다.

작은 암자의 목탁소리 / 바람에 창들이 서로 붙들고 있다 / 창의 격자무늬, 비구니 스님의 불경소리를 담고 있다. / 파르르 떨리는 문풍지가 / 창을 바라보며 울상이다 / 편안하게 앉아있는 대웅전의 좌불상 / 빙그레 웃으며 눈을 감고 있다 / 창너머 넘겨보던 진돗개가 / 염불소리에 마루 밑에서 졸고 있다 / 창의 경계에 살금살금 몸을 내미는 목탁소리 / 창밖의 배롱나무에 안겨 바람에 실려 날아간다 / 경계 속과 밖을 바라보는 / 격자무늬 창의 마음을 알 수 없다.

먼저 『문학미디어』 여름호에 발표한 이연주의 「격자무늬 창」 전문에서는 '작은 암자의 목탁소리 / 바람에 창들이 서로 붙들고 있다'는 시적 상황설정에서 읽을 수 있듯이 그 암자의 창틀에서 응시한 '격자무늬'에서는 '목탁소리'와 '바람' 소리로 청각적인 이미지가 창출되고 있다. 또한 '비구니 스님의 불경소리'와 '파르르 떨리는 문풍지' 소리까지 동시에 감응(感應)할 수 있는 상황은 시적 발상에서 가장 중시하는 이미지의 투영이 우리 오관(五官)을 통해서 재생할 수 있다는 시적 원리를 적절하게 적용하고 있다는 안도감에 흡인(吸引)되고 있는 것이다.

이연주는 '대웅전의 좌불상'이 온화한 참선의 경지에서 조용히 접하는 청각의 다양한 음미에서 '경계 속과 밖을 바라보는 / 격자무늬 창의 마음을 알 수 없다.'는 결론으로 그의 시적 진실을 착목(着目) 시키고 있는 것이다. 결국 '작은 암자'의 '대웅전의 좌불상'이 우리 중생들에게 적시하는 메시지, 이 '격자무늬 창의 마음'은 미지의 시법(詩法)으로 남겨지는 현실적인 고뇌일 수밖에 없는 것이다.

짙은 어둠 속에 깔린 모래알 같은 수많은 말들 / 창작은 모험 /

어둠에서 가만히 눈을 감고 있으면 / 희미한 빛이 마음으로 들어
옵니다 / 한 줄 한 줄이 문장이 되어 가다 / 어둠의 벽에 부딪쳐 /
출렁이는 수평선의 밤바다에 가라앉습니다 / 쓰고 지우는 것은
반복하는 침묵의 바다 / 아침 해가 솟구치는 그 곳 / 마침내 우주
를 다독이며 / 기다리고 있는 사랑의 힘.

— 이연주의 「따뜻한 침묵」 전문

또 다시 이연주는 '창작의 모험'이라는 새로운 실험을 시도하
고 있다. '어둠에서 가만히 눈을 감고 있으면 / 희미한 빛이 마음
으로 들어옵니다'라는 어조에서 알 수 있듯이 '어둠의 벽'에서
창출하는 '한 줄 한 줄'의 '문장'은 경이롭지만 '어둠 속에 깔린
모래알'과 '수평선의 밤바다' 그리고 '침묵의 바다'와의 대칭은
'마침내 우주를 다독이며 / 기다리고 있는 사랑의 힘.'으로 현현
하는 '문장'으로 새롭게 창조되는 마법(魔法)을 연출하고 있는
것이다.

여기 '따뜻한 침묵'이라는 제재에서도 직감할 수 있는 것은
이러한 시적 실험의 실체 내면에는 그가 구현하려는 '침묵'의
이미지가 '우주'에 까지 형상화할 수 있다는 시인의 명민(明敏)
한 상상력이 활화산으로 타오르고 있음을 이해할 수 있을 것이
다.

이러하듯이 시창작에서 우리가 중시하는 이미지는 『시학사전』
에 따르면 '신체적 지각에서 일어난 감각이 마음속에 재생된 것
이다... 한 때 지각되었으나 지각되지 않는 어떤 것을 기억하려
고 하는 경우나 체험상 마음의 무방황적 표류의 경우나 상상력
에 의해서 지각내용을 결합하는 경우나 꿈과 열병에서 나타나
는 환각 등의 경우처럼 직접적인 신체적 지각이 아니라도 마음
은 이미지를 역시 생산할 수 있다. 한층 특수한 문학적 용법으

로서의 이미저리는 언어에 의하여 마음속에 생산된 이미지군(群)을 가리킨다'고 설명하고 있다.

> 그대 맨홀뚜껑을 열고 / 下水道관을 내려다 본적이 있는가 / 용암처럼 뜨거운 피가 흐른다 / 아직 혈기가 있어 입에서는 하얀김을 내어 뿜는다 / 몇 날 며칠 어깨를 부딪치며 흘러온 것일까 / 집집마다 사람들이 외면한 것들이 모여 / 저렇게 힘찬 노래를 부른다.
>
> — 이문연의 「下水道」 전문

　여기 이문연도 '하수도'를 통해서 우리 인간사에서 하찮은 것들('집집마다 사람들이 외면한 것들')이 모여 '저렇게 힘찬 노래를 부른다.'는 애환을 '下水道관'에서 발견하는 시인의 예리한 감성의 발현을 읽을 수 있다.
　우리 시인들의 감성(感性－sensility)은 일반적으로 감각과 거의 동일한 의미로 사용되지만 오히려 감각을 통제하는 능력을 가진다. 감각적 인식이나 감성적 인식이라고 하는데 철학자 칸트에 따르면 오성(悟性)과 감성은 지식을 구성하는 독립된 표상능력으로 해석하고 있다. 오성은 판단을 행하는 자연적 사유 능력이지만, 감성은 대상에 촉발되어 표상을 낳는 능동적 능력을 말한다. 이처럼 시인의 감성은 시인이 현실 세계로부터 받는 일체의 감각적인 인식이며 현실 세계가 지니고 있는 모순과 진실을 직감적으로 알고 시인으로서의 감정을 타오르게 하는 의식이라고 할 수 있다.

> 늘그막에 우리는 시를 쓴다 / 말이 없는 시와 말을 하는 시 / 농축된 생각의 무게들 / 그리고 쓰는 / 응축된 삶을 퍼올리는 놀이 /

-중략- / 햇살이 노를 젓는 오후 / 무말랭이를 말레시아라고 헛
디딘 말도 / 시가 되고 그림이 되는 / 주름 많은 솥단지에 / 진하고
고소하게 끓여내는 오후.

　남정혜도 「사골국물」 한 부분에서 '농축된 생각의 무게'와 '응
축된 삶'이 화해하는 감성의 지향점은 '시와 말'이라는 근원적
인 사유(思惟)의 궁극적인 도달의 환희를 음미하고 있는 것이다.
우리는 '사골국물'을 우려내듯이 한 편의 시를 위해서 감성에서
탐색하는 이미지의 진의(眞意)를 추구해야 할 것이다. ✳
(『문학미디어』 2017. 가을.)

삶과 성찰의 인생론적 진실 탐구

2019년, 기해해(己亥年)을 맞이하면서 모두들 한 해의 행복을 기원하는데 우리 문단에서는 해마다 신춘문예에 온 신경을 곤두세운다. 그만큼 문단적으로나 문학적으로 관심도가 높다는 말이다. 그러나 언제부터인가 문학잡지가 우후죽순(雨後竹筍)으로 난립하면서 등단제도가 약간 쉬워지고 발표지면이 확대되니까 그 관심도 일부 문창과생들의 전유물로 바뀌고 말았다. 올해도 어김없이 중앙지는 물론이고 지방지까지도 신춘문예 당선작을 발표하고 있다. 옛날에는 가판대를 헤매면서 신문을 사서 모았으나 지금은 인터넷으로 검색하여 집안에서 편히 볼 수 있는 문명이기의 혜택을 누리고 있다. 그런데 문제는 당선작품들이 너무 난해하다는 수군거림들이다. 도무지 어법(語法)이나 문장 자체가 안된다는 평에서부터 주제가 없다는, 말하자면 일반 산문보다도 그 표현력이 애매하다는 것이다.

한 예로 어느 신문 당선작의 마지막부분인데 '당신은 항상 깊이를 알 수 없어. 두근대는 소에서 산다. 꿈 속에 당신의 아비는 칼을 들고 쫓아오고, 또 하나 당신의 아비는 발목이 부러진 당신을 부축하고, 한 손에는 칼을 들고 한 손은 당신 어깨를 감싸고, 파도가 되었다가 호수가 되었다가 그저 무지개 장화를 신은 아이들의 퐁당거리는 빗물이 되었다가, 당신마저 발을 담그면 세숫대야 물은 심층을 알 수 없었다.'는 산문시를 보면 무슨 이야기를 또는 어떤 메시지를 전하는지 '당신은 항상 깊이를 알 수 없'거나 '당신마저 발을 담그면 세숫대야 물은 심층을 알 수 없었다'는 표현처럼 이해하기가 정말로 난삽(難澁)하다.

자, 그럼 지난 겨울호 『문학미디어』수록 작품을 읽어보기로 하자.

몇 줄 / 어설픈 글 써놓고 / 오늘도 나는 / 시인인 척했다 // 백지장을 메워내길 / 60여성상 / 꿈속의 바람 같은 / 바람 속의 인연 같은 / 시업(詩業)을 붙들고 // 시란 대체 무엇이길래 / 시인이란 또한 무엇이길래 / 이토록 내가 / 내 목을 조이고 있는 것인가 // 따끈따끈한/아랫목 같은 온기의 // 아늑한 생애가 모락모락 피어나는 / 시인이길 바랐지만 / 갈수록 길은 / 보일 듯 말 듯 / 멀기만 하다 // 글밭에다 삶을 얹어 놓고.....

김시철 원로시인의 작품 「자문자답」 전문이 우선 눈에 띈다. 60년을 넘게 시를 써온 '시'와 '시인'에 대한 자성론이다. '시란 대체 무엇이길래 / 시인이란 또한 무엇이길래' 스스로 자문하고 있어서 산다는 것은 무엇이며 시를 쓴다는 일은 무엇이냐는 해법을 탐색하고 있는 듯하다.

이 원로 시인은 시인에 대한 원대한 여망은 '따끄따끈한 / 아랫목 같은 온기의 // 아늑한 생애가 모락모락 피어나는 / 시인이길 바랐'으나 세월이 지날수록 여의치 않음을 안타까워하고 있다.

그는 한평생을 '글밭에다 삶을 얹어 놓고' 혹은 '몇 줄 / 어설픈 글 써놓고' '시인인 척했다'는 스스로 뉘우침으로써 깨달음으로 전환하고 있다.

이러한 성찰의 내면에는 우리들이 시를 사랑하고 즐겨 읽는 목적과도 상통한다. 시를 통해서 자신의 모습과 자신의 진솔한 목소리를 들을 수 있다. 거기에서 자신의 정갈한 인생을 구현하면서 지적인 만족을 획득하는 희열을 맛볼 수 있다는 아주 평범한 시의 목적을 말할 수 있을 것이다.

또한 시인이란 M, 레이몽의 말처럼 시인은 그가 감각의 세계에서 붙잡는 것을 가지고 자신과 자신의 꿈에 대한 상징적으로 투시된 초상(肖像)을 단련해내는 사람이라고 할 수 있다. 이는 결국 시인이 자신을 인식하면서 성철하고 감응하면서 존재의 이유를 확인하는 거룩한 삶의 한 방식이라고 할 수 있을 것이다.

한편 그는 작품 「완행열차」 전문에서 '마음먹고 오늘은 / 여기도 서고 저기도 섰다가 / 떠나는 / 완행열차를 탔소 // 빨리빨리 / 급하게 달려온 인생이라 // 못본 것도 많고 / 흘린 것도 많이 / 놓친 것투성이로 달려온 / 급행열차 / 내 나이를 앞세워 / 미수(米壽)에다가 / 날 부려놓고 말았소 // 때는 늦었지만 오늘은 / 간이역에라도 잠시 / 섰다가 갔으면 했소.'라고 '급하게 달려온 인생'을 '급행열차'에 비유하면서 후회와 성찰의 저변에는 '미수(米壽)'에서 다시 기원의 의식으로 전환하고자 하는 인생의 정리가 포괄하고 있다.

이처럼 인생의 현장에는 삶의 회억(回憶)을 통해서 너무 빨리 달려가는 세월에 대한 원망(怨望)이 동시에 현현되고 있어서 좀 더 느리지만 자연을 관조하고 사유를 정돈할 수 있는 여유를 구현하려는 안온한 정감을 불러오고 있다.

옹달샘에서 / 실개천으로 천진난만하게 흐르다가 // 강 되어 / 산맥
의 정기와 이치를 깨달아 누리더니 // 어느새 황혼의 금비늘 번
뜩이는 / 바다에 스미어 // 가 닿은 하늘 // 영원으로 / 망망한 미로
의 항해를 하나니.

　　　　　　　　　　　　　　　　　　　－ 정순영의 「인생」 전문

　정순영의 '인생'도 '어느새 황혼의 금비늘 번뜩이는 / 바다에
스'미는 지점에서 자신을 회상하는 잔잔한 사유의 중심을 읽을
수 있게 한다. 이러한 의식의 흐름은 '영원으로 / 망망한 미로의
항해하'고 있는 현재의 실재(實在)는 이 세상에 태어나서 '흐르
다가' '정기와 이치를 깨달아 누리더니' 이제 어쩔 수 없이 무
상(無常)의 세계로 들어가는 성찰의 숭엄한 단계에서 정립하고
있다.

늙는 일만 남았는데 이렇게 좋다 // 잘게 부서지는 일만 남았는
데 이렇게 좋다 // 방아깨비처럼 한세월 끄덕거리다가 // 비슬산
은사시나무 이파리떼처럼 // 일제히 하얀배를 내 밀었다가 // 허
공에서 간혹 자맥질하다가 // 가을이 되어 누군가에게 거름이 된
다는 거 // 누군가에게 숙성된 노래가 된다는 거

　　　　　　　　　　　　　　　　　　　－ 이문연의 「퇴직」 전문

　이문연의 인생은 어떠한가. '늙는 일만 남았는데 이렇게 좋다'
는 '퇴직' 이후의 인생이 약간 역설적으로 현현되고 있다. 이처
럼 '퇴직'이란 삶을 통해서 인생을 영위하고 거기에서 행복을
추구하는 생업(生業)을 이제 마무리하고 자신의 인생을 성찰하
거나 새로운 인생관을 탐구하는 시간(혹은 세월)을 만끽(滿喫)하
는 여유에서 그는 '좋다'라는 형용사로 어조를 조절하고 있다.

이러한 역설법(paradox)은 통념적인 믿음을 뒤집거나 상식을 뒤엎은 표현으로써 언뜻 보기에는 진리와 모순된 것처럼 보이지만 실제로 그 내면에는 진정한 진실을 내포하고 있음을 알 수 있다. '방아깨비처럼 한세월 끄덕거리'던 지난 세월들이 '허공에서 간혹 자맥질하다가' 이젠 '가을이 되어' 숙성의 계절에서 그는 '좋다''좋다'라는 정감에 흡인되고 있다.

마지막 햇살 등에 업고 돌아서는 모습 / 황홀했던 축제도 이젠 부질없구나 // 멀리서 날아온 연하장 한 장 손에 들고 / 기억의 빈 칸을 조심스레 메꿔가며 / 흘러가는 세월의 그림자를 읽는다 // 집착으로 살아온 나날 / 솟구치는 욕망으로 불태운 꿈이 / 해돋이 인 줄 알았더니 / 어느새 비틀거리는 해넘이로구나 // 눈물도 아쉬운 시간 / 붉게 타는 저녁노을이 될 수 없다면 / 나는 차라리 돌 돌돌 혼자서 울고가는 / 한 줄기 개울물이 되리라.
— 이영식의 「세모의 해넘이」 전문

이영식은 '세모'라는 시간성에서 회억하는 아쉬움과 그리움이 공유하는 어조가 성찰적인 심저(心底)에서 '마지막 햇살'과 '황홀했던 축체', '흘러가는 세월', '집착으로 살아온 나날' 그리고 '눈물도 아쉬운 시간'이라는 어쩌면 황혼 인생에 대한 작은 소망이 흐르고 있다.

일찍이 소포클라테스가 '생각하면, 모든 우리들 생명에 한정이 있는 자는 환상이든가 공허한 그림자에 지나지 않는다'라는 말로 우리들의 삶과 생명에서 지각하는 인생의 의미를 다시 회상하게 한다. 그래서 이영식은 '나는 차라리 돌돌돌 혼자서 울고가는 / 한 줄기 개울물이 되리라.'는 결론으로 인생을 정리하고 있는 것이다. 그는 함께 발표한 「찻잔 속의 힐링」 중에서도 '지나온 날들을 뒤돌아보며 / 마음을 다독이는 차 한 잔의 위로 / 목젖을 타고 내려가는 / 그 짜릿하고 향긋한 느낌이 / 나를 포근히 감싸 안는다'는 어조로 삶의 진정한 의미와 현존(現存)에 대한 감응을 적절하게 현현하고 있다.

시간은 흰 머리카락만 남았다 / 해는 여전히 뜨고 져서 / 제자리로 돌아가고 / 아직도 마땅한 땅을 만들지 못해 / 삶의 흔적들을 화선지에 그려 본다 // 푸른 별 하나 끌어안기 위해 / 욕망의 나무를 많이도 심었다 / 뿌리 사이에 땀구멍과 피멍을 감추기도 / 생각, 독백, 고독, 슬픔들 / 구조물은 쉽게 무너지고 // −중략− // 삶의 두루마리를 거꾸로 읽다가 / 지울 수 없는 얼룩들 / 다림질로 펼 수 없는 주름들 / 반성은 힘을 잃고 / 가로등에 이마를 부딪힌다 // 시간은 / 흰 머리카락 사이에서 춤추며 / 뿌리 깊은 치아마저 흔들어대고 / 무거운 지렁이 주름 길 위에서 꿈틀 댄다.
　　　　　　　　　　　　　　　　　　　− 박태만의 「거울」 중에서

박태만은 단순한 사물 '거울'에서 자각하는 관념적인 흐름의 의식은 바로 '시간'과 동시에 엄습(掩襲)하는 '삶의 흔적'들이 그의 뇌리에서 재생되려 한다. 그러나 그가 지각하고 인지한 구조물, 그러니까 '생각, 독백, 고독, 기쁨, 슬픔들' 그리고 '욕망의 나무'는 어디론가 '쉽게 무너지고' 텅 비어 있다. 그의 성찰은 거기에서 끝나지 않는다. 다시 '거울'에 비추인 것은 '삶의 두루마리를 거꾸로 읽다가' 어느날 갑자기 '지울 수 없는 얼룩들'과 '다림질로 펼 수 없는 주름들'을 발견하게 되고 '시간'의 고통을 맞아도 '반성은 힘을 잃고' 생의 허전함을 자각하게 된다.

저녁쌀을 씻다가 너의 / 죽음을 듣는다 / 팽개치고 달려가는 길 /

멀고도 멀다 // 캄캄한 아수라장 / 이미 삶을 기억할 수 없다 / 지난 추석에 다녀간 얼굴 / 은빛 침대에 얼어 있다 // 남겨진 엄마 사진과 명함 한 장 / 떠난 말소리 사연이 사라진다 / 어떤 꽃가지 따려다 버리고 / 인사도 없이 // 후회는 먼저 오는 법이 없다 / 하많은 벚꽃 하얗게 지는 세상 / 누나야 / 바짝 자른 발톱이 아프다.
– 박재경의 「막내동생을 보내며」 중에서

박재경은 '막내동생'의 부음을 듣고 달려가면서 재생시키는 삶의 행로(혹은 인생의 행로)에서 허무를 상기하는 삶의 성찰이 시적으로 형상화하고 있다. 그는 고전 「제망매가」의 한 대목을 인용하면서 작품상황을 도입하고 있는데 '생사로는 예 있으매 두렵고 / '나는 간다' 말도 / 못다 이르고 가느닛고 / 이에 제에 떨어질 잎같이 / 한 가지에 나고 / 가는 곳 모르온져!'의 전개가 바로 생사에 관한 그의 진지하고 내밀(內密)한 인생관이 흐르고 있다.

독일의 시인 노발리스는 '삶은 죽음의 시작이다. 삶은 죽음 때문에 존재한다. 죽음은 종국임과 함께 발단이며 분리인 동시에 밀접한 스스로의 결합인 것이다. 죽음에 의해서 환원(還元)이 완성된다.'는 명언과 같이 생사의 인생론이 '제망매가'나 '막내동생'의 죽음에서 '하많은 벚꽃 하얗게 지는 세상'의 비극적인 현실을 감지하고 있는 것이다.

누가 / 활처럼 허리를 휘고 구부려 놓아 / 보는 사람 가슴을 얼얼하고 맵게 해 // 오리처럼 뒤뚱뒤뚱 / 지팡이 의지하고 / 가을 가득한 파란 하늘 아래 서서 // 바람에 흰머리카락 날리며 / 서로 비비며 속울음 우는 억새처럼 / 달리는 세월 쫓기다가 길 잃고 / 해 저무는 서쪽 바라보는 / 쓸쓸한 그림 한 점.

- 강신기의 「쓸쓸한 그림 한 점」 전문

강신기의 인생관도 다른 작품들과 크게 다른 점이 없다. '달리는 세월 쫓기다가 길 잃'은 정황이나 '해 저무는 서쪽 바라보는' 시적 상황이 모두 황혼에 이르는 인생 후반기의 심적인 정돈이 다양한 사물과 교감하는 이미지로 형상화고 있다. 그것은 허리가 휘고 '지팡이 의지하고' 또 '바람에 흰머리카락 날리'는 모습이 그는 '쓸쓸한 그림 한 점'으로 표현하고 있어서 공감을 흡인하고 있는 것이다.

또한 그는 「인연의 끈」에서도 '미워하기를 노래 부르듯한/그 사람/평소 버거운 짐이 되어/세상을 어렵고 주변을 힘들게 하더니/모진 끈을 놓고 인연을 떼어낸다'는 이승 떠난 '그 사람'을 통해서 생명의 소멸에 대한 안타까움이 처절하게 적시되고 있다. 그는 '하얀 국화가 올려보고/빙그레 웃는 사진' 그 영정 아래에서 '허허한 세상사 끈 놓으니 한가로운가'라는 어조로 우리들의 허허한 삶과 무언(無言)의 대화로 인생을 회억하는 시법에 공감하게 된다.

이렇게 생사와 동행하는 인생론이 결국 삶에 대한 자성이라는 시적 진실을 이해하게 되는데 앞의 원로시인 '시란 무엇인가', '시인이란 무엇인가'라는 자문이 곧 '인생이란 무엇인가'라는 성찰의 해법을 적시하는 것이라고 할 수 있다. ✳

(『문학미디어』 2019. 봄호)

제2부. 삶의 경계에서 조감하는 생명성

『문학세계』 (2008. 11. ~ 2009. 5.)
『지구문학』 (2008. 겨울 ~ 2009. 봄)
『청계문학』 (2016. 봄 ~ 2016. 여름)

'삶의 경계'에서 조감하는 생명성

5월, 신록의 계절이다. 일찍이 노천명 시인이 '5월은 계절의 여왕'이라고 했던 것은 이 싱그러운 신록이 절정을 이루기 때문일 것이다. 신비한 시간의 선물인 신록 속에 묻혀 있노라면 생명의 오묘함에 심취하게 된다.

5월은 잎의 달이다. 따라서 태양의 달이다. 5월을 사랑하는 사람은 생명도 사랑한다. 절망하거나 체념하지 않는다. 권태로운 사랑 속에서도, 가난하고 담담한 살림 속에서도 우유와 같은 맑은 5월의 공기를 호흡하는 사람들은 건강한 희열을 맛본다.

이어령의 「茶 한 잔의 思想」에서도 5월은 생명과 깊은 관계가 있다. '잎'과 '태양' 그리고 '사랑'과 '생명'의 '희열'은 '절망'과 '체념'과 '권태'와 '가난'을 모두 치유할 수 있는 모태가 되고 있다. 우리들 생명은 유한성이기에 더욱 소중하고 존귀한 것이다. 인간에게 주어진 생명은 짙푸른 신록처럼 다시 소생할 수

없다는 시인들의 사유는 그 '삶의 경계에서' 다양하게 표현되고
주제 역시 다변적이다.

　지난 4월호 『문학세계』에서는 이러한 생명성에 대한 탐색을
형상화한 작품을 많이 대할 수 있는 것도 어쩌면 계절(혹은 시
간성)과 무관하지 않다는 점을 이해하게 된다.

　　삶의 경계에서 물기를 탈, 탈, 털어낸 진실 / 그 고뇌와 고독 속
　　에서만 사랑을 만나고 / 최후의 축복이 내려지리라는 믿음으로 /
　　아침 이슬을 머금는 꽃잎에게서는 / 정녕 아름다운 미소로 자유
　　가 맴돌고 있으리라
　　　　　　　　　　　　　－ 박병구의 「물가에 앉은 수선화여」 끝 부분

　박병구는 '삶의 경계에서' 지금 고귀한 생명의 '진실'을 탐구
하고 있다. '수선화'라는 보편적인 사물에서 그가 추구하려는
예비적 '믿음'이 '고뇌와 고독'과의 화해를 시도하는 정서의 전
환이다. 그는 '자기 안에 매여서 애석하게 버린 / 유한한 시간의
평화와 / 돌이킬 수 없는 사랑의 안식처로 / 물가에 반사되는 네
모습은 / 하늘이 비치는 외로운 전설을 맞고 있'는 시적 정황을
설정함으로써 그가 현실을 통해서 직시하는 미래의 생명성을
예비하고 있다.

　또한 그는 '최후의 축복'과 '아름다운 미소로 자유'를 실현하
기 위해서는 '자신을 사랑해야 하는 쓸쓸한 날들'을 또는 '흔들
리는 혼불'을 감내해야 하는 자애(自愛)의 의지를 정립하지 않
으면 안 된다. 그는 다시 함께 발표한 「안구건조증」에서도 '서
걱거리는 운명이 / 영겁에 매달린 삶의 궤적 사이로 / 마르지 않
던 눈물샘에서 / 뜨겁게 흐르던 눈물이 지워지는 세월'이라는 어
조가 '삶의 궤적'을 통해서 감지된 '운명'이나 '영겁'의 '세월'이

복합적으로 조화를 이루어 '그립다는 남루한 의문이 / 헛되고 부질없'음으로 주제를 창출하는 점도 시간성과 병합된 생명의 탐색이 명징하게 도출되고 있다.

너른 습지에 밤 깃들면 / 저들끼리 몸 부비며 눕고 / 찬별들 머리 위로 떨어진다 // 산세 나지막해 편안한 도시 / 상처 진 영혼들 모여든 그곳에 / 질펀한 땅속 깊이 / 생명 뿌리 뻗어가는 너 // 바람이 분다 / 오염된 흙탕물이 서러워 / 소리 없이 흐느낀다 // 또 바람 소리 / 달랠 수 없는 외로움까지 / 어둠을 탄다
　　　　　　　　　　　　　　　　　　- 김하은의「갈대 습지」전문

　김하은 역시 '상처진 영혼들 모여든 그곳에 / 땅속 깊이 / 생명 뿌리 뻗어가는' '갈대 습지'에서 그 생명들을 탐구하고 있다. 이는 '상처진 영혼들'과 '생명의 뿌리'가 대칭을 이루면서 화해를 시도하는 시적 발상이나 주제의 추적은 생명성에 대한 강렬한 정서의 반응임을 알 수 있다. 그는 '바람'이 불고 '오염된 흙탕물이 서러워 / 소리 없이 흐느낀다'는 정황이 현실과 사유 사이에서 표징되는 갈등 구조의 해소를 자탄하는 변화도 엿보인다. 이러한 '외로움'과 '어둠'이 포괄하는 현실의 문제가 생명과 조화함으로써 시적 진실이 정립되고 있는 것이다.
　또한 그는「수산시장에서 일출을 보다」에서도 동류의 이미지를 확인하게 되는데 '누가 그 아픔을 알까'라거나 '생존의 힘든 겨루기가 / 시작된다'는 어조가 바로 생존경쟁에서 획득한 새벽 '수산시장'의 생명성이며「가을 허상(虛像)」에서 '온갖 허수아비 활보하는데 / 내 안의 생명은 잠들려 한다 / 아, 사랑을 버린 사람 / 초가을 볕에도 가슴 시리다'는 그의 현실적 조망은 예리하게 나타나고 있다.

바람은 뒤돌아보지 않고 / 달아나 창가에 잠시 머문다 / 흐리던 하늘이 벗겨지고 새벽 숲 냄새가 / 버짐으로 피어난다 // 등산로 가녘 밑둥에 / 조곤조곤 다람쥐 보금자리 들썩이고 / 추위에도 담 담한 벗은 가지 / 드문드문 까치집 이고 있다 // 어디선가 들려오는 크리스마스 캐럴 / 자선남비 댕그렁 소리에 / 반생도 남지 않은 구름이 무심히 흐른다

– 승명자의 「떠나는 세월」 전문

승명자의 생명성은 성찰에서 찾아야 할 것이다. 왜냐하면, '추위에도 담담한 벗은 가지'나 '반생도 남지 않은 구름'이 내포한 사유의 원류는 '떠나는 세월'과 상관하고 있기 때문이다. 이는 강조하는 '반생'의 유추가 '세월'이라는 새로운 시간에 비례하여 소멸되는 생명에의 성찰이 더욱 깊게 작용하고 있어서 그가 구가하려는 시간과 생명의 동질적 의미를 탐색하고 있는 것이다. 그는 「가을 여행」에서도 '삶의 조각 지천에서 건져 / 화폭에 담아내는 사람들이 / 단풍보다 곱다'는 어조로 보아서 역시 성찰의 한 단면에서 조감하는 생명의 예비적 사유의 산물이라고 할 수 있다. 한편 「촛불」에서도 '생명 산출의 고통은 / 아름다움으로 빛나'는 과정은 그가 희구하는 '사랑'과 '설레임'과 '그리움'이 복합적으로 '기도'로 승화할 때 그의 생명성은 더욱 무엇인가를 내면에서 갈구하고 있다.

눈 시린 들판에서 헹구고 온 / 태초의 음성이 계단을 높이는 / 오늘은 / 죽음조차도 하얀 펄럭임으로 / 먼길을 재촉하는데 / 하늘의 푸름은 길을 잘못 들어 / 부끄럽다고 문을 닫네

– 채수영의 「눈 내린 날은」 중에서

채수영의 생명성은 '죽음'이라는 소멸에서 엿볼 수 있다. 이 소멸도 자기 성찰에서 사유의 진원지를 유추하게 되는데 어쩔 수 없는 현실 적응(혹은 시간 적응)에서 수용해야 할 생명의 순리를 확인하고 있다는 점을 간과하지 못한다. 그는 이를 '마지막으로 빛나는/ 흰빛 세상'이라고 표현하고 있다.

지난 호 신인상 당선작인 김회성의 「인생길」에서도 '어둠으로 감싸는 처연한 쉼터/ 바스락 낙엽 밟으며/ 호숫가 벤치에 홀로 앉아 노래하다/ 어느 순간 맞이할 아름다운 종착역'이라는 생명의 소멸의식을 감지함으로써 '인생길'을 형상화하고 있다. 김영화도 「머리칼」에서 '흔들리는 머리칼 속에/ 속삭이는 사랑의 전언은/ 보랏빛 가슴의 환희련가/ 한생 마르지 않는 정열의 샘물인가' 하고 '한생'에 대한 실체를 조감하여 생명성을 언술하고 있다.

보기만 해도 설레게 하는 무형을 옮겨다 놓고/ 꽃이 피는 꽃밭에서 고칠 수 없는 모진 열병에/ 저항의 깃발같이 고운 노래 부르고 마는 이름/ 끝나지 않는 생의 영화를 사랑이라 말합니다
                                    － 은학표의 「사랑이라 말합니다」 중에서

은학표는 '생의 영화'에서 생명성과의 관계를 '사랑'으로 대체하는 시법을 구사하고 있다. 누군가 사랑은 생명의 꽃이라고 했던가. '꽃이 피는 꽃밭'과의 상관성도 결국 '사랑'으로 귀결함으로써 그의 생명은 예찬되고 있다. 이처럼 삶의 궤적을 반추하는 '삶의 경계'에 서서 한 생명의 소멸을 예감하는 시인들의 사유는 단순한 회한(悔恨)도 아니며 현실 타협은 더욱 아니다. 다만 존재의 의미와 결부하여 새롭고 지향적인 순응의 미학을 살리는 성찰의 의식이 내표되어 있는 것이다.

금줄을 쳤다. 왼새끼줄에 고추를 달고 / 부정탄 발길을 모두 막았다 / 어둠의 길, 혼돈의 터널을 빠져나와 / 처음 보는 창공의 눈부심으로 / 웃음인지 울음인지 분간할 수 없는 아우성 / 그 시각부터 아아 / 존재의 전류는 흐르고 있었다 / 금줄을 걷어내는 날 / 이미 점지된 큰 붓으로 / 눈물로 얼룩져 가늠되지 않는 / 담채화 한 폭을 그려가고 있었다 / 초롱한 눈빛은 언제나 / 무지개를 염원하지만 / 암갈색 예감의 꽃들이 한 송이씩 / 손에 잡히는 것은 어인 일일까 / 다시 금줄을 걸고 / 정갈한 생명의 불꽃을 피우고 싶었다.

졸시 「길·3」에서처럼 '정갈한 생명'을 위해서 생명의 끊임없는 혁신을 위해서 새로운 사유의 전환이 요구되고 있다. 그것이 현대시의 위의(威儀)라고 할 수 있을 것이다. ✳

(『문학세계』 2009. 5.)

시간의 언어 또는 자화상

언제나 하늘의 입을 열고 / 진실을 이야기하는 / 너 나무여 / 바다 같은 귀를 열고 / 사랑의 이야기를 듣는 / 외로운 과실이여 / 지금은 21세기 / 진리를 위하여 / 저 언덕을 넘어야 하고 / 산악 같은 세파도 / 잠재워야 하느니 / 너 진실한 나무여 / 이성의 칼날은 선한 꽃인데 / 불의를 일삼는 / 오늘의 녹슨 파편들이 / 이 시대의 홍수처럼 / 흘러가고 있다 / 나무여 / 이 시대의 선한 나무여 / 사랑과 이해의 열매를 / 열리게 하라 / 간혹 구름이나 / 새들이 날아와 길을 묻거든 / 나무여 / 사랑과 이해의 길이 / 여기 있다고 말하라 / 나무여 / 말하려나 / 진실의 길은 언제나 / 등불 앞에 있다고 / 말하려나.

이 작품은 황금찬 시인의 「진실의 나무에게」 전문으로 문광부와 <조선일보>가 실시하는 '책, 함께 읽자'의 일환으로 지난 3월에 한국문인협회가 대학로 마로니에 공원에서 '황금찬 시 읽기'를 개최했는데 필자가 이 작품을 낭독했다. 이 '책 읽기 문화 캠페인'은 전국적으로 확산되어 대중들과의 호응을 맞추는 대규모 행사로서 상당한 설득력을 얻고 있다는 보도를 접하면 우리 글 쓰는 사람들은 환영하지 않을 수가 없을 것이다.

이러한 책 읽기 운동이 국가적 차원에서 실시되는 것은 어찌 보면 우리 국민들이 그만큼 책을 읽지 않는다는 문제를 해소하기 위한 것이지만, 요즘처럼 문학잡지나 시집들이 팔리지 않는 풍토에서 다소나마 활력소를 제공하는 계기가 마련되었으면 하는 바램이다. 한편으로는 우리 시인 작가들이 독자들에게 다가가서 문학의 기능적 요소들을 전달하고 어떤 메시지를 공감케 함으로써 존재문제와 인성문제, 자연문제 등을 심도 있게 교감하여 국민들의 정서생활에 촉매제 역할을 하는 것은 우리들의 과제이기도 할 것이다.

지난호『문학세계』에 수록된 작품들을 일별해보면 이와 같이 삶에 대한 주제를 많이 또는 깊이 있게 다루고 있어서 주목하게 된다. 삶은 곧 존재와 인성이 결합하여 성찰의 단계로 인식하는 과정이다. 우선 다음 몇 작품에서 이를 확인할 수 있게 한다.

불러도 대답 없는 흘러간 세월 / 가을은 축복이다 / 산천초목 아름다운 / 천연색 비단옷 입혀놓고 / 뒤돌아 돌아보며 떠나고 있는데 / 마음의 강가에 그리움의 낚싯줄 걸어 놓고 / 어느 날 바라보며 / 건져 올리지 못한 꿈 밭에 / 보이지 않는 궂은비만 내리고 / 그 많은 인고의 세월만 낚아서 / 외로운 침묵에 강 건너갑니다
        － 하옥숙의 「자화상」 전문

허공 속으로 흩어지는 유성의 파편처럼 / 지난 상념은 흩어져 사라지고 / 고난으로 문드러진 땅 길에서 / 속절없는 세월의 흐름

속에서도 / 묻어나는 추억의 흙 내음은 / 가파른 고개를 넘어간
먼 후일 삶의 흔적이다

- 이영국의 「회상」 중에서

희로애락 마음의 본향이 있는 곳 / 흘러온 세월 기약 없는 이별 /
해산의 영롱한 꽃을 안고 // 황혼에 젖어가는 나그네 인생 / 빛바
랜 삶의 뒤안길 / 외로운 영혼들 석양 노을이 진다

- 최현배의 「굿 뉴-스의 화원」 중에서

이처럼 보편적인 일상의 삶에서 추출하는 시적 진실이 그들
은 '세월'과 더불어 음미하는 공통점이 있다. '흘러간 세월'과
'속절없는 세월', '흘러온 세월' 등 표현의 차이는 있으나 모두
가 시간의 언어에 치중하면서 시적 구도를 형성하고 있다. 일찍
이 누군가 말했듯이 세월은 착오를 마멸시키고 진실을 빛낸다
고 했다. 그렇다면 하옥숙의 '인고의 세월'이 내포하는 '침묵의
강'과 '낚싯줄'의 상관성은 무엇일까. 바로 '자화상'이란 결론을
도출하고 있다.

그는 함께 발표한 「연지(硯池)」에서도 '어제도 오늘도 저 빛
바랜 달 그림자 / 덧없는 세월 재촉하지 않는데 / 시간은 알게 모
르게 흘러만 갑니다 / 오늘 이 수간에 황무지 같은 부질없는 단
상도 / 잔잔한 물 무늬 위에 신화로 띄어 놓고 / 돌아섭니다'는
어조로 '덧없는 세월'과 '부질없는 단상'과 대칭을 이루면서 '자
화상'의 개념을 투영하고 있다. 그러나 그의 시적 구도는 차분
하고 단단하지만, 표현법에 있어서 '놓고', '있는데', '놓고', '바
라보며', '내리고', '낚아서' 등으로 문장의 연결에 치중하는 느
낌이다. 이는 산문 문장으로 변할 우려가 항상 도사리고 있음에
유의해야 할 것이다.

이영국의 '세월'도 결론적으로 '먼 후일 삶의 흔적'이라는 단정이다. '세월이 흐르는 곳에 / 찬바람에 씻겨 빛바랜 잡초처럼 / 떠나갈 삶의 모습'이라는 어조는 하옥숙의 '자화상'과 유사한 점이 발견되는 것을 보면 시간과 삶과의 불가분성은 공통으로 시인들이 탐색하는 인식의 단계라고 할 수 있다. 그도 또한 문장의 연결을 고려한 산문 문장화의 방지를 위한 언어의 함축이 있어야 한다. 특히 행과 연 바꿈에서 시법의 기본인 '이미지의 한 단락, 의미의 한 단락, 리듬의 한 단락, 강조의 한 단락'이라는 점을 상기할 필요가 있겠다.

한편 최현배의 '세월'도 '나그네 인생'과 '외로운 영혼'이라는 근원적인 존재의 의미를 인식하는 시간의 언어를 구사하고 있다. 그도 또한 연 바꿈에 유념해야 한다. 위의 예시 작품에서 보는 바와 같이 '……꽃을 안고'와 '황혼에 젖어가는……'의 어조는 어찌보면 한 이미지이며 한 의미로 해석할 수 있기 때문에 한 연으로 붙여야 한다는 결론이다. 이처럼 시의 형태는 시가 담겨지는 그릇 같은 역할을 한다. 그래서 행과 연의 구분이 시의 내용과 의미가 한결 돋보일 수 있으며 시의 구성에서 우리 문법에서 말하는 낱말(單語), 어절(語節), 구(句), 절(節) 등의 자세한 부분까지는 제 자리 잡기가 어렵겠지만, 시창작상의 통시적 어법은 전통적인 설득력을 가지고 있다.

이 작품들은 '세월'의 이미지에서 모두 그리움이라는 주제를 창출하여 자신의 모습을 반추하는 '자화상'에 가깝다. 이러한 시간적 언어의 표출은 삶과 상관하게 되는데 강혜련이 「오월에 핀 안개꽃 저고리」에서 '나는 오늘 제복 입은 / 저 지난날의 시골소녀가 되어 / 삶의 큰 기쁨을 누렸음이어라'거나 최하명이 「인생이라는 병」에서 '자각으로 병세를 알 때는 / 나이가 들어 인생이라는 의미를 알 때 / 삶의 의미를 부여 받았을 때 // 이 병에 걸리지 않은 건강한 사람은 없다' 또는 이영국이 함께 발표한 「재(嶺)」에서도 '구름 머문 하늘이 가까워서 / 저 멀리 산 넘어 / 또 다른 그리움의 만남으로 / 삶의 긴 여운을 묻는다'는 등의 어조가 모두 삶의 시간과 함축된 그리움의 징표가 주제로 형상화하고 있음을 이해하게 된다.

다음 김휘열의 「여울목 어는 밤-금융위기를 느끼며」는 어떠한가.

해거미가 비탈길을 따라 오른다 언덕 언저리 채곡히 쌓였던 낙엽 더미를 초겨울 된바람이 흩어 놓고 간다 / 그나마 앙상한 나뭇가지에 남아 있던 낙엽 하나가 떨어져 떼그루 굴러 바람개비 돌 듯 멀리 날아간다 / 서로를 부비려는 잎새 없는 나뭇가지 부딪치는 소리가 적막을 깨고 있다 여울목이 얼어붙는 밤 별빛조차 서글퍼 보인다 / 감꽃이 피어오르는 따스한 날이 오기까지 오랫동안 설움을 묻어야 한다 미국발 금융위기가 겨울밤을 꽁꽁 얼어붙게 하고 있다

이 작품은 약간 시사성이 있어 보인다. 그러나 어조에서 '초겨울'이나 '감꽃이 피어오르는 따스한 날'이라는 계절적 언어로 보아서 시간적인 기다림을 묘사하고 있다. 요즘 사회적인 문제로 대두되고 있는 금융위기에 대한 비유를 적절하게 구사하여 '따스한 날'까지 인내해야 하는 이미지를 '낙엽' 또는 '앙상한 나뭇가지' 그리고 '겨울밤' 등의 사물과 대비하여 적시하는 시법이다. 이러한 시간의 언어는 다음 작품에서도 읽을 수 있다.

맑은 공기 푸른 산야와 당신의 목소리가 / 영원히 전생과 이생을 맴돌고 / 불사조는 허공에서 별들을 세고 있답니다 // 어찌 이렇게

그립기만 하답니까 / 흘러간 강물 속에 침잠된 수많은 추억들 / 사랑은 떠나가도 꽃을 피우고 / 자연의 섭리는 당신을 그리워 한답니다

— 이유식의 「삶 그 아련한 것」 중에서

희색 하늘이 주책 떠는 눈비 내려도 / 어제보다 오늘이 즐겁고 / 내일이 행복한 꿈을 꾸는 머리맡에 / 내 발가벗은 몽당붓이 웃고 있어 / 때묻지 낳은 그림을 그릴 수 있어 좋고 / 홍매향 같은 시향(詩香)이 맴돌기에 / 우리 둘의 자향(自香)이 그래도 / 논두렁 밭두렁에 핀 반지꽃 같잖니 / 우리 가슴에 태극문양 선명하고

— 문성환의 「인생 현미경 3」 중에서

그렇다. '전생과 이생'이나 '흘러간 강물'과 '추억' 등이 이유식의 시간과 융합하고 있다. 또한 '어제보다 오늘', '내일'이라는 시간이 문성환의 사유에서 선회하고 있다. 이처럼 이유식은 시간을 통해서 그리움을 현현하고 문성환은 현재의 즐거움을 나타내고 있다. 다만, 이들이 지향하는 궁극적인 지표는 현재의 자화상을 스스로 그리고 있다는 점이다. 이것이 삶과 시간의 병합된 일련의 단순한 그리움이나 즐거움일지라도 그들에게서는 진솔한 정감의 발현이며 시적 진실로 승화하는 의미를 부여하고 있는 것이다. 그러나 앞에서도 언급한 바와 같이 행과 연 그리고 표현 방식에서 자칫하면 하나의 스토리를 곁들인 독백의 묘사를 경계해야 할 것이다.

일찍이 리처즈가 말했듯이 시의 소재는 우리의 일상생활과 정서생활에서 별 차이가 없으나 생활의 언어적 표현은 시의 구도나 주제의 도출에 큰 영향을 미치게 한다. 형이상시(形而上詩)의 개념이 더욱 필요한 시대에서 독백의 범주를 벗어나는 작품

이 대세를 이루는 작금의 시정신은 볼테르의 말대로 시는 보다 위대하고 다감한 영혼들의 음악이 되어야 하기 때문이다.

대체로 살펴본 3월호의 작품들은 약간 긴 문장으로 이어졌다. 언어의 함축이나 절제의 측면에서 보면 시는 짧아야 한다는 통념을 지울 수가 없다. 시문장이 길어지면 설명이 될 위험이 따르고 압축이라는 시의 본령에서도 상반된 논지가 주제를 미약하게 하는 우를 범하게 될지도 모를 일이다. ✳

(『문학세계』 2009. 4.)

'포도나무의 시법'과 '종합예술'

지난 2월에는 우리 문단에 획기적인 일이 성황리에 시작되었다. 조선일보와 문화관광부가 공동으로 주최하고 한국문인협회, 대한출판문화협회, 한국연극협회, 한국출판인회가 공동 후원하는 '책 읽기 문화 캠패인—책, 함께 읽자'를 전국에서 개최한 일이다.

희망 없는 희망이라니 / 어리숭한 말이다 / 그래 봤자 큰 일 중첩산 오늘의 세상은 / 시인의 어법쯤 상관 않는다 // 시인들은 말과의 동거를 / 혼인신고처럼 서약했으되 / 외출복 입은 말부터 애지중지 / 세상에 자랑하고 / 상처 깊거나 죄의식 적신 말들은 / 늑골 갈피에 가두어 본다 / 사후에 발각되기도 하지만 / 덧없어라 / 뿌리 잘린 꽃인 것을 // 말의 비방 / 말의 연금술을 누가 아는가 / 쇠락해가는 대자연과 사람의 영혼에 / 봄을 주입할 / 영묘한 수사학은 무엇인가 // 희망 없는 희망이란 / 시인들 스스로의 정직한 고뇌요 고백임을 / 얼마간 알 듯하다

한국 문협에서 실시한 '책, 함께 읽자' 첫 순서로 '김남조 詩 읽기'를 시작으로 전국에서 계속 이 운동이 확산될 것으로 보인다. 이 작품 「말의 연금술」을 비롯하여 김후란, 허영자, 오세영, 김선영, 이향아, 김송배, 한분순, 이승하 등이 김남조 시와 자작시를 읽고 김남조 선생의 '나의 시에 관하여'라는 강연이 있었다. 더구나 박정자 원로 연극배우가 출연하여 연작시 「촛불」을 낭송하고 詩춤이 어우러지기도 하여 참석자 1백 여명의 분위기는 더욱 고조되었다. 이 운동은 금년에 지속적으로 실시하여 책과 대중과의 거리를 좁히고 책읽는 풍토 조성에 기여할 것으로 예상된다.

지난 2월호 『문학세계』에 수록된 작품은 보편성을 초월하는 작품이 보이지 않고 평범한 사유의 표현인데 비해서 김경덕과 여주현의 작품이 우선 제목에서부터 시선을 집중시키고 있다.

늙은 포도나무 밭이 그대로 시집(詩集)을 펼친 것 같다 / 비틀어논, 비뚤비뚤한, 저 행갈이가 살아서 꿈틀꿈틀 댄다. 멀미 / 울렁울렁한 목청을 한꺼번에 많이도 퍼질러 놓았다 / 속 시원하였겠다 바야흐로, / 서풍이 불려는 사이 / 미사여구(美辭麗句)는 죄다 떨구고, 버즘나무처럼 제 속을 다 까발리고 / 깡마른 덩굴손이 마지막으로 푸른 하늘에 대고 온몸으로, 전심력(專心力)으로, 시를 쓰는 / 저 몸 시(詩)들의 / 꼬부라진 철자법이 탄탄한 시법(詩法)이다 / 눈을 닦고 / 보고 보아도 / 최후(最後)란, 없다
　　　　　　　　　　　　　　 ― 김경덕의 「포도나무의 시법(詩法)」 전문

김경덕은 사물을 응시하면서 유추하는 연상작용이 특이하다. '늙은 포도나무 밭이 그대로 시집을 펼친 것 같다'는 단정적 상상력은 과히 파괴적이라고 할 수 있다. 시인이 대사물관에서 비

약하거나 축소하는 시적 정황의 설정이 일반적 통념을 초월하는 것은 당연한 일이다. 그가 사유하는 그 범주에는 다양한 사물의 형태에서 응축된 양상들을 작품으로 형상화하려는 의도와 의욕이 동시에 발양되고 있어서 그가 구가하려는 시법의 면모를 광범위하게 이해할 수 있다는 점을 간과할 수 없게 한다.

이는 '포도나무'라는 특정 사물에 관한 이미지의 창출보다는 현재의 형태, 즉 잎이 떨어진 상황을 '미사여구는 죄다 떨구고'로 전환한다든지, '비뚤비뚤' 자란 포도나무 줄기에서 '꼬부라진 철자법'으로 대입하는 그의 시법이 만만치 않다는 점이다. 이러한 시법은 그가 말하는 '포도나무의 시법'이다. 굳이 '시법'이라고 명명하지 않더라도 우리는 사물에서 추출하는 시적정황이나 주제의 근원은 명민하게 작용하는 것이 우리의 시법이다.

그가 '눈을 닦고 / 보아도 / 최후란 없다'고 결론을 적시함으로써 시인들이 사물과 시와의 상관성을 배제하지 못하는 연유가 시법에서 '최후'나 '최종' 등의 단정을 유보하게 된다. 이는 한 사물에서 정서의 복합성에 따라 주제나 이미지가 달라질 수 있다는 시인의 상상을 함축하고 있는 것이다. 그의 이러한 시법은 함께 발표한 「법당 안 목탁」이나 「느티나무 길」에서도 유효하다. 그가 적시하려는 시적 현현의 구도가 대체로 그러한 시법으로 전개함으로써 스토리나 언어의 탄력을 받게 되는 것은 당연하다.

시인(詩人)과 화가(畵家) / 시(詩)가 그림을 잉태하고 / 그림이 시(詩)를 낳는다 // 세월의 그물에 걸린 시인(詩人) / 옹달샘에 빠진 별(星)을 / 항아리에 담는데 / 자기 얼굴뿐이더라 // 만남과 이별 푸른 빛 / 붉은 빛 샛노란 황금빛 / 소나무에 학(鶴)을 그려놓고 / 아침에 일어나 보니 / 소나무뿐이더라 // 어느 시인은 / 천 원짜리와

만 원짜리 지폐가 / 바꿔주어도 아깝지 않은 우정(友情)/시와 그
림 // 시와 그림의 조화가 / 종합문예(綜合文藝)인가 싶어 / 그림을
벽에 걸면 시가 흐르고 / 시를 쓰다 보면 그림이 어른거린다 // 음
악을 함께하고 극(劇)까지 조화되면 / 멀어질 수 없는 종합예술 /
인생은 짧고 예술을 길다고 했거늘

　　　　　　　　　　　 － 여주현의 「종합예술(綜合藝術)」 전문

　여주현의 어조는 김경덕과는 다른 자신의 관념적 언술로 들
려주고 있다. 옛말에 시중유화 화중유시(詩中有畵 畵中有詩)라는
것이 있다. 시와 그림은 동질의 생명체를 유지한다. 실제로 시
인과 화가는 정서의(혹은 의식의) 흐름이 유사하다. 외형적 스
케치에 머물지 않고 영혼을 투영하는 고뇌가 따른다. 이러한 고
전을 첫 연에서 되풀이하는 것처럼 보이는 것은 그가 '종합예
술'이라는 소재를 연결하기 위한 상황 설정이지만, 결론적으로
'음악'과 '극'의 조화를 적시하고 있어서 '종합예술'의 면모를
갖추었다고 할 수 있다.
　그러나 좀 특이한 점은 시인이 '옹달샘에 빠진 별을 / 항아리
에 담았'으나 결국 '자기 얼굴뿐이'라는 것과 화가가 '소나무에
학을 그려놓고 / 아침에 일어나 보니 / 소나무뿐이'라는 것은 어쩌
면 아직도 성취하지 못한 시업(詩業)에 대한 자성일 수도 있다
는 점에 유념하게 된다. 이 밖에도 우리들의 안온과 고요함을
노래하는 작품이 있다.

호숫가에는 / 살진 꽃창포 무리가 / 분지에 가득했어 / 소요도 시비
도 없이 / 아늑하고 평화로웠어 / 태양이 그곳에만 / 금가루를 뿌려
주고 있었어 / 거긴 풍요와 따사로움과 / 적요만 있었어 / 사람은
살지 않았어

불평불만 없이 / 다툼도 없는 / 순결한 인성의 무리 속 // 약하고 /
삐뚫어진 세상 / 한탄 접고 / 공연한 바람 없애 / 갈등 없는 깊은
평온

– 이영순의 「별무리」 중에서

　여기에서는 안초근이 '풍요와 따사로움'을 이영순이 '갈등 없
는 깊은 평온'을 현현함으로써 현실적 고뇌를 탈피하고 '적요'
와 안온을 구가하려는 정서의 흐름을 이해하게 된다. 이러한 시
법도 사물('꽃의 마을'이나 '별무리')에서 탐색하는 그들의 지적
사유의 확산이며 자아의 관조적 성찰에 다름아니다. 우리 시인
들은 언제나 사물의 응시법에서 남다른 지적 혜안을 열어놓고
자신의 가치관을 투영하는 습성이 있다. 이것이 시인의 탐구정
신이며 독자들에게 전하려는 강렬한 메시지의 탄력이기 때문이
다. ✳

(『문학세계』 2009. 3.)

사물에 관한 상징적 사유

　우리 시인들이 하나의 사물에서 탐색하는 시적 상상력은 무한하다. 그것은 일상적인 사유가 지적인 시 정신으로 전환하면서 발현하는 시적 진실이다. 이러한 지향적 사유가 곧 존재를 인식하거나 성찰하는 고차원의 이상을 그리게 된다. 흔히들 시적 발상은 이처럼 하나의 사물에서만 찾는다고 생각하지만 우리의 내면에 잠재한 지정의(知情意-조지훈 시인이 말한 지정의의 합일이 시다)에서도 얼마든지 시적 발상은 가능하지만, 이런 외적인 사물과 내적인 관념의 융합이 진실을 창조하게 될 때 우리는 시적이라고 말하며 시의 위의(威儀)에도 합당하다고 할 수 있을 것이다.

　현대시에서 이처럼 사물을 자신의 내부로 들여와서 내적 인격으로 동일시하는 것을 동화(同化-assimilation)라고 하여 많은 시인들이 작품 창작에 활용하고 있으며 반대로 시인 자신이 사물 속으로 흡인되어 함께 말하고 행동하는 것을 투사(投射-projection)라고 한다. 역시 많이 응용하고 있다. 이런 현상을 주시하면서 지난호 『문학세계』에 수록된 작품 중에서 다음과 같이 '담쟁이'라는 사물이 어떻게 동화하고(혹은 투사되고) 있는지를 살펴보기로 한다. 우선 박애라의 작품들이다.

처음부터 예정된 / 거부할 수 없는 숙명이다 / 몸뚱이 하나로 / 담벼락을 기어오르는 것 / 극도의 막막함 속에서 / 솟구치는 생명을 위한 본능 / 살 아 야 겠 다 / 오만하게 버티고 선 거대한 세상을 / 기어코 잠식해 버리리라 / 한 걸음 옮길 때마다 / 제 몸을 묶은 흡반을 관절처럼 늘여 / 누구도 건드릴 수 없도록 / 소유의 푯말을 세우고 / 허옇게 숨 뒤집는 벽을 향해 / 멈추지 않는 지독한 집착 / 남편을 먼저 보내고 / 맨몸으로 자식 셋을 키워야했던 / 큰어머니의 가시밭길 운명 같은

— 박애라의 「담쟁이」 전문

여기에서 '담쟁이'라는 사물은 시인과 동화하고 있다. 그것을 박애라는 '숙명'이며 '운명'이라고 단정한다. 처음부터 '담쟁이'가 갖는 상징이나 비유 등이 인간의 '생명을 위한 본능'으로 형상화하다가 결론에서 '남편을 먼저 보내고 / 맨몸으로 자식 셋을 키워야 했던 / 큰어머니의 가시밭길 운명'으로 환치함으로써 시적 지향적 사유는 확대되고 있으며 공감대를 이끌어내고 있다.

박애라는 이러한 시법에 익숙해져 있다. 함께 발표한 「오아시스를 찾아」와 「바위섬」에서도 동화의식이 잘 투영되어 있음을 알 수 있다. '그의 몫인 그늘에 드러누워 / 단잠에 취한 사이 / 갈증을 이기지 못한 허리 꺾인 꽃들은 / 샘물에 몸을 담고도 시들어 버렸다'거나 '풍상에 잘리고 깎인 / 저 기묘한 형상 / 세상사 부질없다'는 언술들은 그의 내면의식이 이미 그 사물들과 동화되어 있다는 점을 간과(看過)할 수 없게 한다. 이처럼 하나의

사물에서 추출한 이미지가 존재의 문제까지 승화할 수 있다는 것은 시법에서 대단히 중요한 위치를 차지한다. 사물의 특징을 잘 살려서 그것이 포괄하는 상징과 이미지가 조합되는 것은 현대시가 지향하는 표현방식에서 인간과 공존의 시적구도를 형성시킴으로써 시적 효과를 극대화할 수 있게 된다.

다음 이상윤의 '담쟁이'는 어떠한가.

죽은 혈관처럼 다닥다닥 말라붙어 있었다 / 아직 하늘에서 첫눈이 내리지 않은 이 겨울 아침 / 출근길 버스를 기다리며 나는 문득 / 아버지가 생각나는 것이었다 / 언젠가 어깨가 무거워 삶이 황소 같던 아버지 / 아버지는 일흔이 훌쩍 넘으시도록 / 헐벗고 고단한 세월을 맨살로 사시면서 / 얼어붙은 시냇물을 막막한 벌판을 언제나 혼자서 / 명예 하나 없는 이름으로 건너셨다 / 당신을 불어가는 바람 잘날 없는 세상에서 / 행복도 모른 채 희망만 꿈꾸는 발이 큰 짐승이었다 / 이러한 아버지를 닮기 위해 나는 한숨에 / 큰 강을 건너고 산도 넘어보지만 / 나의 삶은 늘 볼품없는 나무에 열매만 매단 채 / 날마다 바람소리만 내고 있다 깊었던 / 아버지의 그늘을 휘적휘적 따라다니고만 있다 / 못난 나의 이 비밀을 위하여 아버지는 이태 전 / 혼자서 달 붉은 가을 길을 가셨다 / 그렇지만 나는 안다 그리고 믿는다 / 저 겨울 담쟁이 떠나간 잎새마다 푸른 봄이 오면 / 내 아버지 마른 혈관에도 / 이승의 따뜻한 피 한 방울 다시 살아오리란 것을 / 살구꽃 환히 사랑 한 번 더 그립게 / 그리움으로 바라볼 수 있으리란 것을
　　　　　　　　　　　　　　－ 이상윤의 「겨울 담쟁이」 전문

이상윤은 박애라와는 약간 다르게 시법을 구사하고 있다. 그는 처음부터 '아버지'라는 화자를 대입하였으나 '담쟁이'에 관한

146

속성이나 이미지의 투영과 상관관계는 보이지 않는다. '출근길 버스를 기다리며 나는 문득 / 아버지가 생각나는' 시적 정황에서 시작하여 '아버지'에 대한 회고가 시적구도를 모두 차지하고 있어서 사물에의 동화나 투사가 이루어지지 않고 있다는 점이다. 그러나 그가 의도한 '겨울 담쟁이'는 '죽은 혈관처럼 다닥다닥 말라붙어 있'는 형상에서 '아버지'의 생애를 반추하려는 창작의도는 이해할 수 있겠으나 '저 겨울 담쟁이 떠나간 잎새마다 푸른 봄이 오면 / 내 아버지 마른 혈관'과의 상관성만으로는 시적 비유와 상징 등의 구성요건이 충분하지 못하다는 것이다.

현대시에서 상징이란 용어가 사용될 때는 가시적인 것(보통 물질적인 것)이 연상작용에 의해서 형이상적인 것(보통 비물질적인 것)을 의미하는 일종의 표현 방식이다. 그러므로 시적 의미의 상징은 이미지(비유), 관념 혹은 개념을 연결시켜 주게 되는 것이다. 이러한 예는 유치환의 「깃발」을 '이것은 소리 없는 아우성 / 저 푸른 해원을 향하여 흔드는 / 영원한 노스탈쟈의 손수건'으로 묘사하여 '깃발'이 단순한 사물이 아니라, 어떤 고귀함과 이상적인 상태를 그리워하는 정신을 상징하고 있음을 알 수 있다. 다음 작품이 적시하는 상징은 무엇일까.

한 치의 오차도 없이 똑 같은 / 대칭으로 만난 한 쌍의 동반자 / 평등 원칙 번갈아 가며 / 한사코 앞을 고집한다 / 한 몸 이룬 너로 인해 / 꿈을 위한 오랜 발자취 남기고 / 또 지워가며 / 부르튼 아픔 얼마나 컸던가 / 애당초 너로 인해 자신의 역사가 시작되고 / 창을 열기 시작한 너와 나, / 질박한 세상 질척이며 / 때론 오르막길 돌에 채이고 넘어지고 깨지고 앞질러 가던 세월 쫓아 / 발부리, 신들메 바람 울던 너의 역사가 되돌아 보인다 / 지난날 그리고 오늘의 걸음, 발부리 / 새 바람 일으키며 자신을 싣고 다니

던 / 펑크 없던 한 쌍의 차륜아

　　　　　　　　　　　　－ 박덕중의 「발(足)」 전문

　여기에서 '발'의 상징은 명백하다. '대칭으로 만난 한 쌍의 동
반자'이다. 또한 '창을 열기 시작한 너와 나'라는 화자와의 관계
도 분명한 상징적 의미를 투영하고 있다. 이러한 시법이나 기교
들이 현대시를 더욱 의미 탐색에 독자들이 몰두하는 것은 당연
하리라. 그가 함께 발표한 「할매」에서도 동일한 상징성이 현현
되고 있는데 '잔인한 세월에 / 속살 갉아 먹히고 / 활처럼 휘어진
그믐달'로 나타나고 있다. 이는 '바람 울던 너의 역사가 되돌아
보'이는 '발'이나 '어느 저문 골목길로 입항'하는 '할매'가 모두
존재문제와 융합하는 결론으로서의 상징이라고 할 수 있다.
　어떤 사람이 말했다. 인간을 지상의 왕자로 만든 것은 상징을
사용하는 능력을 소유하고 있기 때문이라고. 그렇다. 보편적인
삶에서도 이처럼 상징을 중시하는데 더구나 시 창작에서는 필
수요건이라고 할 수 있다. 그것은 상징이나 바유 그리고 이미지
가 충만함으로써 의미적인 요소, 즉 주제의 창출에도 오묘한 정
감이 내재되기 때문이다.

　긴 밤을 향기와 함께 하고도 / 아프도록 푸른 꿈이 날아 다닌다 /
　되돌릴 수 없는 열아홉의 빛깔 / 마침표를 찍기에는 가슴이 떨린
　다 / 탯줄 풀어야 할 탄생의 기다림 / 또 다른 미소가 따라오고
　있다.

　　　　　　　　　　　－ 김솔아의 「노을빛 낙화」 전문

　김솔아는 '권두시'로 발표한 이 작품에서 '노을빛'과 '낙화'의
조화를 말하고 있다. 그는 결국 '낙화'가 '탄생의 기다림'을 예

비하고 있으나 '노을빛'처럼 '마침표를 찍기에는 가슴이 떨'리고 '열아홉의 빛깔'로 '되돌릴 수 없'음을 안타까워하고 있다. 이와 같이 '담쟁이'나 '밭', '낙화'는 다양한 상징으로 변환할 수 있다. 이는 그 시인의 고차원의 정서와 사유가 필요하게 된다. 정봉구가 쓴 「상징과 비유」라는 글에서 '나는 모든 상징과 비유가 [상위의 것]에서 [하위의 것]으로 옮기어 비유되는 일보다는 [하위의 것]에서 [상위의 것]으로 비유, 상징되는 편이 좋다고 본다'는 언술에서도 이해할 수 있듯이 어떤 사물을 상징적 사유로 변환하는 일은 좋은 시를 창작하기 위한 우리 시인들의 숙명적인 과제라고도 할 수 있다.

이러한 일들이 상징주의(symbolisme)를 절대적으로 표방하자는 것은 아니고 어떤 유사한 성질이 있거나 연상 작용을 불러일으키는 점이 있어서 하나의 것이 다른 것을 마음에 떠오르게 하고 암시하기 위해서 사용될 때 현대시의 맛과 멋이 더욱 명징해지는 것은 당연하지 않을까 싶다. ✳

(『문학세계』 2009. 1.)

실험 정신의 새로운 도전인가

  벌써 송년호를 대한다. 한국 현대시 탄생 100년을 아무런 의
미 없이 보낸다. 우리 시인들이 새로운 도전과 각오가 필요한
역사적인 한 해를 기억에 남거나 기록해야 할 일 하나 남기지
못하고 그냥 흘러버리는 것은 서글픈 일이다. 지난 100년 동안
선배 시인들은 시 창작에서 많은 실험정신으로 개척하고 발전
시켜 오늘의 현대시를 이 땅에 정립하였다. 우리 현대시문학사
의 기점인 1908년, 육당이 「해에게서 소년에게로」를 발표했던
것도 그동안의 가사문학이나 시조 등 정형시에서 발전시킨 실
험정신이 있었기에 가능한 일이었다.

  슬프다녀나무 병들고썩어셔 / 다늙었네 반만셧네 / 심악한비바람
멫백년큰남기 / 이리져리급히쳐 오늘위태
                                        — 니승만의 「고목가」 첫 부분

  텨…ㄹ썩, 텨…ㄹ썩, 텩, 쏴…아 / 따린다, 부슨다, 문어바린다. / 태

산갓흔 놉흥뫼, 딤태갓흔, 바위ㅅ돌이나 / 따린다, 부슨다, 문허바
린다.

            — 최남선의 「해에게서 소년에게로」 첫 부분

아아 날이 저문다, 西便하늘에, 외로운 江물 우에, 스러져가는
분홍빛 놀...... 아아 해가 저물면, 날마다 살구나무 그늘에 혼자
우는 밤이 또 오건마는, 오늘은 사월이라 파일날, 큰길을 물밀
어가는 사람소리...... 듣기만 하여도 흥성스러운 것을, 왜 나만
혼자 가슴에 눈물을 참을 수 없는고?

            — 주요한의 「불놀이」 첫 부분

    우리 현대시는 이렇게 변모해 왔다. 우리 시의 태동은 고시조
의 개념을 넘어서는 창가형태의 글이 1898년 3월 5일자 『협성
회보』 제10호에 이승만(건국 후 대통령)의 「고목가」에 게재되었
는데 이를 주시할 필요가 있다. 왜냐하면 이것을 신체시의 기점
으로 보느냐, 아니면 신체시 생성과정의 한 부분으로 보느냐하
는 견해가 많기 때문이다.
    한편 육당의 「해에게서 소년에게로」도 시조의 변형인 율시에
다름 아니기 때문에 주요한의 「불놀이」를 현대시의 기점으로
보아야 한다는 논지가 일부 시문학자들 간에 조용히 거론되기
도 했다.
    여기에서는 현대시의 기점을 어디로 할 것이냐가 문제가 아
니고 위의 작품들처럼 변모하면서 얼마마한 실험정신으로 새로
운 시법을 창출했는가하는 문제가 초점이 된다. 이와 같이 현대
시의 산문형태는 1910년대에도 실험을 했다고 봐야 할 것이다.
그 이후 황석우의 「석양은 꺼진다」, 오상순의 「아시아의 밤」,
이상화의 「나의 침실로」, 홍사용의 「나는 왕이로소이다」, 한용

운의 「알 수 없어요」, 김관식의 「녹야원에서」, 김상용의 「우리
포옹한」, 김수영의 「도적」, 박봉우의 「휴전선」, 성찬경의 「추사
의 글씨에게」, 이종학의 「어둠과 시간과 신화와…」, 장호의 「전
통의 의미」, 전봉건의 「손」, 전영경의 「고향」 그리고 조향의
「붉은 달이 걸려있는 풍경화」 등이 1950년대까지 새로운 실험
을 시도한 작품으로 읽을 수 있을 것이다.

　이러한 시법은 우리가 익히 알고 있는 김소월의 「진달래」, 이
육사의 「청포도」, 서정주의 「국화 옆에서」 혹은 박목월의 「나그
네」를 비롯하여 김남조, 정한모, 조병화, 황금찬 등이 구사한 순
수 서정적 시법을 탈피하고 소재와 주제, 표현에서도 많은 변화
를 실험하고 있다. 특히 이 상은 「오감도」를 비롯한 모든 작품
에서 띄어쓰기를 하지 않는 특징이 있고 그 의미나 형용에 있
어서 누구도 이해하지 못할 표현이 많다는 점이다. 이것도 하나
의 실험정신이라기에는 무엇인가 좀 난해해진다. 1933년 10월,
『카톨릭청년』에 발표된 「거울」을 보기로 하자.

　거울속에는소리가업소 / 저럿케까지조용한세상은참업슬것이오
　*
　거울속에도내게귀가잇소 / 내말을못아라듯는딱한귀가두개나잇소
　*
　거울속의나는왼손잡이오 / 내악수를바들줄몰으는－악수를몰으는
　왼손잡이요
　*
　거울때문에나는거울속의나를만저보지못하는구료만은 / 거울아니
　엿던들내가엇지거울속의나를맛나보기만이라도햇겟소
　*
　나는지금거울을안가젓소만은거울속에는늘거울속의내가잇소 / 잘

은모르지만외로된사업에골몰할께요

*

거울속의나는참나와는반대요만은 / 또꽤닮았소 / 나는거울속의나
를근심하고진찰할수업스니퍽섭섭하오

이 상의 작품은 모두가 이런 형식이다. 더구나 「오감도」에서
는 숫자나 기호가 시의 언어로 등장해서 참으로 혼란스럽기 그
지없다. 당시의 독자나 평론가들은 이런 형식의 아니 이런 형태
의 언어융합이나 내용을 어떻게 해석했는지 궁금할 뿐이다. 그
러나 지난호 『문학세계』를 읽으면서 우리 시의 실험 정신은 계
속되어야 발전이 있음을 이해했기 때문이다. 우선 표현이나 내
용에서 실험으로 나타난 박종호의 「김 교수의 피아노 연주」에
서 이를 확인할 수 있을 것이다.

검은 말들이 달려간다-두두두두-쇼팽의 건반을 위한 연주(흑
건) / 소리는 공간을 허용치 않고 / 건반을 희롱한다 / 껍질들 남기
지 않은 채 하나의 소리가 벗겨지면 / 허공 한 점 남기지 않고 /
방울들 톡 / 방울들 통통-작은 잔물결이 / -그 위에 바람이 휴식
-살랑대며-살랑살랑 // 살랑대어 풀어진 공간 사이 / 생(生)의 뚫
고 들어와 허무를 얘기하면서도 / 그대로 안락의 소파에 안주(安
住)한 평온-클레이더만의 아드린느를 위한 발라드 / 안주(安住)
한 휴식은 공간의 틈에 앉아 / 연단의 지혜를 깨닫고 / 악기의 향
긋한 울음-박하향 산책 / -깊은 숨 불어와 화안한 음계 그어-
꿈-베토벤의 원광 소나타 // 꿈의 숨이 벌어진 틈으로 스며드는
방울들-또그르르 또그르르 / 해진 문풍지 사이 햇살이 머물며
해잘질-참으로 신비하며 어둠 속 뚫고 오는 강렬한 섬광 번쩍
-형언할 길이 없다-꽝 콰앙 // 맨 앞줄 객석에서 / 일산(一山)의

시(詩)는 모차르트를 꿈꾸며.......... / 김 교수의 건반은 / 검은 말
들과 영원을 향해 달려간다 - 두두두두

보라. 어쩌면 이 상의 작품으로 착각하리만큼 닮아 있다. 이
상이 시각적 이미지로 보편적인 담론처럼 작품이 완성되었다면
박종호는 시적 구도에서 청각적인 이미지를 창출함으로써 시의
멋을 살리고 있다. 그러나 기존의 시 창작기법의 관점에서 살핀
다면 약간 난해해 질 수도 있다는 점에 유의하게 된다. 그가
'피아노 연주'를 들으면서 '형언할 길이 없'는 희열과 다양한 사
유의 공간을 유영하고 있다. 그것이 '검은 말들과 영원을 향해
달려'가는 '참으로 신비'한 황홀경에 도취하고 있다. 그것이 순
간의 심리적인 반응이라고 개의하지 않는다. 또한 그것이 '허공'
과 '꿈'의 상징으로 형상화하는 '허무'와 '안주'의 대칭적 이미
지를 포괄하는 그의 언어는 실험적이면서도 고차원의 주제를
추출하려는 그의 시법이 보인다.
언젠가 『문학세계』에 연재되었던 오남구의 '디지털 시학'에서
보여준 최첨단 시법의 일부도 동일한 맥락의 시적 구성이나 그
구도를 이해하게 되는데 모더니즘의 시학을 넘어서 포스트모던
의 기법과도 유사성을 갖는다.

간밤, 회색 담장의 '회색'을 헐고 푸른 울타리 '푸른'을 세웠다
반짝이는 인동의 시금파리 '반짝'을 빼고 가시장미 '가시'를 올
렸다 갑자기 '푸른가시' 짐승이 나와서 달빛을 갈가리 찢고 온
밤을 으르렁 댔다 다시 '푸른'을 밀고 가시장미 '가시'를 내리고
비워둔 빈자리X 아침, 울타리 구름 한 조각 앉아서 쫑긋 꼬리
를 들었다가 사라진다

2008 만해축전 기념사화집에 수록된 오남구의 「푸른가시짐승 －빈자리X」 전문이다. 어쩌면 이 상의 표현과 동일하다는 느낌이 든다. 현대시에서 중시하는 의미성이나 이미지로 관찰하면 도무지 이해가 안 된다. 이러한 시법들이 일정 기간 동안 실험을 지속하여 독자들과 평자들의 관심을 모은다면 또 다른 기법의 창작물이 등장할 가능성이 많다. 하여간 시인들은 다양한 기법의 작품을 연구해야 하는 것은 당연하며 시인들의 과제로 남는다.

한 젊은 조각가는 / 도장을 빼곡이 눕혀 작품을 만든다 / 질깃해서 선뜻 버리지 못하는 것들과 / 반갑고 새로운 것들을 엮어 함께 쌓는다 / 틈새 비집고 들어오는 끈끈한 기억 / 그의 조부님 얼굴에선 / 자상한 웃음소리가 들리고 / 전시장 대형 벽면은 평생토록 만나도 모자랄 / 수많은 이름들이 들쭉날쭉 세계를 그린다 / 그리운 만남의 흔적들 / 각양각색 자간(字間)의 의미를 / 그는 벌써 깨달았는가 / 거꾸로 힘주어 찍으면 / 바로 서는 예리한 시간의 소리

방지원이 '권두시'로 발표한 「직유와 은유」이다. '도장'에서 추출한 이미지가 선명하다. '거꾸로 힘주어 찍으면 / 바로 서는 예리한 시간의 소리'가 '직유와 은유'의 대칭적 구도를 살려내고 있다. 우리의 현대시는 지난 100년 동안 미래지향적 발전을 위해서 다양하면서도 개성 있는 실험을 계속해 왔다. 이러한 실험정신의 발현에 따라서 때로는 난해한 시도 발견되는데 대체로 현대시는 불가시적(不可視的)인 인간의 마음을 중요한 소재로 하고 있기도 하고 죽음과 삶, 사랑과 미움 등과 같이 상대되는 것을 두 개의 다른 극점에서 보지 않고 동시에 두 개의 것

을 볼 수 있는 '상대성 원리(시간과 공간의 상대성—아인슈타인)'의 영향에서 오는 자연스런 현상이라고 한다.

현대시는 아이러니(풍자, 역설)뿐만 아니라, 패러디 등으로 일반적 상식이나 믿음을 뒤집는 기법들이 오히려 시의 주제를 더욱 강렬하게 나타낼 수도 있다는 점은 더욱 발전시킬 필요가 있을 것이다. ✱

(『문학세계』 2008. 12.)

시적이냐, 산문적이냐

우리의 일상생활에서 시적인 삶과 산문적인 삶으로 구분해서 이야기하는 예가 있다. 어쩌면 정적(靜的)과 동적(動的)인 구분으로 삶을 대비하는 것이 아닌가 한다. 먼저 정적이란 것은 구도자(求道者)까지는 아니더라도 조용하게 자신의 삶을 성찰하면서 안분지족(安分知足) 혹은 순응의 미학으로 살아가는 삶을 말하고 동적이라는 것은 현실과 타협하면서 이기주의를 조장하여 자신의 윤택한 목적달성을 위해서 공사(公私) 분별없이 분주한 삶을 말하는 것 같다.

우리 시인들은 다분히 정적이다. 옛 선비정신이 그러했고 전통적 생활관습의 계승을 이행하려 했다. 그러면서 존재의 문제, 인생의 문제, 생몰(生沒)의 문제 등 지적인 가치관의 탐색에 몰두하고 있는 것이다. 누군가의 동양적 해석에 따르면 시(詩)는 절(寺)에서 쓰는 말(言)이라고 했다. 요즘은 교회나 성당도 많지만, 당시 동양의 한자문화권에서 추출해낸 시의 개념은 어느 한적한 사찰에서 들리는 근엄하면서도 장중한 염불에 비유했을

지도 모른다. 그 염불이 포괄하는 인류 구원의식의 제시와 기원이 바로 시와의 상관성을 배제할 수 없다는 단정이 뒤따른다.

또한 시는 많은 사유를 요구한다. 사유하는 자체가 정적이다. 어떤 도가(道家)나 수행자가 깊은 구도를 위해서 몰입하는 형상에서도 우리는 시가 정적이라는 의미를 절간의 언어에 접근하게 된다.

일반적으로 종교와는 대립적 관계에 있다고 생각하는 과학문명이 발달할수록 그에 비례하여 그만큼 우주의 불가사의하고 신비로운 영역이 넓어져서 신에 대한 믿음이 더욱 증대되는 현상과 같다고 하겠다. 현대는 산문의 시대, 곧 소설의 시대라고도 하지만, 시의 기능은 점점 중요시되어 가고 있고 시인의 존재 이유가 더욱 절실해져 가고 있다는 사실을 똑바로 인식해야 할 것 같다.

이것은 문덕수의 시론 일부이다. 이처럼 시인은 복합적이고 다원화한 현대 사회를 어떤 시각으로 보면서 어떻게 그 기능을 살릴 수 있을까하는 문제들을 심각하게 대처해야 한다. 현대 사회는 마치 인간을 기계의 부속품과 같은 존재로 인격을 전락시키고 인간관계를 물질적으로 변형하여 인간과 인간의 단절과 사회의 분열 현상을 초래하는 것을 감안하면 시인의 정적 사유는 철저하게 요구되고 있는 것이다. 공자가 말한 '시경(詩經)에 있는 삼백 편의 시는 한 마디로 말해서 사악함이 없다(詩三百 一言蔽之曰 思無邪)'가 더욱 절실해지는 이유이다.

현대시에서 시적이냐, 산문적이냐 하는 것은 우선 표면에 나타난 언어의 기준이 아니라, 시인의 사유방식에서 정적이냐, 동적이냐 하는 문제가 제기된다. 지난 달 『문학세계』를 일별하면서 이러한 것들을 상기하는 것은 요즘 시들은 천편일률(千篇一律)적이라는 감응을 떨칠 수가 없었다. 그것은 시인들의 사유가 안일하다는 것도 이유가 되지만, 형이상적(形而上的)인 주제의 표출이 느슨하다는 결론이다.

시는 순간의 형이상학이다. 하나의 짤막한 시편 속에서 시는 우주의 비전과 영혼의 비밀과 존재와 사물을 동시에 제공해야 한다. 시가 단순히 삶의 시간을 따라가기만 한다면 시는 삶만 못한 것이다. 시는 오로지 삶을 정지시키고 기쁨과 아픔의 변증법을 즉석에서 삶으로써만 삶 이상의 것이 될 수 있다. 그때서야 시는 가장 산만하고 가장 이완된 존재가 그의 통일을 획득하는 근원적 동시성의 원칙이 된다. 다른 모든 형이상학적 경험들은 끝없는 서론(緖論)으로 준비되는 것인 데 비해 시는 소갯말과 원칙과 방법론과 증거 등을 거부한다. 시는 의혹을 거부한다. 그것이 필요로 하는 것은 기껏해야 어떤 침묵의 서두(序頭) 정도이다. 우선 시는 속이 텅 빈 말을 두드리면서 독자의 영혼 속에 사고(思考)나 중얼거림의 어떤 계속성을 남기게 될지도 모르는 산문과 서투른 멜로디를 침묵시킨다. 그러고 나서 진공(眞空)의 울림을 거쳐서 시는 순간을 만들어 낸다.

이것은 프랑스의 유명한 철학자 가스통 바슐라르의 「시적 순간과 형이상적 순간」에서 좀 길게 인용한 시창작의 지침이다. 형이상학이라는 고차원의 철학적 개념으로 설명하여 약간 생소할지 몰라도 '어떤 계속성을 남기게 될지도 모르는 산문과 서투른 멜로디를 침묵시'키는 시의 표정에 진지해지지 않을 수 없다. 여기 이인해가 '흙에 가는 그를 꺾어 뿌리와 분리해도/ 그들의 비명을 사람이 듣지 못할 뿐/ 그들도 이성과 사고가 있는 인격체라니 놀랍다(「외경(畏敬)」 중에서)'는 사유가 결론적으로 '모든 생명의 존재 이유는 아름답고 갸륵하다 / 오염된 개천에서 신음하는 피라미 한 마리의 / 그 위에 서식하는 하루살이 한 마리의 / 존재 이유는 두렵도록 성스럽다'는 형이상적(혹은 시적) 순간을 탐색하고 있다.

고희(古稀)가 삼 년여 남았는가 / 먼 여울 안개 속에 / 물소리 차가워지는 11월 / 새벽 세 시에 일어나 목욕을 하네 / 꼭 떠나간 것만큼만 고여 오는 / 진득한 하루의 찌꺼기 씻어내 버리고 / 그나마 높은 덕장에 내 널어 말려야 할 / 세월에 발효된 나를 더운 물에 헹구네 / 된장에라도 버무려 입맛 돋울 / 시래기 같은 여생 아닌가 / 부드러운 수건으로 물기 닦아내고 / 한참 고요히 앉아 / 허튼 인간사 털어내 버리고 / 시집 펴 시 읽으며 // 찬이슬 내리는 이 새벽에 / 나도 몇 줄 시를 쓰네

이인해는 「여일(餘日)」 전문에서도 '고희'라는 '세월에 발효된 나를 헹구'면서 '몇 줄 시를 쓰'고 있다. 이는 '시래기 같은 여생'을 통해서 관조한 '허튼 인간사 털어내 버리고' 참선하듯이 정좌하여 시를 읽거나 시를 쓰고 있는 형상의 근저는 참으로 시적이다. 그리고 주제의 추출에서도 형이상적인 사고와 시적인 사유로 정적인 탐색을 통해서 가치관의 접근을 축으로 승화하고 있다. 이것이 앞에서 말한 바슐라르의 영혼과의 교감을 시도하는 단계에 해당한다고 이해할 수 있을 것이다.
　그는 다시 '자기 본래의 흰색을 찾기 위해 / 실같이 가는 꽃대를 통해 푸른색은 병에 토해내고 / 꽃들은 점차 흰색으로 변해가고 있(「외경(畏敬)」 중에서)'는 것을 확인하고 있다. 이처럼 '푸른색'이 '흰색'으로 변하는 것은 무엇일까. 우리 인간의 변화이

다. 어제 청춘이 오늘 백발이라는 일상어가 적중하는 인간과 인생의 변화, 그것은 순응의 미학으로서 성찰하는 그의 시정신이다.

구름을 불렀지 / 그 구름 속에 네가 있었다 / 작은 별빛 날개 / 천사가 펴든 / 신비한 손수건

황금찬 선생님의 「구름을 찾아 – 모빌」 전문에서도 '구름'의 형상화는 바로 영혼이다. '그 구름 속에 네가 있다'는 화자 '네' 는 의식의 흐름에서 형성된 그리움의 대상으로서 다양한 의미를 흡인하고 있다. 바로 영혼의 상징이다. '천사가 펴든 / 신비한 손수건'이 이를 형이상적인 의식으로 명징성을 드러내고 있다.

밤이 여물어 가는 시간 / 잠 못 이룸을 훔친 / 여명은 깨어나고 있는가 // 구름이 나에게로 내려와 / 깊숙이 덮을 때 // 상황을 극복할 / 믿음을 가지고 있는가 // 잠시 있을 세상을 벗고 / 영생의 샘물을 퍼 올리며 / 상상의 별을 헤아린다.

여기 승명자의 「구름이 내려올 때」 전문에서는 '구름'에 관한 이미지가 암묵적인 영혼으로의 인도를 위한 매체요소를 보여주고 있다. '믿음'과 '구름'의 대칭적 구도는 현실적 상황과 영생의 세계에 대한 가교설정을 위한 접목으로 역시 영혼지향성을 내포하고 있다. 그렇다면 이러한 시적 정황은 어떠한가.

색을 잃고 / 관념을 버린 / 어이없는 허위 지금 나의 언어는 / 방황하고 있다 / 시류에 합하려는 말의 유희 / 작은 것에 고이던 눈빛이 / 새삼 그리운 오늘 / 고독한 얼굴인 채 / 나는 살아있어야만 했

다 / 먼 기다림 끝에 싹튼 / 무제한의 사색 / 충동을 겨우 벗은 몽상이 / 가라앉은 시어를 / 휘저어 놓고

하 은의 「시(詩)·1」 전문처럼 그의 언어는 '방황'이다. '시류에 합하려는 말의 유희'에서 그는 벗어나고자 한다. 이러한 정황이 산문적인 삶과 무관하지 않다. 그의 사유에서 구가하려는 진실은 시여야 한다. '무제한의 사색'을 통해서 획득한 '시어'들도 혼란스러울 뿐이다. 이러한 현실은 인간들의 아픔이며 비극이다. 인격의 파괴나 소외, 도덕 불감증 등의 고뇌가 현대 사회에서 인류 공동 운명적 불안요소가 가중됨에 따라 시인들의 시적 과제가 더욱 숙명적으로 변해야 한다.

그가 함께 발표한 「시(詩)·2」에서도 '불합리한 / 시적 현실 속에서 / 안락한 자리를 / 찾기도 전에 / 한 군데로 모은 연유가 / 대체 무엇이더냐고' 되묻고 있다. 현대는 '산문의 시대'라는 말과 같이 산문적 사유의 골을 탈피하지 않고는 시적 사유가 불가능하다는 점이 명백해 진다.

우리는 시적이라고 하면 정적이면서 고매한 관조의 삶을 연상하는데 비해서 산문적이라고 하면 대형 백화점에서 바겐세일 기간 중 고객들이 와글거리는 상황을 생각하게 된다. 작품의 주제나 언어의 기능에서도 시적이냐, 산문적이냐 하는 것은 전적으로 한 시인의 삶의 방식에서 탐구된 시 정신과 절대 불가분의 관계가 있는 것은 분명하다. ✳

(『문학세계』 2008. 11.)

'나 속의 나'를 찾는 일과 詩의 이유

누구나 송년을 맞으면 지나간 한해를 뒤돌아보게 된다. 그 한해의 시간성에는 '나'라는 주체가 어떻게 살아왔느냐하는 반성의 의미를 포함한다. 그 시간성에 용해되어 정신없이 바쁘게 살았다는 사람은 행복하다. 지난해도 경제가 어렵다는 국가적 위기를 잘 극복했다는 안도감에서이다. 그러나 요즘 날씨처럼 찌푸린 채 무엇인가 좀 풀리기를 기대하면서 조바심으로 살아온 사람들이 더 많다는 통계를 접하면 슬퍼질 수밖에 없다.

나는 누구인가? 진정한 '나 속의 나'를 찾는 일은 간단하지가 않다. 이런 문제라면 존재론이나 인식론에서 해답을 구해야지 왜 시에서 그런 의문을 제기하느냐고 이의를 달 사람도 있으리라. 그러나 문학의 목적과 효용의 측면서 보면 결국 '나'를 성찰하면서 존재의 이유를 인식하는 일에 지나지 않는다. 이러한 문제는 실재의 '나'에서 시적인 '나'의 진실을 구명하는 일이다. 이것이 존재의 이유와 시의 이유를 동시에 성찰하는 시 정신의 중심축을 형성하고 있기 때문이다. 시의 위의(威儀)나 본령에 성실하게 몰입하면서 인간의 불합리한 정신세계를 정립하려는 시인들의 사유가 곧 주제로 승화하는 시 정신에서 출발하게 된다.

2008년은 우리에게 중요한 메시지를 전해주었다. 현대시가 100년을 맞았다는 현실에서 당대의 시인들 업적을 논하는 것이 아니라, 그것을 계승하고 발전시키는 원동력으로 굳게 자리하고 있어서 앞으로 우리 현대시가 지향해야 할 방향 모색이라는 책무가 따른다는 점을 중시해야 할 것이다. 지난호『지구문학』에서는 이처럼 '나'를 찾아가는 작품들을 많이 읽을 수 있었다. 우선 문상금의 「그림자」에서 '또 다른 나'와 '나 속의 나'를 만나거나 찾는 시적정황이 실재의 '나'와 어떻게 화해하고 있는가를 적시하고 있다.

소나무 밑 벤치에 앉아 / 또 다른 나를 만난다 / 매일 만나면서도 / 어디에서 왔는지 모를 / 그 이름도 모를 나를 만난다 / 몇 억 년 전일까 / 어느 바다를 헤매다 패류 화석지 쯤에서 만났을 / 어둠과 불을 동시에 품고 있는 / 나 속의 나를 만난다 / 손을 꼭 잡는다 / 바늘로 꿰매어 꼭꼭 숨겼다 / 꺼내어 보곤한다 / 요즘은 너무 외롭기만 하다.

문상금은 '매일 만나면서도 / 어디에서 왔는지 모를 / 그 이름도 모를 나를 만났다'는 어조는 약간 역설적이기는 하지만, 불투명한 '그림자'에 비춰진 자신의 모습을 형상화하고 있다. 바로 이 '모를 나'에 대한 인식론적인 입장을 취하고 있다. 그러나 그는 '어둠과 불을 동시에 품고 있'다는 사실을 인지하고 있으며 '요즘은 너무 외롭기만 하다'고 결론을 적시함으로써 실재의 자아와 이상 속의 자아가 공존하면서 어떤 갈등을 내재하고 있음을 암시하고 있다. 다음 작품들은 어떠한가.

페르조나에 짓눌려 / 잃어버린 나를 찾고 싶을 때 / 남산 체육공
원에 올라봅니다 / 부족할 땐 인내하고 / 남아돌 땐 숨겨둔 / 햇살
도 바람도 나무도 풀도 / 모두 다 그곳에서 기다립니다
— 이종미의 「남산 체육공원」 끝 연

텅 빈 허름한 산사 / 달이 문틈 비집고 들어와 / 달빛 단소가락을
타신다 / 절간 덩그러니 혼자 있는 부처 / 귀 간질이는데 / 움찔움
찔 미소짓던 부처 호통 치신다 / 이 야반, 나 말고 또 누가 깨어
있냐고! / 혹시 문틈으로 엿보고 있는 나를?
— 이희선의 「달빛 소네트」 전문

우선 이종미는 '잃어버린 나를 찾'는 일에 골몰하고 있다. 그
는 '페르조나(persona — 타인에게 비치는 외적인 성격)에 짓눌'린
'나'를 찾아서 '남산 체육공원'을 오른다. 그곳에는 무엇이 있을
까. '인내'와 '기다림'이 있다. 이것은 그가 탐색하면서 살아가는
자아에 대한 허탈이 자신뿐만 아니라, '햇살도 바람도 나무도
풀도 / 모두 다 그곳에' 있기 때문이다.
이희선은 '문틈으로 엿보고 있는 나'가 부처님의 호통을 듣고
있는 정황을 설정하여 '산사', '절간', '부처' 등의 어조가 융합
해서 고뇌에 찬 나 또는 방황하는 나를 성찰하게 하고 있다. 이
러한 시적구도에서 '부처의 호통'이 무엇인지 유추하는 것은 어
렵지 않다. 고뇌와 갈등으로 번민하는 중생들에게 던지는 화해
의 메시지이다. 군이 불경(佛經)을 옮기지 않더라도 우리 인간들
이 갈구하는 번뇌의 해소를 위한 해법의 제시임에 틀림 없다.

먼 후일 / 어느 정원에 다시 피어도 / 너와 나 옆에 서서 꽃이나
되자 / 바람결에 볼 비비는 꽃이나 되자

내 가슴도 저 사발꽃만큼이나 / 부풀어 보았으면 / 내 얼굴도 저
장미만큼이나 / 붉어봤으면 / 그럼 나도 / 도회지 정원에서 / 세인들
의 질투에 몸부림칠 텐데

－ 성진수의 「찔레꽃」 첫 연

여기 우석규와 성진수의 '나'는 인간의 여망을 표현하고 있다.
우석규가 단정적 어조로 '되자'라고 하는 반면, 성진수는 바램
(기원)으로 '봤으면' 하고 동시성의 여망을 형상화했는데 '해바
라기'와 '찔레꽃'이라는 사물(꽃)에서 추출한 이미지라는 점도
동시성을 갖는다.

그러나 우석규는 '아내에게'라는 부제에서 알 수 있듯이 '너
와 나'는 서로 쳐다보는 형국의 '해바라기' 꽃으로 '먼 후일'까
지 사랑을 기약하는 내밀한 언약의 어조로 나타나지만, 성진수
의 '찔레꽃'은 세인들이 자신을 응시할 수 있었으면 하는 여망
으로 '부풀어 보았으면' 또는 '붉어봤으면'으로 표현하고 있다.

그리고 이 두 작품의 공간 설정이 '정원'이라는 점이다. 우석
규는 '어느 정원'으로 미래의 공간, 미지의 공간이지만, 성진수
는 '도회지의 정원'으로 현재보다는 더 광활한 공간이라고 할
수 있다.

공포로운 색정(色情) / 얼마나 깊은 잠이 들면 / 저렇게 아름다운
꿈을 꿀까 // 절정에 불사르는 헤어짐의 몸부림 // 동반 떨어짐을
거부하는 아우성 // 먼저 가고 남아 있고 / 네 속 타는 오열 속에 /
내 몸도 던지고 싶어

－ 이명숙현의 「설악 단풍」 전문

166

여기 이명숙현의 여망은 '싶어'라는 어조로 나타나고 있다. 이 '아름다운 꿈'과 '타는 오열 속'으로 '나'를 던져버리는 여망, 어쩌면 이상 세계로의 여행을 기원하고 있는지도 모른다. 이 여행은 단순하지가 않다. 그것은 '단풍'의 '몸부림'과 '아우성'이 실재 인간들의 갈등이기도 하기 때문이다.

이러한 시적 형상화들은 바로 '나'를 찾는 일이다. 자아를 인식하는 일은 시인들에게서 의미 있는 화두(話頭)가 된다. 대체로 시 속에 투영하는 자아 인식의 단계는 회상을 통해서 자신의 궤적을 살피는 일→인식→성찰→재생된 이미지를 창조적 이미지로 전환→현실적 갈등과 고뇌에 대한 해법 찾기→미래지향적 기원 등의 순서로 나타나는 현상을 볼 수 있게 된다. 그러나 이러한 보편적인 개념을 너무 집착하거나 편승해서 시적 화자인 '나'를 직접 시어로 등장시킴으로써 자칫하면 독백의 범주를 벗어나지 못하고 한 개인의 넋두리에 머무는 작품을 경계해야 한다.

어떤 사물을 소재로 하여 그 사물 자체가 '나' 또는 '너'로 변신하는 의인화가 바람직하며 설령 나 자신이 하고픈 언술이 많다고 할지라도 의인화한 나(그 사물)를 통해서 대변하도록 하는 시적 구도가 이미지나 상징에서 더욱 돋보이는 것이 사실이다. 또 하나는 작품 속에 화자를 드러내지 않고 시간과 공간의 설정이나 화자의 언술을 통해서 자연스럽게 시인의 진실을 적시하는 경우도 있다. 어찌보면 이러한 시법이 공감대를 확산하는 중요한 매체작용을 할 수 있을 것이다.

설렘의 초경 치룬 / 풀꽃 / 미명의 수줍음일라 / 영롱한 햇살로 칵텔해 / 달콤한 신음 바치리라 // 아, 거룩한 첫잔 / 영혼의 향기요 / 황홀한 고백일라

이양순의 「황홀한 고백」 전문에서처럼 '고백'이라는 시어에서 우리는 '나' 혹은 '너'라는 화자를 작품 속에 감추고 있음을 알 수 있다. 이는 화자(話者)와 청자(聽者) 사이에 언어소통을 위해 이미 '나'가 포괄되어 있음을 말한다. 시는 볼테르의 말대로 보다 위대하고 다감한 영혼의 음악이어야 한다는 점은 나를 인식하는 것뿐만 아니라, 시의 이유가 되지 않을까 싶다. ＊

(『지구문학』 2008. 겨울.)

자연 서정의 시적 구도

2009년 봄을 맞이한다. 우리 시인들은 계절 감각에 민감하다. 시적 소재의 취택이나 주제의 투영은 대체로 시간성과 밀접한 관계를 형성하게 되는데 춘하추동 사계의 향취에 젖으면서 정경 묘사와 더불어 존재의 문제에 심취하는 경우를 많이 접하게 된다. 현대시의 발상이나 시적 원류를 조감해보면 자연 서정에서 탐색하는 섭리의 순응에서부터 인간의 궤적(軌跡)에서 추출하는 존재의 문제 등 다양하게 발현되는 것을 볼 수 있는데 이는 시인들이 시각적 이미지의 창출에 보다 효과적으로 교감하거나 상상력과 실재(實在)의 융합을 지적 혜안(慧眼)으로 조화를 이루려는 의식의 흐름으로 보아야 할 것이다.

지난 겨울호 『지구문학』에 수록된 작품들에서 이러한 자연 서정의 시적 구도를 많이 대하게 되는 것도 시각적으로 분해된 시인들의 감응이 시간성과 연결하여 작품으로 형상화하는 서정적 시 정신을 이해할 수 있을 것이다. 현대시학에서 말하는 자연은 철학에서처럼 인간과 초자연적 존재와의 관계 속에서 문학의 중요한 제재가 되어 왔고 테마가 되어 왔다. 시는 자연의 모방이며 자연의 형상이라는 정의처럼 자연은 문학의 진실성의 기준으로서 그 개념을 지닌다. 우선 '꽃'이라는 자연 사물에 투영하는 이미지나 주제의 향방을 찾아보기로 한다.

> 넓은 꽃밭 하나 있었으면 좋겠다 // 화려한 꽃은 그 자태만으로 / 향기로운 꽃은 그 향내만으로 / 온갖 꽃들이 함께 어우러지는 / 그런 꽃밭 하나 있었으면 // 푸른 하늘 아래 피는 꽃은 그 푸르름으로 / 깃발 위에 펄럭이는 꽃은 그 펄럭임으로 / 낡은 울타리 헐어내고 / 이랑 사이 새끼줄도 걷어내고 / 더러는 잡초들도 섞여 자라며 / 나비, 잠자리, 동네 강아지도 함께 뛰노는 / 그런 꽃밭 하나 있었으면 좋겠다
>
> — 우석규의 「꽃밭」 전문

> 자연을 연주하세요 / 연주자의 미소가 꽃처럼 유혹한다 // 물위로 수련꽃 피어나듯 / 은은한 음악이 강바닥에서 부화한다 / 갑자기 / 소나기가 그립다 / 물수제비 뜨고 싶다
>
> — 공영구의 「강물 위의 건반」 중에서

이 두 작품에서 보는 바와 같이 소재는 '꽃밭'과 '강물'에 대한 형상화를 구도화하고 있으나 화자의 어조가 일차적으로 '꽃들이 함께 어우러지는'과 '수련꽃 피어나듯'이라는 '꽃'과의 상관성에서 이미지를 추출하고 있음을 알 수 있다. 그리고 우석규와 공영구는 공통적으로 '좋겠다' 그리고 '싶다'로 현현함으로써 그들이 여망하는 기원의 의식이 중심축을 이루고 있다. 이 기원은 자연에서 수용하는 존재문제와 밀접한 연관이 있으므로 우리 시학에서 가장 중시하는 경향도 나타나고 있다.

우석규는 자연의 순수성을 지향하는 동심처럼 무념무상의 세계를 갈구하면서 원천적인 낙원의 도래를 갈망하고 있으며 공영구 역시 '달이 건반 위를 조용히 밟고' '자연의 연주'를 통해서 우리들 그리움을 적시하고 있다. 이처럼 소망이나 희구가 성취되기를 염원하는 정서들이 자연 사물을 통해서 형상화하는 것은 사물적 이미지를 여과해서 관념과 융합하여 시의 어조나 나아가서는 주제와 연결되는 것은 가장 바람직한 시의 형태라고 말한다.

우리 현대시의 자연성은 고전시가의 전통에서 찾을 수 있으나 본격적인 자연시는 1940년대 청록파에 의해서 가시적으로 표현되고 있다고 할 수 있다. 이는 자연의 재발견을 통해서 시대적인 감각과 문명적인 의도를 전달할 수 있는 기능이 내포되어 있다는 점을 주목하게 된다.

오늘 이 시간 / 불꽃으로 산다 / 계절 꽃 다 지고 / 서리 내리는 가을 / 붉어붉어 타는 바다 / 피 쏟아 탄생된 시(詩) / 그 기상 그 열정 바람인들 막을손가

— 이지영의 「사루비아」 중에서

현실의 무게에 짓눌려 / 힘겹게 기어오르는 모습 // 이젠 / 돌아가는 길마저 잃어버렸구나 // 앙상한 뼈마디를 드러낸 채 / 검게 익어버린 이파리 사이에서 / 피돌기를 멈추고 / 벼랑 끝 낯선 세상으로 / 힘겹게 타오르고 있구나

— 윤수아의 「담쟁이」 중에서

이 두 작품에서는 자연과 계절이 만나고 있다. 이지영이 '서리 내리는 가을'을, 윤수아는 '앙상한 뼈마디'라는 시적 정황을

통해 잎이 모두 떨어진 후의 시간성, 그러니까 겨울의 이미지가 풍기고 있다. 이지영은 '피 쏟아 탄생된 시'가 '사월 때까지 부르리라'는 낭만적 자연관의 원리인 동화(同化)를, 윤수아는 '잃어버렸구나' 혹은 '타오르고 있구나'라는 객관적인 어조로 보아서 투사(投射)의 원리를 적용하여 시를 완성하고 있다.

이러한 시법은 주관과 객관(혹은 주체와 객체)적인 성격을 띄고 있어서 어느 쪽이 독자들의 공감을 획득하고 또 어느 쪽이 표현과 주제의 표징에서 효과가 있느냐하는 것은 시인이나 독자들의 정서의 순도(純度)에 따라서 크게 작용하게 된다. 자연은 시간에 따라서 그 형태가 변한다. 개화에서 결실까지의 과정이나 낙엽에서 소생까지의 시간은 시인들에게 다양한 사색과 정서의 순환을 제공하기도 하고 또 요구하기도 한다. 그러나 시인들은 그러한 자연을 자신의 정서로 끌어와서 그것을 내적인 인격화로 표현하는 것(동화)과 자연을 어떤 다른 존재로 채워서 그 속에 자신을 상상적으로 투여하는 것(투사)으로 나누어 형상화하는 것이 통례로 읽을 수 있을 것이다.

삼태별자리 서산으로 기울 때쯤 / 새벽이슬 맞으며 돌아오는 산기슭 / 부엉이 구슬프게 울어대고 / 하늘 가득 부서져 내린 달빛 / 초가지붕 위, 박 한 덩이 낳았다

            — 권규학의 「가을밤」 중에서

순간마다 호흡하는 / 슬픈 노래를 / 허공에 담아 // 목을 빼고 불러도 / 사라지는 눈꽃이여 // 수십년 묵은 고목에서 / 머물다 / 겨울빛으로 섰다

            — 박은석의 「첫눈」 중에서

여기에서는 '가을밤'과 '첫눈'에서 알 수 있듯이 시간성을 시적 정황으로 설정하고 있다. 권규학은 서정적 자아를 추구하면서 계절 감각을 살리고 가을 산촌의 정경을 한 폭의 그림처럼 묘사하고 있다. 그러나 박은석은 시간성을 존재의 문제까지 좀 더 구도를 확대해서 적시함으로써 시적 효과를 상승시키고 있는데 '첫눈'이 '수십년 묵은 고목에서 / 머물다 / 겨울빛으로 섰다'는 이미지의 융합이 또한 공감의 영역을 확산하고 있음을 알 수 있다.

누군가 자연은 신의 예술이라고 했다. 신이 창조한 예술을 우리 시인들은 그 이상의 진리를 수용하고 내면에서 분사하는 시적 진실을 탐구하는 작업이다. 파스칼이 그의 『팡세』에서 말했듯이 자연이 모든 것을 말할 수 있고 신학까지도 말할 수 있다는 것을 그로부터 배우는 사람들이야말로 자연을 깊이 존중하는 사람이다.

이 밖에도 한혜숙은 「단풍」에서 '뒤돌아보고 또 돌아보는 / 어미의 붉어진 눈시울'이라는 상징적 의미와 허소라의 「봄이 오는 소리」에서 '신이 흘리고 간 그 한 말씀으로 집짓기 위해 / 검불 대기 물어 나르던 저 피멍던 부리를 보아라'라는 어조는 '봄'이 만물과 혹은 인간들과 '이제 만상이 하나 되는 화해의 비탈'로 인도하는 계절의 신비를 형상화하고 있다.

또한 김서연의 「자색란」과 김의표의 「낙엽 애모」, 이종숙의 「가을 소리」 등에서 자연과의 심도 있는 교감을 읽을 수 있게 한다. 특히 이종숙은 '혀끝에서 심장을 타고 / 차갑게 터지며 / 죽음인가 / 삶인가'를 자문하고 있어서 존재에 관한 인식까지도 접근하고 있어서 앞으로 그를 주목하게 될 것이다.

투명한 유리에 갇힌 / 사람이 서로의 거리를 재고 있다 / 한 시절

그리움에도 / 어긋남과 고통이 있는 법 / 가질 것도 없고 버릴 것
도 없이 / 쉬지 않고 걸어가는 발길은 커피잔과 입술 사이의 / 흔
들어 마시지 못하는 / 뜨거움처럼 남아 / 억센 세상 뒤돌아보면 /
남아 있는 것은 박제된 시간뿐 / 그 안으로 찾는 / 기억된 모든
아름다움의 착각들

이와 같이 이종숙이 함께 발표한 「박제된 시간」 전문에서도
자연과 시간과의 상관성을 간결하게 적시하고 있어서 존재의
인식과 성찰에 이르는 그의 시법은 예사롭지가 않다고 할 수
있다.

(『지구문학』 2009. 봄)

'세월'과 동행하는 삶의 형태(形態)

현대시의 구조나 구성요소에는 이미지의 작용이 크게 나타난다. 영국의 비평가 I. A 리처즈의 말에 의하면 '통합적, 마술적 상상력'으로 여러 가지의 이미지들을 결합하여 하나의 전체적인 통일체를 구성하는 능력, 그러니까 '생산적 상상'을 강조하고 있다. 여기에는 연상(聯想)작용(연합적 상상-associative imagnation)과 창조활동(창조적 상상-creative imagnation)을 내포하고 있는데 이를 다시 풀어보면 이미지란 사물로 그린 언어의 회화이기 때문에 언어 이전의 사물로 그려지는 대상 사물이 있어야 한다. 그것이 강이건, 달이건 간에 일차적으로 경험함으로써 이 경험이 상상력을 동원하여 언어로 재생할 수 있게 하는 것이다.

이미지는 그 시인이 삶을 통한 체험의 산물이며 체험을 성립시키는 대상 존재나 대상 사물에 의해 떠올리는 상상의 산물이라고 할 수 있다. 이미지는 대체로 직접 외계의 자극에 의하지 않고 기억과 연상에 의하여 마음속에 떠오르는 상(像)인데 시는 언어에 의하여 마음을 거슬러 올라가서 구체적인 것이 아니면서도 직접적으로 상상된 어떤 형상을 비춰 주게 된다. 이것을 실재적(實在的)인 것보다도 순간적으로 다양한 것이 요약된 인상 깊은 연상이며 심리적인 그림이라고 할 수 있다. 기억이나 상상은 모두 과거에 체험된 그 어떤 것이 동기가 되는데 시는 그것들의 기능을 살리고 언어의 감촉으로 심상적인 세계, 바로 이미지를 만들어 내는 것이다.

현대시는 노래하기보다는 더욱 생각하는 것이 되었고 위로가 된다고 하기 보다는 추구(推究)하여 발견하는 식으로 변화하고 있다. 이는 시인의 의식과 사고(思考)와 결부된 이미지를 중시함으로써 종래에 없었던 표상의 세계를 만들어 낸다. 그렇기 때문에 과거의 음악적이어서 도취적인 시에 대하여 이미지는 지성적이며 의식된 구성에 의한 것이라고 할 수 있다. 이것은 끊임 없는 마음의 움직임—환상과도 다른 새롭게 창조된 조형적인 사실성을 지니고 나타나는 것이다. 이는 또한 산문과도 달라서 사상을 시각(視覺)이나 청각(聽覺) 등에 의해서 느끼게 하는 중요한 시의 기능이라고 할 수 있다.

지난 봄호 『淸溪文學』에 발표된 작품들은 새롭게 맞이하는 한 해의 시발점에서 재생해보는 자신의 체험에는 '세월'이라는 시간성이 지나온 삶의 형태를 반추(反芻)하면서 인식하는 시법이 많이 응용되고 있어서 흥미롭다.

늦옥수수 수염 같은 오후 / 옥수수 알 닮은 말들이 / 톡톡 터지는 시간 / 오랜만에 찾은 빈집에서 / 손가락으로 튕기는 아르페지오 / 스트로크 리듬 치는 심장 / 여섯 신동의 기타연주 소리가 / 화면을 흥겹게 수놓는다 / 보폭이 길어도 / 쫓아갈 수 없는 / 잉여의 시간 / 함박꽃으로 핀다.
　　　　　　　　　　　　　　　― 조현묵의 「잉여의 시간」 전문

우선 조현묵의 시간은 '보폭이 길어도 / 쫓아갈 수 없는 / 잉여의 시간'이다. 아무리 많이 소비해도 남아도는 잉여(剩餘)의 이미지가 자신의 과거 체험이 현실적인 생활에서 교차하고 있다. 여기에서 '늦옥수수 수염 같은 오후'라는 시간성을 직유법으로 표현한 것은 '옥수수 알 닮은 말들이 / 톡톡 터지는 시간'을 의미적으로 극대화하려는 효과가 이미지로 승화하고 있다.

대체로 이미지의 교차는 시간과 공간의 개념이 명확하게 나타나는데 조현묵은 오후에 찾아간 '빈집'과 연결되고 있는데 이는 과거의 회상에서 획득한 시간과의 동행이 그의 인식에서 '흥겹게 수놓'거나 '함박꽃으로' 피어나고 있다. 또한 그는 시각에서 투영한 것 외에도 '기타연주 소리'로 청각에 까지 회상반경을 확대하고 있으며 '손가락으로 튕기는 아르페지오 / 스트로크 리듬 치는 심장'에서 그에게 내재된 삶의 깊이에서 탐색한 시적 진실을 이해할 수 있개 한다.

> 어제 그제 / 익숙했던 날들이여 / 잘 가라 / 끝없이 / 새로운 것을 찾아 / 흐르는 세월 / 오늘 내일 / 속절없이 갈망하는 / 세월의 강 / 어느 새 / 흰머리가 희끗희끗.
>
> — 장현경의 「세월이 흘러」 전문

여기 장현경도 '세월'에 대해서 그가 '어제 그제 / 익숙했던 날들이여 / 잘 가라'는 어조로 지나간 과거가 익숙한 체험을 뒤로 하고 재생의 인식에서 빨리 지나가기를 원하고 있다. 이는 '끝없이 / 새로운 것을 찾아 / 흐르는 세월'이며 '오늘 내일 / 속절없이 갈망하는 / 세월의 강'이 그의 내면에서 새로운 인생의 진실을 창조하려는 시적인 구조를 잘 현현하고 있다.

그러나 이러한 구상과 모색은 '어느 새 / 흰머리가 희끗희끗'

하다는 아쉬움을 인생행로에 무겁게 뿌리고 있다. 일찍이 어떤 철학자가 시간은 일종의 지나가는 사람들의 강물이며 그 물살은 세다. 그리하여 어떤 사물이 나타났는가 하면 연방 스쳐가 버리고 다른 것이 그 자리를 대신 차지한다는 경험론이지만, 인간의 재치가 얼마나 무상하며 하찮은 것인가를 눈여겨보라고 시간(혹은 세월)에 대한 나의 몫은 그렇게 많지 않음을 말해주고 있다.

연희동 뒷산, 궁동공원 산책로를 한 바퀴 걷는 동안 / 어제 피었던 산철쭉이 꽃잎을 떨구고 있다 / 산책로 길섶에 문득 뿌려진 / 시간의 바람결이 출렁거리고 / 바람결 틈사이로 스며든 / 아침 햇살이 이슬을 핥아내고 있다 / 꽃대공이에 머문 한 점 사랑의 징표가 / 지워지고, 지워진 자리에 다시 도지는 / 사랑하는 시간이여, 아 이럴 수가 / 버려진 꽃잎 우에 겹쳐지는 운명 / 언제부터인가 / 공원 산책로 초입에 암시된 계절의 향훈 / 그들은 이미 예비된 안개를 / 오늘 아침에도 표정 없이 흩뿌리고 있다.

— 김송배의 「시간에 대하여·27」 전문

이 작품은 본인의 졸작이다. 나는 이 시간을 소재로 하여 약 30편의 작품을 썼다. 이러한 집념은 시간과 체험의 함수관계에서 연작으로 형상화하는 작업으로 변모했다. 어떤 글에서 '나에게 배당된 시간은 얼마일까. 남아 있는 나의 시간은 어림잡아 얼만큼의 길이일까. 지금쯤에서 돌아본 시간은 과연 적절함과 최선으로 함축한 창조의 행보(行步)였던가. 어쩐 일인지 시간에 대한 사유의 집착이 강하게 대두되고 있다. 과거, 현재, 미래가 모두 불투명한 변주곡이기에 무엇을 속단하기 어려운 칠흑 어둠 속 어느 날 내가 홀로 서 있음을 알았다. 시간은 빛깔이 없다.

동시에 향기도 없었다. 그러나 시간은 인간이 소비하는 것 중에서 가장 가치있는 것이라는 교훈을 새겼다. 시간은 자아 성찰과 희망을 제공하는 마력에 공감한다. 옛말 '무정세월 약류파(無情歲月若流波)'니 '일촌광음 불가경(一寸光陰不可輕)'도 시간의 허비를 경계하고 있다. 존재의 확인을 통해 진실의 향방을 유추하는 일은 시간과 비례한다.'는 창작배경을 설명한 바가 있다.

- 어둠이 내리는 공원의 오후 / 부슬부슬 내리는 비 / 산 중턱에 구름 띠를 두르고 / 흘러 가는 모습은 / 세월타고 날아가는 선녀의 모습(류선모의 「늦가을 비」 중에서)
- 안개 자욱한 길 / 등 굽은 등걸 하나 걸어간다 / 세월의 옹이가 박혀있는 / 손과 발(김금자의 「나뭇등걸」 중에서)
- 타인에게 용서받을 순 있지만 / 엄한 역사에게까지 / 용서받을 순 없는 법이다 / 과거, 현재, 미래의 세월 앞엔 / 강한 것이라곤 아무 것도 없다(김석태의 「나의 진리관」 중에서)
- 세월은 무심히 / 흘러가고 또 오는 것 / 슬퍼할 겨를도 없이 // 여름날은 가고 / 아득히 먼 시절들은 / 그리워지나니.(김영미의 「가을」 중에서)
- 해야 할 말 가슴에 새겨둔 사랑 / 아쉬움만 남아 / 돌아눕는 세월 / 끝자락에 매달려 흔들리고 있다(김재삼의 「갈대 인생」 중에서)
- 시퍼런 군무 속에 엮인 세월이 / 무수히도 스쳐 간 흔적을 보여준다 / 둥지 속을 대동하여 뒤척거린다(김화순의 「아름다운 화음 소리」 중에서)
- 세월은 무정하게 / 앞만 보고 가네 / 한 번쯤 쉬었다가 / 뒤도 옆도 살피지 않고 / 외로운 구름 가듯 / 바람에 부딪히며 / 흘러 가는 물결 위에(박주연의 「부평초처럼」 중에서)

- 떨어지는 낙엽 밟고 / 달려가자 / 흘러가는 저 세월도 / 사랑 싣고 달려가네!(유성복의 「가을」 중에서)
- 하늘이 주신 성품을 따라 / 바른 삶 닦아가는 길은 / 인연들과 지혜롭게 어울려 / 세월 위에 삶 길을 빛내리(윤영석의 「지혜의 해」 중에서)
- 세월 따라 변화하는 / 바이오리듬 속에 / 건강식 챙겨준 당신이 있었기에 / 이 내 몸 건강함은 당신의 덕이지요(정송옥의 「고마운 당신」 중에서)
- 서리 고인 주름 / 세어나간 세월 / 자식은 객지로 / 영감은 이승 떠나고(허태기의 「할미꽃」 중에서)

그렇다. 이번 호에서는 '세월'에 관한 제재(題材)가 많았다. 이는 그만큼 우리들의 뇌리와 정서의 향방이 시간성과 밀접한 상관성을 지니고 있음을 말해주고 있다. 또 이 '세월'은 '흘러가'는(혹은 '흐르는') 유수(流水)의 상징성을 부각하는 특이성이 있다.

흔적도 없이 사라지는 그림자처럼 / 세월의 그늘 속에 내려앉은 / 바람처럼 공허한 이야기들 / 마냥 흔들리고 속절없더니 / 뒷모습의 고영(孤影)이 애처롭다 / 바람이 일어 마른 잎 구르는 들판 / 조바심에 갈증 나는 그 서늘한 옷자락 / 깃발처럼 펄럭인다 / 휑하니 빈 가슴 / 기막히게 해맑은 가을빛에 / 내걸어 놓고 / 소매 끝으로 눈가를 훔치는 / 아릿한 쓴맛 안으로 깨물고 있네.
- 마영임의 「늦가을」 전문

끝으로 마영임도 '흔적도 없이 사라지는 그림자처럼 / 세월의 그늘 속'에서 유추할 수 있는 바와 같이 '고영(孤影)'의 이미지가 확연하게 드러난다. '늦가을'의 이미지나 상징은 대체로 고독함이며 '공허'함으로 현현된다. 그래서 그는 '휑하니 빈 가슴/ 기막히게 해맑은 가을빛에/ 내걸어 놓고/ 소매 끝으로 눈가를 훔치는/ 아릿한 쓴맛 안으로 깨물고 있'어서 공감의 영역은 더욱 확대되고 있는 것이다. ✳

(『청계문학』 2016. 여름)

간명한 표현과 명징한 주제

현대시의 읽기에서 주요한 쟁점은 표현력에서만 관찰할 것이냐, 아니면 주제로 투영되는 메시지가 감응을 갖게 하느냐는 등의 문제로 독자들이 왈가왈부하는 표면적인 양태를 두고 많은 담론이 형성되고 있다. 어쩌면 독자들의 지적 한계와 지향점의 탐색에서 다양한 독시법이 있겠으나 시가 가지고 있는 위의(威儀)나 본령(本領)에 충실하게 탐색하는 작품의 전개나 주제의 승화를 높게 평가하는 경향이 있다. 이러한 시법(詩法)은 대체로 현실이나 과거를 통한 체험의 산물인 상상력의 재생으로 보편적인 체험을 중심으로 생성하는 스토리 텔링(story telling)으로 이어나가다가 결론에서 주제를 강렬하게 형상화하는 시법과 또 하나는 표현의 생소화 곧 낯설게 하기의 시법으로 이미지를 투영해서 새로운 비유로 시의 멋을 충족시키는 해법을 자주 응용하는 경우를 많이 대하게 된다.

현대시에서 이미지를 중시하는 것은 외적 사물에 착목(着目)하면서 내적으로 감응(感應)하거나 동화(同化)하는 상상력은 한

편의 작품과 상관하면서 우리가 공통으로 향유하는 칠정(七情)이 접맥하는 어떤 메시지를 창출하게 되는데 이때에 발현하는 것이 주제로서 독자와 공감하게 된다. 대체로 요즘의 시적 경향은 실생활(real life)에서 탐색하는 모더니즘이나 리얼리즘에 많은 표현력을 할애하고 있지만 우리 시의 본령은 서정성에서 찾아야 한다. 사물과 시인 사이에서 전개되는 언어의 마력은 실로 시의 깊이와 맛을 더욱 감미롭게 가중하는 효과를 획득할 수 있게 한다. 여기에는 표현의 필수요건인 시의 언어(혹은 시어)가 풍부하게 또한 적절하게 현현되어야 하는데 이처럼 언어의 중요성은 수필이나 산문문장과는 확연하게 다르게 표현되기 때문이다.

이와 같은 관점에서 살펴본 『청계문학』 지난 겨울호에서는 많은 양의 작품들이 수록되었는데 모두들 심혈을 기우려서 자신의 진실을 묘사하고 현현하였으나 더러는 너무 진부한 문장들이 주제를 첨예하게 적시(摘示)하지 못하는 부분도 발견할 수 있었다. 현대시는 언어의 예술이라는 명제(命題)에서 출발한다는 정의를 생각한다면 문장의 간명함과 주제의 명징함을 말하지 않을 수 없을 것이다. 이러한 관점에서 간결한 표현의 작품 몇 편을 골라서 이야기를 나누고자 한다. 우선 이해를 돕기 위해서 초대시로 게재된 졸시 「묵향」 전문을 살펴보면 창작의 의도와 표현한 언어가 가지는 메타포어를 이해함으로써 작품의 이해와 주제가 명징하게 드러남을 이해할 수 있을 것이다.

향내가 꽃으로 피었다 / 하얀 꽃 / 검은 향기 / 흠뻑 / 적막 한 모금 머금은 채 / 마음 끝자락 / 청순한 구름 함 점 흐른다.

여기에서 '묵향(墨香)'이라는 소재에 주목하면서 작품의 전체를 의식해야 한다. 묵향은 서예에서 하얀 백지 위에 까만 글씨를 쓰기 위한 준비로 먹을 갈 때 풍겨나는 향기를 일컫는다. 이 때 스며드는 그 향내는 어떻게 작용하고 있는가. 소재도 지필묵(紙筆墨)을 소재로 한 비교적 간명하게 구성되었다. 필자의 시창작법 『시가 보인다, 시인이 보인다』에서 살펴보면 이 작품의 초고(草稿)에 '손끝에서 / 꽃 향기로 은은하다 / 하얀 화선지 위 / 문득 번지는 검은 향내 / 내 마음 한 자락 뿌리고 / 구름처럼 흠뻑 취한다 / 청순한 모습이여 / 작막한 향기여'라고 일종의 메모에 지나지 않을 정도로 도취된 감상적인 느낌을 받게 하고 있었다. 또한 감상적인 정경의 묘사가 정적인 언어로 보여서 쉽게 접근할 수도 있겠으나 '화선지'나 '내 마음' 혹은 '처럼' 그리고 '이여' 등의 상용어인 화자나 직유 그리고 감탄사를 최종 퇴고(推敲)를 통해서 줄이고 간명하게 필요한 언어만 취택했다는 점을 간과할 수 없을 것이다.

물먹는 소 목덜미에 / 할머니 손이 얹어졌다 / 이 하루도 / 함께 지났다고 / 서로 발잔등이 부었다고, / 서로 적막하다고.
                                                    － 김종삼의 「묵화」 전문

여기에 소개하는 김종삼의 '묵화'도 먹으로 그린 그림의 한 폭인데 '묵향'과 거의 동일한 맥락으로 볼 수 있다. '물 먹는 소'와 '할머니의 손' 이 두 화자가 시적 정황을 도입해서 하루를 마감하면서 서로 쓰다듬는 정경에서 우리는 무엇을 감지할 것인가를 살펴야 한다. 이 작품의 주제는 외로움, 쓸쓸함 내지는 고독함을 서로 교감하는 우리 인생의 진실이 시적으로 형상화하고 있는 것이다. 이처럼 우리의 고독함을 단 6행으로 표현했어도 우리는 거기에 흡인(吸引)하는 이유는 무엇일까. 시의 묘미는 바로 이러 곳에 존재한다.

산굼부리 흰 억새꽃 구름을 먹는다 / 용두암 해녀가 / 숨비는 휘
파람 소리 / 바람 불고 그믐달 뜨면 / 바다를 향한 손수건 / 당신을
향해 하얗게 울고 있다.
　　　　　　　　　　　　　　－ 고경자의 「산굼부리 억새꽃」 전문

이제부터 『청계문학』 작품을 읽어보자. 고경자는 착목한 '억
새꽃'에서 알 수 없는 비애, 숨겨져 있는 눈물이 주제로 전개되
고 있다. '삼굼부리'와 '용두암'과 '바다'라는 특수한 상황이 이
미 제주도라는 지형을 짐작하게 되지만 '억새꽃'과 '당신' 그리
고 '해녀'와 '휘파람 소리'의 상관성이 그에게서 어떤 강렬한 체
험으로 작용하고 있지 않는가하는 유추를 하게 한다. 그가 주제
로 정립하는 하는 것은 마지막 연 '당신을 향해 하얗게 울고 있
다.'는 결론에서 이해할 수 있듯이 '바다'와 '당신'과의 울음이
복합적으로 교감하는 심리적인 형상화가 간명한 시법으로 현현
하고 있어서 그의 시적 진실은 공감을 획득하고 있는 것이다.

여름의 무더위와 눅눅함을 안고 / 곰팡이처럼 얼룩진 고뇌를 털
려고 / 안간힘 / 산들바람 스치는 외로움에 / 못생긴 얼굴 털어내고
자 / 가시에 찔린 가슴 / 몸살 알아도 자신의 몸 / 품고 / 유혹 같은
사랑의 향기 / 다 퍼부어도 남는 아쉬움 / 노란 잎사귀로 날리고
있네.
　　　　　　　　　　　　　　　　－ 김정희의 「모과」 전문

김정희 '모과'에서는 사물이 의인화하는 시법에서 작품의 묘
미를 탐색하게 되는데 '모과 = 인간'이라는 비유에서 사물이 사

람에게 사람과 동일한 성질을 부여하고 비인격적인 생물이 인간의 인격화에 기여하는 비유법을 응용하고 있다. 우리 인간의 고뇌와 외로움 그리고 아쉬움 등이 '모과'라는 나무를 통해서 분사(噴射)하는 시법이 대체로 현대시에서 많이 응용하는 경향인데 여기에 특이한 점은 나와 너 등의 인칭대명사의 사용을 절대적으로 생략하면서도 그 의미와 주제의 메시지를 간명하게 전달할 수 있어서 공감을 유로하고 있다고 하겠다.

> 드높은 하늘 / 파랗다 / 하늘 저편에서 / 모닥불이 피어오른다 / 가을을 짖는 소리 / 우리도 함께 / 하늘빛 옷을 입는다 / 가슴에 하늘을 품다.
>   - 김지현의 「가을 하늘」 전문

김지현 '가을 하늘'은 어떠한가. 여기에서 우선 읽기 쉽고 가슴에 빨리 와 닿지만 '가을'과 '하늘'이란 언어는 이미 제목에서 채택이 되어 있는데 본문에서 구태여 자주 사용함으로써 작품을 설명으로 표현하는 결점을 알 수 있다. 우리 시법에는 대체로 제목으로 사용한 언어는 내용에서 사용하지 말아야 한다는 것이 불문율로 되어 있다. 필자는 왜 그럴까하고 곰곰이 생각해 보았더니 제목의 언어를 반복해서 쓰게 되면 자칫 내용을 설명해서 이미지나 주제를 약하게 할 수 있다는 점을 발견하게 되었다. 시는 언어의 예술이라는 정점에서 보면 언어 절감의 효율성도 제고할 수 있는 간결성의 영역에 해당하지만, 어찌보면 우리들에게 쉽게 접근할 수 있어서 경시(輕視)하는 경향도 있을 수 있으므로 유념해야할 부분이다.

> 가을이 불타고 있네 / 세풍에 휘둘린 침전된 열정 / 구멍 나 시린 가슴 / 벌건 단풍처럼 활활 타올랐으면.

마영임의 '소묘'도 인칭 화자는 숨어있다. 우주 공간과 만유 (萬有)의 지상에 존재하는 생명체에게 갈구하는 메지시이다. 이 처럼 간결한 시 문장으로 호소할 수 있는 것이 시라고 할 수 있다. 가을 단풍이 펼쳐내는 그 '열정'이 바로 우리들의 소망이 며 영원한 삶을 영위하기 위한 기원으로 발현되어 그의 시적 진실을 감응(感應)하게 된다. 이번 계절에는 간명하게 현현된 작 품을 골라보았다. 간명하면서도 무엇인가 명징(明澄)한 주제를 던져주는 공감의 메시지는 언제나 우리들의 가슴에 영원히 살 아서 설레일 것이기 때문이다. ✻

(『청계문학』 2016. 봄)

제3부. 시적 담론과 독백의 차이

『혼맥문학』(2015. 5. ~ 2017. 7.)

세월과 인생 그 성찰의 시법

유월인데도 한여름 날씨처럼 덥다. 이상 기온이라고 우려의 목소리가 높다. 거기에다 중국에서 밀려오는 황사 주의보가 연일 방송되고 있어서 바깥 출입에 마음을 많이 쓰이게 한다. 이러한 위협적인 요소에 대한 위기의식은 우리 문학에서도 다양하게 형상화하고 있다. 지금까지 우리 문학의 주제는 대체로 인본주의(humanism)에서 존재문제에 대하여 상상을 통한 문학적인 대상을 탐구하는 일에 몰두했으나 지금은 공해나 오염 등으로 자연이 파괴되는 현상을 중시하면서 그 현장에서 문학적 향기를 흡인(吸引)하는 경향을 많이 접할 수 있게 한다. 자연의 파괴는 곧 인간의 파괴를 의미하기 때문에 심각성은 가중된다. 몇 수년 후에는 지구가 멸망한다느니 인간의 존재기 소멸한다는 상상의 여념이 문학의 소재나 주제로 등장하는 현실은 바로 공상과학소설에서 이미 실증적으로 나타나고 있음을 알 수 있다.

지난호 『혼맥문학』에서는 이러한 시사성이 내재된 작품을 대할 수가 있는데 사회성이 적시하는 시인들의 심저(心底)에는 이미 우리 인간과 지구의 대칭적인 존재의 의미를 심도 있게 탐색하고 있는 것이다.

금세기 말 한반도 소나무들은 / 열파에 밀려 일부 백두대간 / 고산지대로 쫓겨나고 / 거의 숲은 아열대 활엽수림으로 / 신토불이가 아닌 / 이국 풍경이 된다니 / 생물과 더불어 살아온 우리는 / 변화무쌍 이상 기후에 취약한 / 특정 생물종을 보존할 수 있도록 / 환란에 대비할 수 있을까 / 지역별 생태계 보호는 / 빛 좋은 말보다 / 말없는 실행으로

— 李 乙의 「이상기후 속에서」 전문

보라. 李 乙은 '노느매기 ─ 환경오염은 떼죽음의 지름길'이라는 제하(題下)에 환경에 관한 작품을 21회째 연재하고 있다. 이번에도 「화전 농법」「기계화된 농업」「비료의 악역」「내성이 생긴」 등 5편의 환경시를 발표하여 우리들의 관심을 집중시키고 있다. 그는 '─ 환경부의 정책 중 하나가 '녹색생활실천운동'이다. 즉 ①이상화탄소가 줄이기 ②그린 스타트 운동 ③탄소포이즌 제도 ④탄소 성적 지표제도. 이 운동에 모든 국민이 동참하면 변화 속도를 다소 진정시킬 수가 있지 않을까 ─'라는 주(註)를 붙여서 이해에 도움을 주고 있는데 요즘 날씨의 변덕과 흡사한 '이상 기후'에 따른 '생태계'에 대한 우려와 경고성으로 시법을 풀어나가고 있다.

시적 화자가 언급했듯이 온화한 온대기후에서 아열대로 바뀌는 이상 기후의 탓으로 '한반도 소나무들'이 '열파에 밀려 일부 백두대간 / 고산지대로 쫓겨나고 / 거의 숲은 아열대 활엽수림으로 / 신토불이가 아닌 / 이국 풍경'으로 변하고 있음을 '환란에 대비할 수 있을까'라는 어조로 위기의식에의 탈피를 걱정하고 있

다. 그는 지난 5월호에서도 「황사바람」「지구 종말의 메시지」 등의 작품을 발표하여 우리 지구의 위기에 대한 심각성을 계속해서 작품으로 형상화하고 있는데 '적외선을 흡수하는 온실 가스 덕분에 / 지구는 생명체가 살기에 걸맞은 / 체온으로 가슴을 데운다'는 어조로 환경파괴의 경악(驚愕)을 연작으로 전해주고 있다.

금수강산이 병들어 신음하고 있다 / 신문명 잘못된 정보와 과학의 산물에서 / 쏟아져 넘치는 산업용 쓰레기와 / 각종 독성에 찌든 오염물질들 때문에 / 아름다운 대한민국이 / 만물 쓰레기 공화국으로 추락하고 있다 / 골목에 버려진 양심 쓰레기 / 맑은 샘물이 흐르는 정결한 산속에다가 / 정체불명의 쓰레기들을 몰래 갖다 버리고 / 청정한 바다에다가 / 각종 어업 쓰레기 어구들을 버리고 / 들판에는 폐비닐과 / 농약 용기들을 주저없이 버리고 있다
　　　　　　　　　　　　　　　　－ 장영준의 「쓰레기 공화국」 중에서

　여기 장영준도 동일한 사회성이 충일된 시사적인 문제를 발현하고 있다. 우리의 금수강산이 어쩌다가 '쏟아져 넘치는 산업용 쓰레기와 / 각종 독성에 찌든 오염물질들'로 '만물 쓰레기 공화국으로 추락하고' 말았는지 위기는 고조돼고 있다. 여기에 등장하는 오염의 원천에는 일반적인 '쓰레기'뿐만 아니다. '어업 쓰레기', '폐비닐', '농약 용기' 등 우리 생활 주변에서 흔하게 볼 수 있는 독성의 오염물질들이 자연을 파괴하고 지구와 인간을 동시에 몸살을 앓게 하고 있는 것이다.
　그는 다시 '그뿐이랴 / 각종 범죄로 얼룩진 인간 쓰레기들과 / 올바른 인간이기를 져버린 / 악독한 각종 범죄형 인간 쓰레기들이 / 이 나라를 오염으로 얼룩지게 하고 있다 / 국토는 대 청결 순화운동으로 / 깨끗하게 복원하면 되겠지만 / 인간 쓰레기들은 /

어디다가 어떻게 하면 좋을 것인가'라는 결론으로 '인간 쓰레기들'에 대한 경고성 메시지로 인간의 청결 순화나 복원에 대한 방법론을 의문으로 한탄하고 있다.

이처럼 시의 사회성은 어쩔 수 없이 고립 상태의 인간이 교감하면서 살아가는 생활 속에서 발생하는 사회적인 병폐적 현상으로써 이는 물질문명과 과학의 발달로 어리석은 인간들은 편리하고 안온한 생활을 추구하는 현대인들의 당면한 사회적인 문제를 야기하게 된다. 문학의 사회성은 우리 문학이 복잡하고 다양해진 현실과 정면으로 맞서는 것은 휴머니즘에서 발현하는 정신세계가 현실성과 상충하면서 갈등이 발생하는데 이를 문학으로 완화하거나 해소하는 완충작용의 해법이 더욱 요구되고 있기 때문이다.

모래층 / 파묻혀 / 얼굴 잃은 지난 세월 / 연륜의 무게에 짓눌려 / 화석(化石)되어 가는데 / 흑백 사진 속 골방 / 갈라진 창틈으로 / 낯익은 목소리 찾아드니 / 끊어진 필름 이어지고 / 먼지 쌓인 지난 날 / 기지개 켜네 / 타임머신 타고 / 돌아간 까까머리 시절 / 벌거숭이로 다가서니 / 마주보는 눈언저리 / 회상의 물결 넘실댄다.
― 박선하의 「해후」 전문

그러나 환경오염과 자연 훼손의 현실적인 책임은 모두 우리 인간들에게 그 책임이 있다. 그래도 우리 시인들은 이를 함께 타개하기 위한 방안의 모색을 작품에서 투영하는 시정신은 가장 위대한 것이다. 프랑스의 시인 볼테르가 말했듯이 시는 보다 더욱 위대하고 다감한 영혼들의 음악이라고 했듯이 우리 시인들의 계도 정신은 위대한 영혼의 탐색에서 어조를 높이고 있다.

박선하는 '해후'를 통해서 인생의 성찰법을 교감하고 있다.

지구와 인간이 위기에 처할수록 인간 정서는 순화해야 하고 정화해야 하는 역할이 시라고 할 수 있다. 일찍이 매슈 아놀드는 '시는 본질적으로 인생의 비평이다'라는 말과 같이 시의 위의(威儀)는 인생비평과 동시에 사회성을 내포하고 있게 된다. 박선하는 '회상의 물결'을 통해서 '연륜의 무게'를 교감하는 세월(시간)로 성찰의 해법을 제시하고 있다. 그는 '화석'과 '흑백사진'과 '까까머리 시절' 등의 세월이 던지는 이미지는 바로 인생의 성찰이 현실과의 화해를 지향하는 순정적 어조로 읽을 수 있을 것이다.

> 손가락 사이로 빠져나가는 썰물 / 모래톱 움켜쥔들 잡을 바 없다 / 뒤돌아서자 귓전을 감도는 밀물소리 / 백사장에 남긴 네 발자국, / 어쩌자고 지워질 눈물방울들 / 처진 어깨를 펴고 / 푹 파묻었던 고개를 들어 / 저기 저 푸른 산 짊어지라 / 결코 엎어짐 없이 쏴아 밀려오는 / 고향 바다 파도소리.
>
> — 김학철의 「나와 함께 듣는 시간」 전문

김학철의 시간(세월)은 잔잔한 서정적인 '뒤돌아서자 귓전을 감도는 밀물소리'이며 '쏴아 밀려오는 고향 바다 파도소리.'이다. 이는 그가 회상하고 반추(反芻)하는 체험의 현장에는 아쉬움만 남아 있지만 '처진 어깨를 펴고 푹 파묻었던 고개를 들어 / 저기 저 푸른 산 짊어지라'는 당부의 어조로 절망과 실의(失意)를 해소하고 있다.

> 하도 그리워 / 너무 그리워 / 보고픈 이 마음 주체를 못하고 / 별꽃 바람 스쳐 이는 겨울밤 / 잔뜩 그리운 마음에 창문을 열고 허공을 본다 / 시리도록 아픔 가슴엔 / 어느새 뜨거운 눈물이 / 허기진

그리움되어 / 또다시 두 볼을 적시면 / 허공을 맴돌던 바람이 / 내 허리춤을 파고들어 간지러움을 피우다 / 삭풍의 연가에 맞춰 / 별꽃 사랑을 어둠 속에 뿌리고 / 금세 어디론가 사라져 간다.

— 김동설의 「별꽃 사랑」 전문

이러한 절망도 결국 그리움이라는 심리적인 동요로 변환하게 되는 데 김동설은 '별꽃 사랑'을 통해서 '보고픈 이 마음 주체를 못하'는 그리움으로 형상화하고 있다. 그는 '뜨거운 눈물'과 '허기진 그리움'이 서로 대칭을 이루면서 '금세 어디론가 사라져' 가는 사랑의 애환이 세월 속에 묻혀지고 있다. 이밖에도 세월과 연관된 작품들을 많이 접할 수 있는데 '바람아 미친 바람아 널빤지 깔고 앉아 / 술 한 잔에 주고받는 정, 세월이 간다고 어찌 잊을쏘냐(한재관의 「바람아 미친 바람아」 중에서)'라는 아쉬움과 그리움이 흐르는 '인생'을 성찰하고 있다.

강봉중도 '구름은 하늘에서 흐르고 / 새는 좀 낮은 하늘에서 흐르며 / 강물은 강에서 흐르고 / 사람은 시간에서 흐른다 // 구름이 흐르기를 거부하면(「그저 흐르자」 전문)'에서 적시하는 시간과 흐름의 대칭적 어조는 시간과 우리 인생의 존재에서 탐색하는 진실의 함수라고 할 수 있을 것이다.

지난 유월은 호국의 달이다. 한때는 호국에 대한 목적시들이 잡지마다 특집으로 게재되어 쓰라린 동족상쟁의 비극을 재생하는 시들이 많았는데 '철모 위에 빛바랜 햇살은 / 숲에 가려진 산장의 창살에 / 전우의 통일의 꿈을 밝히며(박종문의 「전우의 녹슨 철모」 중에서)'가 보일 뿐이다. ✳

(『흔맥문학』 2017. 7.)

삶의 궤적에서 재생하는 '세월의 과제'

　지난달 어느 날 조선일보 사회면에는 '브라자·맑스…지하철 詩가 덜컹거린다-공공장소 안 어울리는 작품 많아'라는 제하의 기사가 크게 보도되어 우리 시인들 뿐만 아니라 일반 시민들도 경악을 금치못했다고 한다. 서울 시내의 지하철을 타려면 스크린 도어에 게시된 시를 자주 읽게 되는데 좋은 공감의 작품도 많다. 그러나 이 보도는 눈살을 찌푸리는 작품도 많이 있다고 한다.

　현재 서울의 지하철 1~9호선과 분당선 299개 역 4,840개의 스크린 도어에 2,059편의 시가 게시되어 있다. 필자의 작품도 어느 역 어디에 게시되어 있는 것을 보았다는 전화를 받았으나 확인해 보지는 못했으나 필자가 아는 시인이나 제자들의 시도 간혹 볼 수 있어서 시를 알리고 정서의 순화에도 많은 역할을 하고 있다. 이렇게 게시된 작품은 75%가 문인단체 소속 시인들의 것이고 25%는 시민 공모작이다. 문인단체 시인들의 시는 각 단체가 작품을 제출하면 심사위원이 선정하게 되는데 심사위원

절반 이상이 그 단체 소속의 관계자들이어서 선정의 공정성 논란이 있었던 일도 있었다. 작품성이나 내용을 둘러싼 문제도 불거졌다고 한다. 폭력과 선정성이 너무 지나치거나 계층간의 갈등을 부추기는 표현 등이 많이 지적이 되어서 공공장소에 게시하기에는 부적절 하다는 보도였다.

그 보도에 제시한 작품을 보면 '앞집 남자의 사글세방에서 울리는 여자의 교성에 맥을 못쓰는 천정 / 밤길을 달리는 여자의 외마디 소리는 나몰라 어떡해(중략) / 남녀의 교합 소리는 알만도 한데(「삼류인생」 중에서)'와 같이 선정적이고 또한 ''맑'스는 맑음의 덩어리 / 혹은 당원을 친 이념의 빵(중략) / 반박이 불가능한 이 빵에 / 입을 대는 순간 / 포도주보다 붉은 혁명의 밤이 촛불처럼 타오른다(「'맑'스」 중에서)'와 같이 이념 편향적이며 '목련꽃 예쁘단대도 시방 우리 선혜 앞가슴에 벙그는 목련송이만 할까(「목련꽃 브라자」 중에서)'와 같이 선정적이며 '부자는 가난한 자들의 노동을 파먹고 / 가난한 자는 부자의 동정을 파먹고(「공생」 중에서)'라는 계층 갈등을 조장하는 것들이어서 이미 서울시에서 철거했다는 소식이다.

그리고 '내 몸속에서 은밀하게 자라 / 시간을 갉아 먹는 암세포를 / 고귀한 인연이라 생각해본 적 있는가(중략) / 이것 또한 귀하지 아니한가(「몹쓸 인연에 대하여」 중에서)'라는 작품은 암투병 중인 환자나 유가족이 읽기에 아주 부적절해서 앞으로 철거하기로 했다는 것이다.

서울시는 이러한 논란을 없애기 위해서 지하철 시 선정 기준을 전면 개편하기로 했다는데 전체의 50%는 시민과 평론가와 독서지도사 등이 추천한 '내가 사랑한 시'로 채울 계획이라고 한다. 이 중 일부는 윤동주, 서정주 등 한국을 대표하는 작고 시인들의 작품으로 하며 나머지는 시민공모작으로 하고 문인단체 추천은 폐지한다는 소식이다. 솔직히 말하면 많은 시인들의 작품이 게시되면 시인도 시민도 모두 즐거운 일일 수도 있겠으나 심사위원들의 편향적이나 작품성의 미달로 돌아오는 원망과 실망은 개선되어야 할 것이다. 이러한 어눌한 소식에 비추어 지난 호 『흔맥문학』에서는 많은 작품이 수록되었는데 그 중에서도 '세월'과 상관한 작품들이 이목(耳目)을 흡인하고 있어서 몇 작품만 골라서 언급하기로 한다

> 바람에 날고 빗물에 씻겨간 희로애락처럼 / 퍼 담을 수 없는 말과 행동 때문에 / 나의 시간표는 지워져 갔다 / 오늘과 내일 사이 / 자투리에 남은 부스러기 희망을 꿈꾸고 / 용모단정하게 내 인생에 향수를 뿌리고 / 남 보기 좋게 하루를 사는 여유를 갖는다
> ― 유청목의 「세월의 과제」 전문

우선 유청목의 '세월의 과제'이다. 이 세월의 이미지는 대체로 삶의 궤적(軌跡)에서 재생하는 칠정(七情―희로애락 애오욕)에서 생성하는 인생의 지향점이 곰삭아 있는데서 탐색하는 경우가 많다. 여기에서도 '바람에 날고 빗물에 씻겨간 희로애락'이 시적 상황으로 도입하고 있는데 이는 그가 살아온 과정에서 이미 지워졌거나 지워지려는 궤적을 아쉬워하고 있는 것이다.

그의 '시간표'에는 과거와 미래가 공종하면서 '자투리에 남은 부스러기 희망'과 '인생에 향수를 뿌리'면서 살아가는 유유자적의 인생론을 구가하고 있다. 이러한 심리적인 안정은 성찰과 인식에서 새로운 희망과 여유를 발견했기에 가능하다. 또한 그는 '희로애락'의 정감에서 이미 지워진(아니면 지워지려는) 이유를 '퍼 담을 수 없는 말과 행동 때문'이라고 설명하고 있다. 이러한 심리의 변환은 과거의 삶에서 미흡했거나 과오가 있었거나

등등의 궤적은 그의 자성(自省)을 통해서 인식된 지향점이 바로 '세월의 과제'로 남았으나 이제는 모두 수용하고 긍정하고 이해하면서 '남 보기 좋게 하루를 사는 여유를 갖'는 삶의 향방(向方)을 적시하고 있다.

티 없는 두 가슴에 / 순정을 걸어놓고 / 눈빛 방울 굴리며 / 사랑을 담은 세월 / 거산을 넘고 넘어 돌아서니 / 아련한 빛과 그림자만 남아 / 스쳐 지난 인연을 / 사모해도 잡히지 않고 / 식은 가슴속에 남은 정 / 빛바랜 눈물로 / 그리움에 돌아서 / 자고나서 다가서니 / 덮을 수 없는 사랑 / 미련을 잊지 못해 / 지난 정에 매달려 애원하며 / 멀어진 마음 가까이 / 인연의 끈을 잡고 사랑하리라.
　　　　　　　　　　－ 박종문의 「덮을 수 없는 사랑」 전문

박종문의 세월은 어떠한가. '세월＝사랑'이라는 그가 설정한 인생의 지표가 등식으로 현현되고 있다. 여기에서도 삶의 궤적에서 인생의 정감들이 다양한 이미지로 나타나고 있다. 그는 '사랑을 담은 세월 / 거산을 넘고 넘어 돌아서니 / 아련한 빛과 그림자만 남아 / 스쳐 지난 인연'들이 이제는 잊지 못하는 '덮을 수 없는 사랑'으로 그리움만 남아 있다. 이러한 세월과 인생의 연관은 언제나 '남은 정'과 '빛바랜 눈물'과 '인연의 끈'이 현재의 시간과 대칭을 이루면서 과거가 미래로 지향하는 최고의 정점을 탐색하고 있는데 그것이 바로 '식은 가슴속에' 아직도 식지 않고 남아 있는 정이며 사랑이라고 할 수 있다.

산소에 엎디어 / 이끼 낀 산소에 엎디어 / 양손으로 쓰다듬어 봅니다 / 한켠이 세월에 비껴 무너지고 / 제 나이만큼 부석부석한 속살에도 / 제비꽃 한 송이 쪽빛으로 피었습니다 / －중략－ / 솔

숲속은 적막이 흐르고/흙냄새 풀냄새 할머니 냄새/만장을 따
라 올랐던 이 자리엔/흙냄새 풀냄새 할머니 냄새/할머니?/거
리가 가까워 오는지 냄새도 짙어요
                        — 김승길의 「산소에 엎디어」 중에서

김승길의 세월도 '세월에 비껴 무너'진 할머니 '산소'에서 회
상을 통한 인생무상을 재생하는 그의 시법에서는 세월이 남겨
준 현재의 과제는 무엇인가를 음미하고 있다. 그가 할머니의
'이끼 낀 산소'를 찾아 할머니 생전의 체취를 느끼는 순간에
'제비꽃 한 송이 쪽빛으로 피'었다는 자연의 순환과 인생의 감
응이 대칭을 이루는 한 폭의 그림이다. 그는 다시 '솔 숲속은
적막'에서 '흙냄새 풀냄새 할머니 냄새'를 동시에 흡인하면서
'만장을 따라 올랐던 이 자리'에 남아있는 궤적의 냄새가 그를
시간적인 아쉬움으로 투영되고 있다.

그 무얼/바라만 봤기에/아니 늙고 젊은 척/흑색으로 덧칠을
하고/날카로운 연장으로 깎아내며/그 좋은 시절을 허송 세월
했던고/이제는/진실대로/순리 그대로/자연 보호 그대로/일어
나는 모양대로/백수 백발 건달 그대로/얼마 남지 않은 여생이
니/주어진 자유 평화나 만끽하리라.
                        — 오남식의 「백수건달」 중에서

오남식의 세월은 '허송 세월'이다. 지금까지 살아온 인생과
세월의 대비에서 성찰하는 시법은 누구에게나 회상을 통해서
정감을 교차시키지만, 그는 과거에서 감응한 삶의 허세를 지금
이라도 '얼마 남지 않은 여생이니/주어진 자유 평화나 만끽하
리라.'는 성찰의 어조로 결론짓고 있다. 결국 그가 살아온 세월

에서 지나치게 허세로 점철된 삶의 단면을 자성하고 여생을 진실과 순리와 자연 섭리와 '백수 백발 건달 그대로' 살아가겠다는 아주 평범한 사유를 하고 있는 것이다.

꽃이 시듭니다 / 달이, 별이 기웁니다 / 시간은 우주 안에 / 갇힌 삶을 쫓고 있습니다 / 저 언덕에서 / 손을 흔들며 가는 / 그를 보려다가 / 내 심장으로 돌아오는 것은 / 눈물이었습니다.
— 오희창의 「눈물·Ⅱ」 전문

오희창의 시간(세월)도 '갇힌 삶'과 우주와 연계하면서 깊이 인식하거나 그 인식의 향방이 바로 시적 진실로 이어지는 것은 '눈물'이라는 형상화가 공감을 흡인하고 있어서 우리들의 주목을 받고 있는 것이다. 이처럼 시간은 자연 섭리와 동행하면서 흐르거나 지워지는 순리에서 그 이미지를 탐색하는 경우가 많지만 무형의 시간을 '저 언덕에서 / 손을 흔들며 가는 / 그를 보려' 하지만 결국은 '내 심장으로 돌아'온 것은 '눈물이었'다는 시간과 현실과의 교감이다.
이 밖에도 세월과 관계되는 작품은 은봉재의 「일흔셋 순정」, 윤홍상의 「가을 숲길」 그리고 김홍래의 「강 언덕에 서면―어머니」 등에서 세월과 상관하는 어조로 작품을 전개하고 있어서 눈길을 끌고 있다. ✳

(『흔맥문학』 2017. 6.)

사랑학의 정수(精髓) 그 시법의 진실

'5월은 계절의 여왕'이라고 노천명은 읊었다. 또한 '5월! 오월은 푸른 하늘만 우러러 보아도 가슴이 울렁거리는 희망의 계절이다. 오월은 피어나는 장미꽃만 바라보아도 이성이 왈칵 그리워지는 사랑의 계절이다.'라는 정비석의 「청춘산맥」은 지금도 5월이면 아른거린다. 5월은 생동감이 넘친다. 춘삼월 4월까지 피어올린 새싹들이 지금 막 물기를 뿜으며 푸름 속으로 자신을 흡인한다. 꽃들이 머금은 사랑의 열매가 이제 제 모습을 드러내면서 알차게 결실로 나아가는 계절이다.

한국시인협회에서는 임기 2년의 문정희 회장이 물러나고 최동호 회장이 취임하였다. 그는 '시가 끝난 시대라고들 하지만 이제야말로 시가 부활하는 시대라고 생각한다. 시는 알파고 이전과 이후로 나뉘는데 이럴수록 인간의 존재 영역을 지키는 것이 시'라는 소신을 밝히면서 '문화 융성을 위한 풍요로운 시와 생명 사랑 운동을 펼치겠다'는 선언을 했다.

한국시인협회는 1957년에 창립하여 현존하는 문학단체 중에서는 가장 역사와 전통을 지니고 유치환 조지훈 박목월 김춘수 조병화 김남조 홍윤숙 정진규 허영자 이건청 오세영 신달자 김종해 이근배 문정희 시인 등이 회장을 지냈다. 신임 최동호 회장은 '사랑의 시쓰기 운동', '5월 가정의 달을 맞아 부모와 자녀가 서로 시쓰기 운동', '11월 한 달을 시의 달로 운영', '내년 시인 협회 창립 60년을 맞아 세계시인대회와 남북시인대회 개최', '시인협회 회원들의 재능기부를 통한 모교 백일장, 시창작 지도, 시낭송회 개최' 등을 추진한다는 사업을 내놓아 우리 시단의 기대가 자못 크다고 할 수 있다.

지난 달 『흔맥문학』에서는 계절답게 사랑에 관한 작품들을 많이 접할 수 있어서 계절적인 이미지들이 많은 시인들에게서 다양하게 창출되고 있었다. 일찍이 하이네가 그의 시 「아름다운 시절 오월에」에서 '온갖 싹이 돋아나는 / 아름다운 시절 오월에 / 내 가슴 속에서도 / 사랑은 눈을 떴소 / 온갖 새들이 노래하는 / 사랑하는 시절 오월에 / 사랑을 참다못해 / 임과 함께 하소연했소'라고 사랑을 노래한 것과 같이 생동감의 계절, 청춘의 계절, 사랑의 5월을 읊조리고 있다.

> 불태운 사랑 때문이리라 / 활활 태워서 재가 되었으면 좋으련만 / 쓰일 곳 없는 동강이 가슴에 남아 / 발갛게 이글거리는 슬픔 때문이리라 / 몸이 죽어서도 / 저 하늘에 남아 애태울 / 미련 때문이리라.
>
> — 정순영의 「붉은 그리움」 전문

우선 정순영은 사랑학에 관한 시적 담론을 적시함으로써 그가 보편적으로 탐구하는 '그리움'의 일단이 바로 '불태운 사랑'과 '발갛게 이글거리는 슬픔' 이 두 가지의 사유(思惟) 때문이라는 진솔한 시적 원류를 명징하게 밝히고 있다. 이러한 심리적인 분출의 시적 근원은 그가 간직한 내적인 그리움이 승화하는 중요한 기폭제가 되고 있다. 그는 '붉은'이라는 형용사를 내세운 '그리움'인데 이러한 그리움을 간단하게 흡인하려면 이 '붉음'이 대체로 어떤 이미지와 어떤 메시지를 포괄하는지 더 확대된 사유와 탐색을 필요로 하게 된다. 그는 뒤이어서 '활활 태워서 재가 되었으면 좋'겠다는 소망과 염원이 표출되고 '저 하늘에 남아 애태울/미련 때문이리라.'는 결론에서 알 수 있듯이 그의 그리움은 사랑을 위한 하나의 단초에 불과한 심적 회상에서 창출된 발상임에 다름아닐 것이다. 한편 함께 발표한 「우수 지나서」에서도 '세월에 다리를 절며 산책하는/백발의 노인이 눈에 띄지 않는다'는 시간적인 이미지가 그리움의 한 단면으로 적시됨으로써 그의 사유에서 불망(不忘)의 궤적(軌跡)들이 시적으로 형상화하고 있는 것이다.

> 빗방울 떨어지는 소리/양철 지붕 위를 두드리는 소리/마지막 꽃잎 지는 소리/별 하나 사선을 그으며/하늘 멀리 가는 소리/향기는 모두 가슴속 스쳐/모두 환생하여/아름답게 들려오는/사랑하는 그대의 목소리/천년까지 여운 남겨/영원히 들려줄.
>   — 이효녕의 「그대 목소리」 전문

이효녕은 어떠한가. '아름답게 들려오는/사랑하는 그대의 목소리'라는 청각적인 이미지가 '그대'라는 화자를 통해서 사랑학의 원천(源泉)을 적시하고 있다. 그가 이처럼 '소리'라는 청각에 매료(魅了)하고 다양한 정경을 이미지화하여 결론적으로 '사랑하는 그대'에게로 집중하는 시법은 그가 여망하거나 기원하는 사랑의 결실이 바로 '그대의 목소리'라는 영원한 그리움의 시원

으로 표출되고 있다.

바람이 후려치며 지나간다 / 아무도 보이지 않는 저 / 은사시나무 숲에 / 바람은 나에게 / 살얼음마저 내려놓고 / 들어오라 최면을 건다 / 쥐죽은 듯 바람의 꼬리 끝에 / 차가운 눈살 찌뿌리며 / 휘이, 은사시나무 이파리를 건드리고 / 숲속을 빠져나간 / 울음 하나 터트리고 간다.

　　　　　　　　　　　　　　　- 정다운의 「은사시나무 숲에」 전문

정다운은 먼저 '바람은 나에게 / 살얼음마저 내려놓고 / 들어오라 최면을 건다'는 상황이 '은사시나무 숲'과의 교감에서 외적인 사물적 시각의 조도(照度)는 내적으로 흡인하는 지적인 관념으로 변형하려는 시법이 '울음 하나 터트리고 간다.'는 아쉬움이 결국 그리움으로 형상화하고 사랑이라는 대명제의 탐색을 위한 정황(situation)으로 현현되고 있다.

무너지고 부러진 날들이 / 굽이굽이 나이테를 만들고 / 아름다운 것들 속에는 / 피로 얼룩진 상처가 있다 / 거친 물살에 굴하지 않고 / 이제는 아픔이라 말하지 말자 / 견디고 이겨낸 먼 훗날에 / 나만의 사랑이 될 터이니.

　　　　　　　　　　　　　　　- 김오수의 「길고 먼 길」 중에서

김오수도 '무너지고 부러진 날들'과 '피로 얼룩진 상처' 그리고 '거친 물살' 등의 '아픔'들이 '견디고 이겨낸 먼 훗날에 / 나만의 사랑이'라는 성취해야 할 명제가 적시되어 있다. '나만의 사랑'은 바로 '길고 먼 길'이라는 제목이 말해주듯이 그의 인생론과 직결하는 염원이다. 그는 '아득히 먼 여행길에서 / 아름다운 시절 돌아본다'거나 '힘겨웠던 날 있어 / 오늘 내 모습을 만'드는 시적 전개로 그의 삶의 궤적에서 추출한 관념 이미지가 '사랑'을 위한 깊은 성찰과 새로운 각오를 천명하는 시법이다.

> 찢어질 듯 아픈 가슴 / 깊숙이 자리한 사랑 / 얼마나 더 많은 상처가 나야 / 머물 수 있을까 / 그대를 향해 / 열어버린 가슴 / 한 뼘도 안 되는 얼굴 / 볼 수도 없는데 / 푸른 하늘 허공 멀리서 / 맴돌다 / 사라지네
>
> — 박일소의 「얼굴」 중에서

박일소의 사랑학은 '찢어질 듯 아픈 가슴 / 깊숙이 자리한 사랑'에서 출발한다. 그는 이러한 사랑의 메시지는 '그대'라는 화자의 '얼굴'에서 탐색하고 있는데 그대와 동행할 수 있는 깊은 사랑은 아마도 '얼마나 더 많은 상처가 나야 / 머물 수 있을까'라는 의문형으로 전개하고 있다. 그는 그대와 '볼 수도 없는' 사랑을 위한 교감을 위해서 허공에만 맴돌 뿐 달리 다른 방도를 찾지 못하고 '서산이 저녁 놀빛으로 / 붉게 물'드는 시각과 '떨어지는 꽃잎'의 시각을 통해서 사유하고 탐구하는 시법을 확인할 수 있게 한다.

> 어두움의 정적이 흐르는 / 골목길 입구에선 / 연탄불 연기가 타오르고 / 발걸음을 멈추게 하는 포장마차에는 / 취한 이들 웅성거리는데 / 날개짓하는 그들의 영혼 속에서 / 희열의 마디마디 아름다움이 배어 있다 / 구속되지 않는 자유로 와서 / 저들의 순진무구를 / 나는 사랑하고 있다.
>
> — 조기옥의 「정적의 시간에」 전문

조기옥의 사랑학은 외적인 요인보다는 내적으로 심저(心底)에 녹아있는 지적인 의식을 탐구하는 영혼의 갈구라고 할 수 있다. 그는 '저들의 순진무구를 / 나는 사랑하고 있다.'는 시적 결론에서 이해할 수 있듯이 조용한 정적에서 명상으로 대좌하는 지성적인 사유의 행보가 정(靜)과 동(動)의 현실적인 생활상에서 몰입하는 순진성이 포괄하고 있어서 눈길을 끌고 있다. 그는 함께 발표한 「바람」에서도 '나는 너에게 배시시한 미소로 / 사랑의 나래를 펴야 하는데 / 나는 네 앞에서 미소마저 피울 힘이 없었다.'는 어조로 '바람'과의 상관성을 '사랑을 속삭이는 아픔'으로 이미지를 형상화하고 있다.

　산바람이 오라 하고 / 하늘 구름이 오라 한다 / 힘들고 고통스러울 때 / 와서 다 내려놓고 잊고 쉬라한다 / 산이 속삭인다 / 자신을 사랑하느냐고 묻는다.

　　　　　　　　　　　　　　　－ 고 운의 「산이 오라 한다」 중에서

　고 운도 '자신을 사랑하느냐고 묻는' 상황에서 사랑을 말하고 있다. 자신을 '산이 오라'하고 '노래'하면서 우리 인간들의 '힘들고 고통스러울 때' 모두를 내려놓고 편히 쉬라는 어조로 인간들의 사랑을 의문으로 시화(詩化)하고 있는 것이다.
　일찍이 시성 타고르가 사랑이란 영혼의 궁극적인 진리라는 명언이 다시 떠오르는 사랑 시편들을 지난 4월호에서는 많이 대할 수가 있었다. ✳

　　　　　　　　　　　　　　　　（『흔맥문학』 2017. 5.）

세월과 인생 그 성찰의 시법

　4월! 이제 완연한 봄의 향훈이 천지를 진동한다. 산과 들에
개나리, 진달래, 아카시아 꽃들이 만발하고 골목에는 목련꽃이
허드러지게 자태를 뽐내고 있다. 봄이 오는 길목에서 '봄이 오
는 소리는/봄기운에 새싹 돋고 푸른 잎 곱게 키운/새 생명의
맥박 따라 들린다//봄을 부르는 소리는/봄바람에 새움 트고 예
쁜 꽃 피운/새 생명의 숨결 따라 흐른다.(최규영의 「봄이 오는
소리」 중에서)'거나 '앙상한 푸른 산천 봄비 맞으며/들녘 양지
쪽 연두빛 아씨가/노랑 저고리 갈아입고/한겨울 잠에서 깨어
나/호숫가 버들개지 기지개 켜니/앞산 靑山 소나무에는/어느
덧 세월의 품에 안겨/봄을 재촉하는 대지의 하품 소리에/청산
은 지난 忍苦의 날 잊은 채/촉촉이 내리는 봄비 맞으며/오늘
도 푸른 초원에 꿈을 키우고 있네.(심상순의 「청산은 가자 봄을
안고」 전문)라는 어조와 같이 봄을 맞은 시심(詩心)들이 이제는
그 형태가 지난 3월보다 더욱 무르익었다.
　지난달에는 올해로 타계 71주기를 맞는 윤동주(1917~1945)

시인에 대한 영화와 출판이 열풍을 이루었다는 소식은 반갑다. 영화 [동주]는 관객 20만을 돌파할 것 같고 서울 교보문고에서는 『윤동주 상처입은 혼』『윤동주평전』『윤동주 프로젝트』 등 등 윤동주에 관한 책들이 시부분에서 판매 1위를 차지했다는 흐뭇한 소식이 신문 보도를 통해서 전해지고 있다.

죽는 날까지 하늘을 우러러 / 한 점 부끄럼이 없기를 / 잎새에 이는 바람에도 / 나는 괴로워했다 / 별을 노래하는 마음으로 / 모든 죽어가는 것을 사랑해야지 / 그리고 나한테 주어진 길을 / 걸어가야겠다. / 오늘밤에도 별이 바람에 스치운다

그의 「서시」는 언제 읽어도 감동이 넘치는 만인의 애송시이다. 양심과 자연과 인도주의적 서정시로서 1945년 2월 16일 29세의 나이로 적지 일본에서 순절한 민족시인의 행적과 문학이 영화로 다시 태어나서 많은 관객의 칭송을 받았다고 한다. 그러나 우리들은 흔히 '4월은 잔인한 달'이라는 말로 4월을 경계하고 있다. 이는 영국의 대시인 엘리엇의 작품 『황무지』 '1. 죽은 자의 埋葬'에서 첫 행에 나오는 '4월은 가장 잔인한 달' / 라이락 꽃을 죽은 땅에서 피우며 / 추억과 욕망을 뒤집고 / 봄비로 활기 없는 뿌리를 일깨운다'에서 비롯된 것이다. 이를 우리들은 정치, 사회, 문화 등에 인용해서 나름대로의 해석을 붙여서 사용하는 일이 많아졌다.
이만 각설하고 지난호 『흔맥문학』에 수록된 작품들을 일별해 보면 봄의 계절을 보내면서 이 시간성의 문제에 깊이 몰입하는 경향의 작품들을 간과(看過)할 수가 없었다. 우선 박종문의 작품 「이정표 없는 뒤안길」 전문을 읽어보자.

백세시대에 8자를 그려 점치네 / 팔자 좋게 사는 것도 복인데 / 해와 달이 손잡고 만나 / 여덟 팔 자를 만들 때면 / 꽃띠 같은 인생 눈물과 땀으로 / 보람찬 내일의 꿈에 웃고 울었지 / 천하를 호령하며 인고의 긴 세월 / 꽃 한 송이 들고 교차로에서 / 사랑하다 신호등이 꺼져 / 천둥벌거숭이모냥 날뛰다 / 노을진 서산마루에 홀로 / 사방을 둘러봐도 허공의 빈자리 / 이정표 없는 뒤안길에서 / 고칠 수 없는 팔자를 바꾸지 못해 / 가야만 하는 대로의 길섶에서 / 남은 여정에 인생길을 따라 / 초원의 노을 진 석양 언덕을 / 황소를 몰고 고향길 찾아가네.

박종문은 지금 우리가 당면한 100세 인생시대에 살아가면서 '이정표 없는 뒤안길에서 / 고칠 수 없는 팔자를 바꾸지 못해 / 가야만 하는 대로의 길섶에서 / 남은 여정에 인생길을' 약간 염려스러운 어조로 '고향길 찾아가'고 있다. 여기에는 '인고의 긴 세월'을 통한 삶의 궤적(軌跡)에서 인생을 성찰하고 있다. 이 성찰까지는 '꽃 한 송이 들고 교차로에서 / 사랑하다 신호등이 꺼져'버린 인생의 절정이 위기의식으로 전환되어 이제는 '꽃띠 같은 인생 눈물과 땀으로 / 보람찬 내일의 꿈에 웃고 울었지'라는 상상력의 재생으로 그가 결론으로 적시한 주제는 바로 '노을진 서산마루에 홀로 / 사방을 둘러봐도 허공의 빈자리'라는 '허공'의 의식으로 인생론을 정리하고 있다.

박종문은 함께 연재한 작품 「내 가슴에 하얀 별」에서도 그의 진한 인생론이 현현되고 있는데 '너와 내가 쌓아온 정 / 하얀 가슴속에 담아놓고 / 세월의 샛별을 찾아 / 그리움에 여울지며 / 두리둥실 복을 빌고 / 이고지고 사랑하며 살아가리'라는 아주 소박하고 순정적인 삶을 지향하는 염원의 시법을 전개하고 있어서 공감을 흡인(吸引)하고 있다.

말라 빠져 지친 몸 일어설 수 없어 질질 끌려 / 몸도 못 가누는 불쌍한 사람들 / 살면 살았지 몇 날 며칠인고 / 깡마른 삭신 깨져 부서져도 / 얼어붙은 골짝 돌 구석 걸터앉아 / 바위 꽃 벗 삼아 살리라 / 늙은 낙엽아 지친 세월도 하루인 것을 / 빈 지갑 홀홀 털어 굽이 골짝 / 물소리 바람소리 듣고 살리라 / 갯벌 파 조개 잡고 구멍 파 낙지 잡고 / 서로 나눠 먹는 푸짐한 인심 / 아까워 뒤집을 수 없어 / 눈뜬 새벽 꼴망태 옆에 차고 / 늙은 노인 무얼 찾아 어디로 가노.

- 한재관의 「건널목」 전문

여기 한재관도 동일한 상념(想念)의 시법인데 그는 '건널목'이라는 사물에서 좀더 구체적으로 인생론을 토로(吐露)하고 있다. 이 '건널목'의 이미지는 다양하게 창출되는데 여기에서는 우리 인간들이 살아온 길목, 그 건널목에서 반드시 건너가야 하는 인생의 통과제의(通過祭儀)의 행로를 적나라하게 적시하고 있다. 그는 '살면 살았지 몇 날 며칠인고 / 깡마른 삭신 깨져 부서져도'라는 어조에서 알 수 있듯이 이제는 '몸도 못 가누는 불쌍한 사람들'이라는 상황이 어쩌면 인생의 지향점이 무엇인가 또는 어디인가를 적시하고 있다. 그러나 그는 '눈뜬 새벽 꼴망태 옆에 차고 / 늙은 노인 무얼 찾아 어디로 가노.'라는 의문이 상존(常存)하는 노년의 넋두리가 현현하고 있다.

이러한 시적 상황은 그에게서 중대한 결론으로 주제를 착목(着目)시키고 있는데 그는 '얼어붙은 골짝 돌 구석 걸터앉아 / 바위 꽃 벗 삼아 살리라'거나 '늙은 낙엽아 지친 세월도 하루인 것을 / 빈 지갑 홀홀 털어 굽이 골짝 / 물소리 바람소리 듣고 살리라'는 의미심장한 어조는 그의 인생관에서 가장 중요한 성찰로 결론된 자연으로 회귀(回歸)하는 지향점을 세월과 인생을 동시에 탐색하고 있다.

감미롭거나 짜릿하게 / 향기 내는 꽃은 아닐지라도 / 백년이 가도 /
오백이나 천년을 흘러가도 지지 않는 꽃이 있다 / 그 꽃은 / 침묵
의 세월을 과묵하게 받아 내며 이겨낸 / 천년 바위 꽃이다 / 바위
꽃은 / 세월이 흐르면 흐를수록 / 쑥대머리 빛으로 / 천양(泉壤) 세상
처럼 은은하고 은은하게 / 점점이 찐하게 피워내며 / 인고와 인내
로 피안의 / 이 세상과 저 세상을 넘나드는 / 영원한 생명의 꽃이다.
　　　　　　　　　　　　　　　　　－ 고 운의 「바위 꽃」 전문

　　고 운의 '바위 꽃'은 그가 상상의 세계에서 유추하는 사물은
바로 세월과 동행하게 된다. 이러한 시간성의 관류(灌流)는 우리
인생과 결별할 수 없는 동시성을 갖는데 이는 그의 표현대로
'세월이 흐르면 흐를수록 / 쑥대머리 빛으로 / 천양(泉壤) 세상'이
라는 상관성을 이해하게 된다. 이 '천양(泉壤)'은 그가 작품에
주註를 붙여서 설명했듯이 죽은 사람의 혼령이 머물러 산다는
세상 곧 영혼의 세계를 갈망하는 꽃이 '바위 꽃'이다. 그는 이
'바위 꽃'은 '오백이나 천년을 흘러가도 지지 않'고 '침묵의 세
월을 과묵하게 받아 내며 이겨낸' 그런 꽃이다. 그 꽃은 향기가
감미롭지는 않지만 '은은하'다는 어조는 우리 인간들의 기원에
서 더욱 싱그럽고 청아한 향내를 제공하면서 '점점이 찐하게 피
워내'는 생명의 꽃이다. 그가 결론으로 제시한 '인고와 인내로
피안의 / 이 세상과 저 세상을 넘나드는 / 영원한 생명의 꽃이다.'
는 주제가 이승과 저승을 자유롭게 왕래하는 특유의 이미지를
현현하면서 시적인 진실을 공감으로 유로하고 있다.
　　고 운은 '이달의 시'로 함께 발표한 작품 「비밀」에서 '아픔이
나 시련을 겪은 생명일수록 / 사랑을 위하여 / 그 어떤 희생도 감

당하며 / 목숨까지도 초개(草芥)처럼 던질 수 있는 것은 / 오직 사랑뿐이라는 것을 / 아득하게 잊고 살다가 / 새삼 새삼스레 깨닫게 하지'라는 성찰의 어조는 더욱 공감을 확산하는 시법을 읽게 한다. 또한 작품 「승리자」에서도 '흘러간 세월을 바라본다 / 잘해보려고 애쓴 발자국과 기억들 / 격동의 모진 세파를 헤치고 / 상처를 숨기며 / 오로지 전진만을 해 온 영광스런 승자 / 알뜰하고 치열하게 자신을 채찍질했던 자존심 / 고난의 행로이었지만 후회는 하지 않겠다고 / 힘들고 어려울 때마다 / 더 노련해지려고 더 세련되려고 견디어 내려고 몸부림쳤다'는 진솔한 삶의 여정(旅情)을 분사(噴射)하고 있어서 그는 세월과 인생의 궤적에서 재생하는 성찰의 시법을 확인하게 한다.

어디서 왔을까 / 어디로 가는 걸까 / 시작도 모르고 끝도 알 수 없는 / 외로운 길 / 찰나의 시간 속에서 / 벗어날 수 없는 운명의 굴레 속에서 / 희로애락의 수레바퀴를 굴리다 / 홀연히 / 연기처럼 사라지겠지

— 황성운의 「삶」 중에서

우리의 삶이 우리에게 남겨지는 것은 '찰나의 시간'과 '벗어날 수 없는 운명'의 결정체이다. 이러한 삶에서 창출하는 이미지들은 '희로애락'이라는 정의(情誼)에서 비롯된다. 그는 '홀연히 / 연기처럼 사라지겠지'라는 체념의 어조로 인생을 정리하지만, 이처럼 누구에게나 주어진 삶의 이정표는 이렇게 시간과 운명의 굴레를 초탈(超脫)할 수가 없다. 이것이 삶이며 인생이다. 이것을 우리 시인들은 재생하여 탐색하고 성찰하면서 한 편의 작품으로 창조하는 것이다. ✳

(『흔맥문학』 2016. 4.)

새 생명의 환희와 '나'와의 담론

　일찍이 이어령 교수가 그의 저서 『차(茶) 한 잔의 사상(思想)』에서 '삼월에는 빛깔이 있다. 프리즘처럼 가지각색 아름다운 광채를 발산하는 빛깔이 있다. 우울한 회색에의 혁명이다. 푸른 색이 있고 붉은 색이 있고 노란 색이 있고… 산과 들에 크레용으로 낙서해 놓은 것 같은 색채의 향연이다. 오랫동안 감금되어 있던 금제(禁制)의 빛깔들이 크낙한 해일(海溢)처럼 넘쳐 흐른다'라고 3월을 노래하고 있다. 그는 다시 3월에는 소리가 있으며 분노까지도 있다고 했다. 얼음 풀리는 소리, 겨울잠에서 깨어나는 생명의 소리가 있으며 겨우내 참고 견딘 굴종과 인내의 끈을 풀고 생명을 절규하는 분노와 겨울의 폭군을 향해 도전하는 생명의 분노가 온 대지를 적시는 희망찬 계절이다.

　영국의 대시인 워즈워스는 그의 시 「3월의 노래」에서 '후퇴하는 군대와 같이 / 눈은 물러가 / 산마루에 병들고 / 이랴! 이랴! 밭 가는 목동들의 / 말몰이 소리 한가롭다 // 산에는 기쁨이 / 샘에는 생명이 / 비 갠 좋은 날은 / 돛 달고 푸른 하늘을 달리는 / 작은 구름 조각이 씩씩하도다'라고 3월을 예찬하고 있다. 이처럼 3월은 생명이 약동하는 양춘가절(陽春佳節)로 생기 감도는 계절이다. 우리 시인들은 봄을 많이 노래한다. 아마도 봄에 관한 시를 창작해보지 않은 시인은 없으리라.

이월 그믐께 / 태양이 지열과 만나고 있다 / 창문 짙은 어둠 걷히듯 / 겨울을 이겨낸 미물들이 눈뜨고 / 먼 발치에서 / 아직도 녹지 못한 초췌한 너의 모습 / 움츠린 내 마음 자락에 안긴다 / 간간이 귀띔하는 봄내음 / 섭리의 가교를 막 지나가는데 / 내 엷은 기다림 한 올 / 저 대지 위에 차차 번지면 / 어느 공간 문득 흔들리는 훈풍을 따라 / 서툴기만 한 기지개 아아, / 새 생명의 환희, 그 예비된 순수 / 먼 발치, 하얀 네 옷자락에 묻은 사랑 / 지워지는 이월 그믐께 / 그것은 내 가슴 적신 뜨거운 눈물이었다 / 살아 있으므로 더욱 황홀한 / 신비의 울음이었다

이 작품은 졸시 「봄 詩―잔설을 보며」 전문이다. '봄＝생명'이라는 그 예비된 순수의 섭리를 근간으로 하고 있다. 겨우내 치열했던 인내의 결과물이며 기다림의 성취가 초췌한 몰골과 움추렸던 마음을 훈풍으로 기지개를 켜는 새봄의 희망이 넘치고 있다. 각설하고 지난 2월호 『흔맥문학』에 수록된 시편들을 일별해 보자.

1.
어제 내린눈에 / 뒷산이 얼었다 / 오늘 푹한 날씨에 맥 하나 없이 허물어져 / 산길에 누워 있는 나뭇잎들 / 한창 나이에는 / 그렇게도 빳빳하고 청청하더니

2.

해는 붉은 빛으로 와서 바람을 도와 / 잎들에게 흙을 닮아라 구
슬리다가 / 낮달을 보더니 / 바람에게 맡기고 / 할 일을 찾아가 버
렸다 / 바람은 밤새도록 무섭게 닦달질하고 / 끝내 흙빛으로 눕히
고 말았다.

　　　　　　　　　　　　　　　　－ 전형진의 「흙으로 가는 길」 전문

우선 전형진은 자연의 섭리에 따라 겨울을 맞이하면서 흙으
로 돌아가려는 나뭇잎들의 행장(行裝)이 진지하게 흐르고 있다.
결국 자신의 할 일을 끝낸 사물이 이제 떠나야 할 곳을 찾아간
상황이 겨울과 봄의 길목에서 적시(摘示)하는 어떤 체념이거나
지향점인 흙을 향하는 정경이 공감을 흡인하고 있다. 그는 '낮
달'과 '바람'이라는 객체를 대입함으로써 '한창 나이'라는 시간
성을 동시에 투영하는 시법으로 우리 인간들의 연륜(혹은 생애)
과 상관하는 생몰(生沒)의 중대한 대사물관을 이해하게 된다.

먼동 틈새에 떨고 있는 넌 / 초연한 빛을 보듬어 주는데 / 떠나가
는가 / 스물스물 사라져 가는가 / 아직은 / 난 / 지워야 할 낙서들이
남았는데 / 노을이 빗물 되어 가랑잎을 적시는데 / 난 젖어드는
것들을 보고만 있는가 / 비어 있는 가슴에 하늘을 물빛으로 칠하
리 / 그리고 / 그림자 흔적도 없는 / 여명 틈새에 끼어 신음하는 잔
별로 / 흐려져 사라지리.

　　　　　　　　　　　　　　　　　　－ 조인식의 「잔별」 전문

여기 조인식은 '난'과 '넌'이라는 인칭명사의 화자가 특이하게
'잔별'을 통해서 교감하는 담론의 시적 전개는 더욱 친근감을
유발하면서 그 주제를 승화하려는 의도를 짐작하게 한다. 그는

'먼동 틈새에 떨고 있는 넌'이라고 '잔별＝너'라는 의인화로 객관화하는 시법을 읽을 수 있게 한다. 이러한 '잔별'과 '나'의 상관 개념은 별은 '스물스물 사라져 가'고 (혹은 '떠나가고') 남아 있는 '난'(나는)은 아직 할 일이 많이 산재해 있어서 그냥 바라보기만 하는 생명의 원류를 이해하게 한다. 이러한 시법은 객관주의적인 입장인데 이는 주관주의에 대치된다. 실재, 가치, 진리, 이법(理法) 등 주관적인 인식 또는 인간적인 실천에 의하지 않아도 독립적으로 존재하고 나타나는 심리적인 입장이다.

일찍이 독일의 심리학파의 미학자인 립스와 포르케르트 등에 의해서 제창된 미학상의 원리인 감정이입(fintuhlung)과도 상통한다. 인간이 대상에게 자기의 감정을 이입(移入)하고 공감함으로써 미(美)가 성립되고 예술로 승한다는 무의식 중에서 작품이 성립하는 심리적인 요소가 시에 작용하는 것으로써 많은 시인이들이 응용하고 있다.

이렇게 시적 주인공인 화자 '나'는 낙서를 지우고 '비어 있는 가슴에 하늘을 물빛으로 칠하'고 끝내에는 '그림자 흔적도 없는 / 여명 틈새에 끼어 신음하는 잔별로 / 흐려져 사라지리'라는 순수서정의 기원이 결론으로 적시되고 있어서 인간의 비애가 사라지는 별과 같은 운명을 노래하고 있다.

하루를 끝내고 돌아오던 밤이면 / 그 작은 골목 어귀엔 / 나를 기다리며 외롭게 서 있는 / 낡은 가로등이 하나 있었다 / 골목길을 돌아서 오르다보면 / 흐릿한 작은 창문들에선 / 사람 사는 소리도 / 도란도란 들려왔다 / 모두들 살기가 힘들었던 그 시절 / 내 희미한 기억 속에 그 좁은 골목길은 / 세상에서 가장 평화롭고 행복한 길이었다 / 혼자서 콧노래로 돌아서 오르다보면 / 작은 집들 틈 사이에 / 나의 집 대문과 작은 창문 / 그리고 어머니와 가족이

/ 나를 기다리고 있었다 / 그 작은 대문을 밀고 들어갈 때 / 내가 얼마나 행복했는지 / 아무도 모르리라 / 수십 년이 지나간 지금에도 / 달동네 그 골목길이 그리워지게 될지 / 그 누가 생각이나 했겠는가.

― 주창렬의 「달동네 그 골목길」 전문

주창렬 역시 '나'라는 화자를 중심으로 해서 상황을 전개하고 있다. 보라. '나를 기다리며', '내 희미한 기억 속에', '나의 집 대문과' 그리고 '내가 얼마나 행복했는지' 등등의 어조는 바로 그가 적시하고자하는 주제를 긍정적으로 표출하기 위한 하나의 표현 수단으로 응용하고 있다. 이처럼 '달동네 그 골목길'이 던져주는 이미지나 뉘앙스는 우리들의 애환이 농도 짙게 투영된 체험의 과거형 분출로 그리움을 상기하고 있다. 그것이 그에게는 '세상에서 가장 평화롭고 행복한 길이었다'는 단정적인 그의 심저(心底)에는 아직도 '희미한 기억'으로 재생되고 있는 것이다.

처음 보았을 때 느낌이 / 어찌 그리도 똑같았을까 / 내 마음 사로잡은 저 자태 / 순백의 달항아리 / 너를 만난 그 순간 / 마흔 아홉 해 전 그날 그녀의 / 티 없고 맑디맑은 그 모습 / 오늘도 변함 없어 / 지금껏 의지하며 살아왔듯이 / 남은 세월 함께 가야 할 / 질항아리처럼 허물없는 / 아내 같은 난이여.

― 옥인호의 「蘭」 전문

옥인호도 '난'을 의인화해서 담론을 교감하는 시법인데 그는 '난=너'였다가 '순백의 항아리'로 또 '마흔 아홉 해 전 그날 그녀'이면서 이제는 '아내 같은 난'으로 변형되고 있어서 그가 메시지로 전하려는 아내 사랑과 '난'이 대비가 되는 담론이 특이하게 전개되고 있다. 실제로 하나의 사물을 인간으로 전환해서 주제를 창출하는 것은 우리 시법에서 자주 용용하는 일이라서 새로울 것은 없지만 이렇게 사물을 감응(感應)하는 작품들을 독자들이 선호하는 까닭도 외적인 시각에서 내적으로 감춰진 진실을 구현하는 것이 더욱 시의 멋과 맛을 더할 수 있기 때문이다. ✳

(『흔맥문학』 2016. 3.)

겨울 정취와 시간성 이미지의 탐색

2016년 2월－올해는 대 원로 시인 황금찬 선생님이 백수(白壽)를 맞게 된다. 1918년에 속초에서 태어났으니까 우리 통상적인 연세로 99세가 된다. 선생님은 아직도 건강하시다. 보행에 약간 흔들려서 그렇지 강연도 잘 하시고 시도 잘 낭독 하신다. 지금 시 읽기 운동을 본격적으로 하고 있는 '시가 흐르는 서울'의 김기진 대표가 지난 1월 정기 낭독회에는 황금찬 선생님을 모시고 특별한 이벤트성 행사를 진행했다. 이 땅의 시인 99명이 '황금찬 시인 송가'를 노래하여 찬양하면서 대성황을 이루고 만수무강을 기원했다.

나는 '내가 월간 『心象』에 신인상을 응모했을 때 심사위원으로서 작품을 선(選)해 주신 사제(師弟)의 인연으로 살아오면서 이 지구상에 하나 밖에 없는 심상해변시인학교 교장 재임시에도 많은 사랑을 받아왔기에 나도 이만큼 나의 시를 성숙시키고 홀로서기를 하고 있는 것이다. 선생님과의 만남은 시뿐만 아니라, 삶에도 사랑이라는 신념의 구축에 많은 교훈을 주셨다. 세상이 시끄럽고 인성이 퇴보하여 나라가 어지럽다고 해도 선생님은 '그래도 아직은 이 세상을 살만해요. 시가 있고 시인들이 많이 있으니 우리는 희망이 있어요.' 한생을 시와 함께한 노시인다운 말씀이 아직도 아른거리고 있다.'는 화두로 선생님과의 사랑을 받쳤다.

이제 우리는 인생 백세 시대를 살고 있다. 인생과 동행하는 시간성은 비단 생사의 문제뿐만 아니라 그 세월과 함께 살아온 애환(哀歡)은 바로 우리 문학의 근원이 되고 주제로 승화하는 것이다. 특히 이 시간성에서는 일 년 사계절로 비유하는 인생의 서글픔이 보이는데 봄은 유소년으로, 여름은 청년으로, 가을은 성숙한 장년으로 그리고 겨울은 모든 결실을 마무리하는 노년으로 비유를 하고 이미지를 투영하는 시적인 상상력을 흔히 대하게 된다. 황금찬 선생님의 시간은 결실의 완성을 우리는 감응해야 할 것이다.

지난 1월호 『흔맥문학』에서는 이러한 시간성과 상관하는 작품들을 많이 읽을 수가 있었는데 특히 겨울에 관한 이미지가 더욱 돋보였다. 황금찬 선생님도 작품 「눈오는 날」 중에서 '한 백년쯤 전에 / 여기에 나무를 심던 사람이 / 백년쯤 후의 생각을 / 오늘 나처럼 했을까 // 한 백년쯤 전에도 / 또 그 후에도 하지 못할 생각을 / 지금 나는 하고 있다'라고 오늘의 백수를 예상한 예언(豫言)의 어조에서 감응한다.

가을과 겨울의 경계선에서 / 마지막 잎새가 애처롭다 / 하지만 / 찬란한 아침 햇살에 반짝이는 / 홍단풍, 청단풍이 더 안쓰럽다 / 가을의 마지막 몸부림 / 존재의 슬픈 아우성 / 스쳐 지나가는 한 줄기 바람인 걸 / 세상 잠시 쉬었다 가는 나그네인 걸…
　　　　　　　　　　　　　　　　　－ 이성재의 「입동」 전문

우선 이성재는 '입동'에서 자연의 섭리로 떠나는 가을에 대한 진한 아쉬움을 토로하고 있다. 그는 '애처롭다'거나 '안쓰럽다'는 등의 어조로 '가을의 마지막 몸부림 / 존재의 슬픈 아우성'이라는 결론으로 유도하고 있다. 그것이 바로 우리 인생과 직관으로 연상작용을 유발하는 주제로 형상화하는 시법을 구사하고 있어서 우리들의 공감을 확대하고 있다. 이처럼 '가을과 겨울의 경계선에서' 목도(目睹)한 '마지막 잎새'나 '홍단풍, 청단풍' 등은 '몸부림'으로 형상화해서 바로 '스쳐 지나가는 한 줄기 바람인 걸 // 세상 잠시 쉬었다 가는 나그네인 걸…'이라는 결론으로 유로해서 겨울을 예비하면서 성숙한 가을 이미지를 겨울과 상관시키고 있다.

시청 구내식당 옆 / 마로니에 숲속 가을 사랑 / 추적추적 내리는 비와 함께 / 너마저 가는구나! / 비록 기약없이 가더라도 / 곱게 물 들었던 추억만은 남기리라 / 앙상해져 가는 가로수 위로 / 내리는 가을비 아쉬움을 더한다 / 하지만 겨울 사랑 꿈꾸는 마지막 잎새 는 / 하얀 겨울을 기다린다 / 포근히 감싸는 말간 사랑을…
　　　　　　　　　　　　　　　 - 이성재의 「겨울 사랑」 전문

또한 이성재는 '입동' 이후의 겨울에 대한 시간성에서 '사랑'이라는 새로운 이미지를 투영하고 있다. 이것도 아쉽게 떠나가는 가을의 계절적인 양상에서 '추적추적 내리는 비'는 시인의 가슴에 더욱 '아쉬움을 더'하지만 이 '마지막 잎새는' 결국 사랑을 꿈꾸고 있으며 '하얀 겨울을 기다'리는 시간의 순리(順理)를 수용하고 긍정한다.

새벽 어두움을 가로 질러 밝음을 쫓아 / 남으로 질주하는 헤드라

이트가 잦아드는 / 고속도로 한쪽 끝 / 스쳐 지나는 그리움이 목마름으로 / 검게 말라버린 가지 끝 오동잎 / 잎새에도 사연은 남아 울음 우는 거리 / 떠났어도 여기 있는 / 인연의 끝에 얽힌 겨울나무 / 모진 시련의 나무야 / 기어이 가려느냐 / 비 내리는 강변에 서서 / 감격으로 맞는 반가운 재회 / 입은 옷 다 벗어 잎새를 떨구고 / 찢겨 날리는 편지 쪽처럼 / 나는 또 / 다시 돌아와 그 자리에 설 / 세월의 다리를 건넌다.

— 박관호의 「겨울나무」 전문

박관호의 겨울은 어떠한가. 이 '겨울나무'에는 아련한 그리움이 깊게 배어 있다. '검게 말라버린 가지 끝 오동잎 / 잎새에도 사연은 남아 울음우는' 시적상황에서 그가 탐색하는 것은 마지막 연에서 결론으로 적시한 '나는 또 / 다시 돌아와 그 자리에 설 / 세월의 다리를 건넌다.'는 가고 또 오는 계절적(혹은 자연적)인 순환으로 그리움을 표징하고 있다. 일찍이 누군가가 '겨울은 회상과 우울과 고독의 계절이다. 지나간 화려했던 계절을 돌이켜보고 해(年)가 지나는 허털감 속에서 차가운 밤바람 소리에 가슴을 죄는 계절이며 집 떠난 방랑자가 방랑의 고독을 다시 한번 사무치게 느껴보는 계절이다.'라는 정의처럼 겨울의 이미지는 다양하게 형상화하는 것을 이해하게 된다.

벗나무 / 한 점 부끄럼 없기에 / 속옷 벗어던졌어도 / 얼굴 붉히지 않네 / 돌볼 가족 없는 / 혈혈단신 / 동장군 기세 두렵지 않고 / 송곳 같은 삭풍 / 철갑 껍질 뚫지 못하네 / 흰 눈 머리에 이고 / 선방(禪房) 홀로 앉아 / 화두(話頭) 끈 놓지 않으니 / 바람결 타고 온 낙엽 쌓여 / 겯불 되어주네.

— 박선하의 「나목 벗나무」 전문

박선하 역시 겨울을 고독과 회한(悔恨)으로 감응하면서 나목을 도입하고 있다. 여기에서 그가 주제로 투영한 대목은 바로 '흰 눈 머리에 이고 / 선방(禪房) 홀로 앉아 / 화두(話頭) 끈 놓지 않'는 명상에서 시적 진실을 구현하고 있다. 이 겨울 '벚나무'는 '속옷 벗어던졌어도 / 얼굴 붉히지 않'고 '한 점 부끄럼이 없'으며 '혈혈단신'이지만 '동장군'과 '삭풍'에도 굳게 견디면서 인생 화두에 몰두하는 전개는 우리들의 인생이 치르지 않으면 안되는 과정과 흡사한 진실을 토로하고 있다.

그는 함께 발표한 작품 「첫눈」 전문에서도 '우렁각시 까치발로 걸어와 / 백옥 가루 뿌려 놓은 / 첫눈 내린 아침 / 순수의 언덕 너머 / 낡은 앨범 속 환영 / 흰 눈 머리 이고 손짓하다 / 눈바람에 흩어지네 // 첫눈 이내 함박눈 되어 / 은사시나무처럼 떨고 있는 낙엽 / 솜이불 되어주고 / 눈 내려 신바람 난 아이들 웃음소리 / 뜰 안 가득 울려 퍼지네 // 첫눈 설레도 / 만나자는 첫사랑 없어 / 홀로 바라보는 눈 덮인 여우산 / 임 본 듯 다정스럽네'라는 상황설정과 전개 그리고 이미지의 투영이 회한의 추억으로 클로즈업하는 잔잔한 울림이 다가 온다.

> 끈기로 버티어 온 삶의 언저리 / 단풍나무 모처럼 행운 만나 정결 옷 입었는데 / 불현듯 찾아온 거센 바람 / 화살처럼 중심에 내리꽂힌다 / 단풍나무 눈꽃 핀 정원 모서리 / 거세게 몸 뒤척이는 붉은 이파리들 / 마치 허공에 뜬 별무리 같다
>
>   — 송동균의 「눈쌓인 단풍」 중에서

송동균의 '단풍'에는 이미 겨울로 진입하는 눈이 쌓여있다. 이러한 상황에서 그는 '숨가빠 눈 뒤집어 쓴 단풍 이파리 / 말간 햇살 내려 받으며 / 이제야 평화의 숨결 되찾아 / 사푼하게 삶 고

별 인사 나누고 있다'는 결론으로 늦가을과 초겨울이 교차하는 지점에서 떠나보내고 새로 맞아들이는 인생의 교차점 같은 이미지를 발현하고 있어서 그의 시간적인 감수성에는 인생관이 잠재되어 있음을 읽을 수 있다.

그리고 이용성이 '가을은 유혹하는 계절인가 / 마력에 끌린 채, 용신(容身)조차 / 힘들어지는 나(「가을의 유혹」 중에서)'라는 어조로 떠나가는 가을을 아쉬워하거나 김보태가 '사람들은 오색 단풍의 현현한 자연미에 / 매료되지만 // 겨울철 북풍한설에 대비하는 저들의 몸부림을 보며 / 작은 욕심 하나 내려놓는다(「단풍의 정취」 중에서)'와 같이 시간성의 변화에 따라서 계절적인 주제의 변화가 다양하게 현현되는 특성에서 인생의 지향점에 관한 사색의 장으로 흡인(吸引)하고 있다. ✳

(『흔맥문학』 2016. 2.)

시간성에서 탐색하는 이미지의 투영

근하신년(謹賀新年)! 해마다 새해가 되면 연하장을 쓴다. 병신
년(丙申年), 2016년(단기 4349년)을 새로운 희망과 각오로 출발
한다. 전국의 흔맥인들 모두 건강하시어 좋은 글 많이 쓰시고
가정에도 평안과 만복이 깃들기를 기원한다.

이제 『흔맥문학』도 통권 304호를 발간한다. 1989년(8월 30일,
등록번호 라－5017)부터 한 호도 결호 없이 이 땅의 문학을 위
해서 노력한 그 열정과 신뢰가 결합하여 서울특별시에서 비영
리단체로 인가를 받고 공인된 문학활동을 하게 되었다. 이는 그
동안 『흔맥문학』을 통해서 등단한 문인들과 이를 선도하는 주
위의 많은 선배들의 노고가 있었기에 가능한 일이었다. 『흔맥문
학』도 초심의 발간 목적을 잘 지켜서 한국문학의 발전에 초석
(礎石)이 되기를 새해에 다시 기원해 본다.

작년 한 해 동안 우리 문단에서 크게 부각되었던 일은 미당
서정주 선생과 박목월 선생이 탄생 100주년을 맞이하여 다양한
기념행사들이 열렸는데 이는 그의 제자들이 주축이 되었거나

문학단체들이 벌인 행사들이어서 문인들뿐만 아니라 세간에서 이목을 집중시킨 바 있다.

우리들이 잘 아는 바와 같이 미당 서정주 선생은 1915년 전북 고창에서 출생하여 중앙불교전문에 수학하고 1936년 동아일보 신춘문예에 「벽」이 당선되어 문단에 데뷔했다. 김광균, 김달진, 김동리 등과 동인지 <시인 부락>을 주재하면서 본격적인 시작 활동을 했으며 1938년 첫 시집 『화사집(花蛇集)』을 발간한 이후 『귀촉도』『신라초』『동천』『서(西)으로 가는 달처럼』 등의 시집이 있다. 그의 서라벌 제자 류재상은 이러한 연유로 『흔맥문학』 12월호 초대시로 다음과 같은 작품으로 미당 시인을 추모하고 있다. 그는 연작시로 5편을 수록하였으나 지면 관계로 한 편만 소개한다.

학창 시절, 우리 옛 서라벌예술대학 문예창작과 / 학생들은, '시창작(詩創作)' / 시간이면 / 은사님을 / 모시고 학교 교실보다 / 근처 / 다방(茶房)에서 / 더 많은 / 수업을 했습니다. 수업 분위기가 / 한창 고조되어 비로소 절정(絶頂)에 이르면 / 은사님은 그리운 당신의 초등학교 / 여선생님의 / 그 예쁜 눈썹을 / 타고 / 삼국유사(三國遺事) 그 / 머나먼 / 신라(新羅)의 / 하늘까지 휠─휠─ 하얀 / 학(鶴)으로 날아갔다가, 가장 황홀(恍惚)하게 / 다시 돌아오곤 했습니다 // 우리는 이렇게 은사님께 시(詩)를 배웠습니다. (류재상의 「미당(未堂) 서정주(徐廷柱)·5」 전문)

다음으로 박목월 선생의 본명은 박영종이다. 경북 경주에서 출생하여 1939년 『문장』에 「길처럼」 「그것은 연륜이다」 「가을으스름」 등이 정지용의 추천으로 문단에 나왔다. 그는 조지훈, 박두진과 함께 우리 시단에서 유명한 『청록집』을 발간하여 동심의 소박함과 민요풍, 향토성 등이 조화를 이루는 자연 친화와 교감의 짧은 서정시를 발표하면서 『산도화』『난, 기타』『청담』『경상도 가량잎』 등의 시집이 있다.

지난 해에는 그의 출생 100주년을 맞이하여 그가 안장된 용인공원묘원에서 묘비공원이 개설되었는가 하면 경향 각지에서 많은 추모 행사가 있었는데 심상시인회에서는 그의 추모 특집으로 사화집을 묶었다. 여기 수록한 필자의 작품을 게재한다.

넓게 깊게/그리고 푸르게/상상의 물결은 은빛으로/우주 공간을 유영한다/술익는 향기가 은하계에 스며들고/청노루의 냉냉한 울음소리/인간들의 향수를 잡아매지만/어느 새 울컥울컥 눈물이 맺힌다/원효로 첫 골목길 시의 바다에서/유익순 사모님을 찾는 행인이/윤사월 '눈먼 처녀'로 노래하면/불현듯 성큼성큼 지나가는 그림자 하나/ -박목월 시인.(심상시인회 사화집 28호 『내 편안한 불명』, 김송배의 「木月의 바다」 전문)

이제 『흔맥문학』 송년호에 게재된 작품을 읽어보자. 이 달의 작품에서는 대체로 시간성과 상관하는 이미지들이 다양하게 형상화하는 시법을 읽게 되는데 이는 한 해를 보내는 아쉬움과도 무관하지 않다는 생각을 먼저 해보게 된다.

다시 만상이 꽁꽁 얼어붙는 추운 겨울/봄날의 따뜻한 냄새/철없는 꽃들의 웃음/풍성한 여름 숲을 꿈꾸며/이 잔인한 가을을 견뎌야지/묻지도 않고 속절없이 흘러가는 시간/대자연의 순환은 무한정하겠지만/인간은 찰나의 순환 속에/되돌릴 수 없는 시간과/어쩔 수 없이 동거해야 한다

　　　　　　　　　　　　　　　　　 - 박철언의 「순환」 중에서

박철언은 우리가 살아가면서 불변으로 '순환'하는 계절의 감응(感應)에서 투영한 '묻지도 않고 속절없이 흘러가는 시간'이라는 시간성에서 '몸이 외로워진다 / 가슴이 쓸쓸해진다 / 슬픈 생각이 든다'라는 조용한 어조로 고독과 허무를 동시에 되새기고 있다. 이는 '우리 모두가 되돌릴 수 없는 시간과 / 어쩔 수 없이 동거해야' 하는 자연의 섭리이다. 여기에서 '봄날의 따뜻함'과 '풍성한 여름', '잔인한 가을' 그리고 '꽁꽁 얼어붙은 추운 겨울'의 '대자연의 순환'으로 인내와 기다림의 미덕을 적시하고 있지만, 그 내면에는 '갑자기 맘이 허전해'지는 것을 지울 수가 없는 이미지로 형상화하고 있다.

넓고 푸른 강 언덕 어릴 적 꿈은 그 자리에 머물고 지금은 시간의 강물 속 어디로 쓸려감직한 기억들, 작은 풀꽃들은 옥빛으로 피어올라 가득한 향기, 물비늘 같은 추억은 금빛 물살이 음률을 타고 가을 노래 같은 어머님이 가시던 날 모시꽃으로 피어 바람에 휘날린 그곳에 내 유년을 채우던 생명의 탯줄 지금도 머무는 그곳에 꿈이 일렁이고 있다.

― 국승윤의 「새우뜰 강가에서」 전문

국승윤도 '지금은 시간의 강물 속 어디로 쓸려감직한 기억들' 속에서 과거의 시간에서 반추하는 '유년'이 생생하게 유로되고 있다. 시적 체험의 투영이다. 그의 체험에는 '어릴 적 꿈'이 지금도 '그 자리에 머물고' 있어서 시간성이 짙게 흐르고 있는 그의 내면을 읽을 수 있게 하고 있다.

저만치 달려오는 너를 / 반갑지만은 않은 얼굴로 맞이한다 / 가을을 보내면서 잃어버린 시간을 / 되찾기라도 하고픈 마음으로 / 어

쩌면 / 곁을 스치는 너를 / 붙잡지 못한 나의 불찰이라 해도 / 너를
조바심 속에 가두어 두지를 못해 / 나의 공허함은 더욱 비례한다
— 이경옥의 「겨울의 문턱에서」 중에서

이경옥은 '가을을 보내면서 잃어버린 시간을' 회상하고 있다.
그는 '겨울의 문턱'이라는 시적 상황에서 시간을 '붙잡지 못한
나의 불찰'로 자신을 투영시키고 있다. 결론적으로 그는 시간성
과 아쉬움이 동시에 현현하면서 조바심과 공허함 등이 그의 내
면에서 의식의 흐름으로 작품을 전개하고 있다.

험한 날들 지켜낸 시간 앞에 / 이리 고운 빛깔인데 / 참 부끄럽다
/ 살아온 세월 / 묻기도 전에 / 고요히 사라지는 바람같이 / 어디론
가 숨어버리고 / 지금 물든 그대로의 자연에 / 머물고 싶은 가을
이 / 그리움으로 가득한데, 우리네 삶 / 무채색인가 / 바람이 분다.
비까지 내리면 / 낙엽으로 흐트러지는 단풍은.
— 임길성의 「단풍은」 전문

임길성은 '단풍'을 통해서 '살아온 세월'을 회상하고 있다. 그
회상은 '험한 날들 지켜낸 시간'이며 '고요히 사라지는 바람'이
다. 그러나 '지금 물든 그대로의 자연에 / 머물고 싶은 가을'이라
는 아쉬움인데 그것은 '그리움'이라는 어조로 이미지를 형상화
한다. 그는 다시 '단풍이 낙엽으로 흐트러'질 때의 상황은 바람
이 불거나 비가 내리는 자연의 변화가 더욱 심저(心底)에서 시
간성과의 상관적인 시법을 강화하고 있다. 이처럼 시간성과 자
연의 섭리를 통한 이미지의 융합을 보이고 있는데 이는 '우리네
삶 / 무채색인가'라는 어조에서는 무형이며 무색인 시간에 대해
서는 의문형으로 작품을 전개 하고 있다.

일찍이 독일에서 '시간의 생태학'이라는 독특한 분야를 만들어 간 학자 칼하인즈 가이슬러는 '시간이란 우리가 소유한 가장 소중한 자원'이라고 했다. 그러나 시간은 누구도 소유할 수 없는 것이다. 모두가 공유하지만 개개의 시간은 각자가 유익하게 사용하거나 그냥 버리는 경우도 있다. 이처럼 '단풍'에서 연결된 시간(혹은 세월)은 우리 인간의 관리에서 형성된 것이 아니라, 자연 현상의 변화(혹은 섭리)에 의해서 무형체의 시간이 우리의 삶에서는 무채색으로 발현되고 있어서 시인들이 다양한 이미지를 투영하지만 임길성은 한 마디로 '참 부끄럽다'라고 결론짓고 있는 것이다.

난 꺼지지 않는 불꽃 / 집념의 혼, 불을 가진 자 / 숙명과 운명을 밀어낸 불굴의 여인 / 난 딸들의 원대한 꿈을 위하여 / 판단하고 결단하는 시간에 대하여 / 단 일 초의 촌음도 주저하지 않았다 / 난 내 정신이 종교였고 / 나 자신의 신뢰와 믿음이 / 나의 신앙이었기에 두려움이 없었다.

- 고 운의 「촌음」 전문

고 운의 '촌음'은 어떠한가. 그는 그의 당찬 주장을 결론으로 제시하고 있는데 '난 딸들의 원대한 꿈을 위하여 / 판단하고 결단하는 시간에 대하여 / 단 일 초의 촌음도 주저하지 않았다'는 어조는 그에게 내재되어 있는 종교와 신뢰와 믿음 그리고 신앙에서 '두려움이 없었다'는 확신을 적시하고 있다. 그는 함께 발표한 「열정」에서도 '인생의 미로를 찾아내는 요술사인가 / 지극한 사랑과 모성애의 주술사인가 / 내 삶의 길이는 얼마나 되는가 / 아아, 인고의 세월'이라고 세월과 삶의 길이를 측정하고 있다.

또한 박종문도 작품 「남기고 간 그림자」에서 '억세게 살아온 /

억새꽃 피어 파도치면 / 단풍잎 물들이니 / 가는 세월 아쉽다고 뒹굴고'라는 어조로 세월의 아쉬움과 계절(억새꽃, 단풍잎)의 변화를 접맥해서 시간성을 탐색하고 있다.

이처럼 계절과 시간의 상관성에는 지나간 시간의 가을 이미지가 많이 그 작품 소재로 등장하고 있는데 권규학의 「겨울초」 임숙현의 「가을 그리움」 전혜령의 「가을빛 연서」 왕영분의 「가을 사랑」 그리고 권용익의 「만추 서정」 등에서 세월의 오묘한 정경을 대하게 되며 그들의 시적 함성을 들을 수 있게 한다. ✸

(『흔맥문학』 2016. 1.)

가을 이미지의 시적 형상화

　지난 11월 1일은 '시의 날'이다. 한국시인협회(회장 문정희)에서는 11월 2일(11월 1일이 일요일인 관계로) 서울 문학의 집에서 기념식을 간소하게 가졌다. 그러나 경기시인협회(회장 임병호)는 시화전과 시낭송경연대회 그리고 경기시인상(수상자 김석규) 시상식을 수원 문학의 집에서 성대하게 가져서 대조를 이루고 있다.

　한편 서울대 평화통일연구원(원장 박명규)에서는 '남녘북녘 시인들의 별 헤는 밤' 낭송회를 서울대 규장각 강당에서 개최하였다. 신경림, 오세영, 최동호, 김기택, 함민복, 장석남, 김선향 시인과 탈북해서 국내에 정착한 도명학, 김유진, 송시연, 주아현, 이가연, 이은철, 오은정 시인이 출연해서 성황리에 마쳤다.

　그리고 심상시인회(회장 이동희)는 경기도 포천시 산정호수에서 전국 회원들이 모여 가을총회(11. 7~8)를 개최하고 <<심상시인회 사화집>> 제28호 출판기념회가 열려서 한 해를 결산했으며 청송시인회(회장 임선영)에서도 11월 월례 시작발표회를 개최하고 강명숙 시집 『은유의 집 짓다』 출판기념회와 임길성 시인의 문학강연, 전회원의 신작 발표가 있었다.

각설하고 지난호 『흔맥문학』에 발표된 작품들을 살펴보면 가을에 대한 연민의 이미지가 한 해를 마감하면서 어쩐지 고독한 정감을 많이 대할 수 있어서 계절의 시간적인 자연 변화에 민감한 시인들의 정서를 이해하게 된다.

한 무리의 철새 / 산을 넘어가고 / 빈 하늘에 스미는 어스름 노을빛 / 가을은 / 벙어리 울음으로 / 끅―끅― 앓고 있다 // 후미진 곳에 / 쪼그리고 앉아 낙엽 태우는 / 볼이 발그레 익은 어린 행자 / 초상집 애기 상주처럼 / 애처롭다 / 서럽다 / 그냥 서럽다
　　　　　　　　　　　― 이창년의 「가을은 그냥 서럽다」 전문

우선 원로 이창년 시인이 감응(感應)한 가을의 이미지는 '서러움'에 대한 시인의 절규라고 할 수 있다. 대체로 가을에 관한 이미지나 상징은 풍요로 정의할 수 있는데 이러한 상황은 오곡백과가 풍성하게 무르익은 가을의 일상적인 현상에서 발현한 것이고 위와 같은 시적 정황(situation)은 시월 늦가을의 풍경인 '빈 하늘에 스미는 어스름 노을빛'에서 발상된 것으로 유추할 수 있다.

그는 가을을 명민(明敏)한 정감으로 흡인(吸引)하는 계절병적인 요소로 그의 뇌리에 충만되어 있는 것이다. 그의 '시작 노트' 전문에서 이미 밝혔듯이 '가을은 그냥 서럽습니다. / 가을 앞에서 그냥 서러워집니다. / 꽃이 피었는가 하면 여지없이 지고 맙니다. / 열매가 익으면 떨어져야 합니다. / 반가운 만남도 끝내는 헤어짐의 슬픔을 안겨 줍니다. / 자연의 섭리인걸요. / 그래도 서러운 것은 어쩔 수 없습니다. // 가을걷이가 끝난 황량한 들판 / 곱게

단장하던 나무들도 옷을 벗어 버립니다. / 내 곁을 떠나는 예쁜 사람들 / 나를 서럽게 합니다. / 그러나 / 이 모든 것이 가슴 뜨겁게 하는 / 아름다움입니다. / 그래도 서럽습니다. / 그냥 서럽습니다.'라고 서러운 가을에 '벙어리 울음으로 / 끅—끅— 앓고 있'는 애처로운 연민이 더욱 가을과 친숙하게 하고 있음을 간과(看過)할 수 없을 것이다.

> 귀뚜라미 연주 가락에 / 달빛 타고 / 방울방울 풀잎에 구슬로 내려와 / 아침 햇살 품어 찬란하고 / 들녘의 황금물결은 / 농부의 손길을 재촉하는데 / 오색 병풍 둘러친 산천은 / 손 흔들며 유혹하니 / 옷 갈아입고 걸음을 재촉한다 / 기러기처럼 줄지어 / 달려가는 차량 행렬에 / 가로수 넘실넘실 춤을 추네
>
> — 이석병의 「가을」 전문

여기 이석병의 가을은 어떠한가. 이 가을은 말 그대로 풍성하다. '들녘의 황금물결'과 '농부의 손길'이 동일한 이미지로 부각되고 있다. 한편 '오색 병풍 둘러친 산천'이 우리를 유혹하는 정경은 가을의 풍요와 넉넉한 마음의 여유를 적시하고 있다. 그가 함께 발표한 「가을이 오면」 중에서도 '가을이 오면 / 세상에 찌든 잎 알록달록 물들여서 / 동양화 전시회 열고'로 상황을 설정한 후에 '들녘의 황금색 옷'과 가을바람에서 '풍요를 자랑하'는 그의 여유에서 풍족한 가을의 이미지를 감지할 수 있게 한다.

> 캄캄한 밤중에 배달 온 / 높고 푸른 가을 하늘 사진 / 늘 보며 자란 가을 하늘 / 지나간 자리 여운(如雲) / 시인의 마음을 아시는 듯 // 아침에 창문 밖 칠보산을 둘러보니 / 푸른 산 이 가을 옷 갈아입다 / 내 눈에 들켰다 옅은 황색 가운 / 살갗에 지나가는 찬바

람 // 칠팔월에 강렬한 태양 / 구애의 소리 벅벅 질러도 / 정겨운 소리로 듣던 매미 소리 / 귀 열고 더 많이 들어야겠네 // 매미 소리 여치 소리 / 귀뚜라미 소리 풀벌레 소리 / 사계절 꽃은 피고지고 / 자연의 시간에 정령(精靈)들 / 들어도들어도 싫지 않은 소리
　　　　　　　　　　－ 이기덕의「가을 하늘 배달」전문

　그리고 이기덕의 가을은 시각에서 뿐만아니라, 청각에서도 상당한 이미지를 투영하고 있는데 '매미 소리'와 '여치 소리', '귀뚜라미 소리' 그리고 '풀벌레 소리' 등 '시간에 정령(精靈)들'이 들려주는 '구애의 소리'와 '정겨운 소리'가 가을 정취를 더높이고 있어서 '들어도 싫지 않은 소리'로 여운을 남겨주고 있다. 그는 '가을 하늘'과 '창문 밖 칠보산', '옅은 황색 가운' 그리고 '강렬한 태양' 등에서는 시각적인 사물의 이미지가 친자연적인 안온한 정경으로 펼쳐지고 있어서 시각과 청각이 동시에 어우러지는 가을의 향훈이 정감을 흡인하고 있다.

　여름 내내 울던 / 풀벌레가 / 지친 몸을 이끌고 / 가을바람을 / 자지러지게 불러보지만 // 가을바람은 / 들은 척도 않고 / 제 갈 길을 가버린다 // 갈 곳 없는 풀벌레는 / 태어난 고향 찾아 / 땅속으로 기어드니 / 포근한 고향집은 / 아직도 그를 반겨주는구나 // 사람이나 곤충이나 / 마지막 찾는 곳은 고향집이구나.
　　　　　　　　　　－ 박영길의「가을 단상」전문

　박영길은 가을에서 어떤 상념에 젖었을까? '여름 내내 울던 / 풀벌레'와 '가을바람'의 대칭에서 계절의 변화를 실감하게 되고 귀소본능으로 '포근한 고향집'으로 찾아가는 인간과 곤충의 상관성을 간결하게 '단상'으로 묘사하고 있다.

236

현대시를 한 마디로 집약하면 이미지라고 할 수 있다. 지난 날 시가 리듬(韻律)을 중시하고 그 음악성을 높이 평가했다면 현대시는 이미지를 중요시하여 그 회화성(繪畵性)이나 고도의 표현 기교를 내세고 있다. 그만큼 현대시를 표현 본질로 하고 있기 때문이다. 이처럼 이미지는 흔히 심상(心象)이라고 하는데 어떤 인상이 마음에 새겨져 있다는 뜻으로 사물로 그린 그림이니, 말로 만들어진 그림이니 혹은 언어의 회화라고도 한다. 그러나 이런 단편적인 정의로 이미지의 개념을 확실하게 이 할 수는 없을 것이다.

　영국의 시인이며 비평가로서 이미지즘 운동을 전개한 T. E 흄의 말대로 시는 표지의 언어로 구성되는 것이 아니라, 시각적이고 구체적인 언어로 구성된다고 했다. 따라서 '배가 항해했다'라는 표지에 대해서 '배가 바다 위로 질주하였다'고 말해야 한다는 것이다. 때문에 시인에게 있어서 이미지란 단순한 장식이 아니라, 직관적(直觀的)인 언어의 정수(精髓) 그 자체라고 할 수 있다. 그래서 이미지는 다음과 같이 정의할 수 있는데 먼저 육체적인 지각작용(知覺作用)에서 이룩된 감각적 현상이 마음속에 재생된 것(광의(廣義)의 개념)과 이미지를 세분화해서 정신적, 비유적, 상징적 이미지로 구체적으로 제시할 수 있는 것(협의(狹義)의 개념)으로 구분해서 말한다.

> 초가을, 하천변 길에 / 하늘이 통째로 꺼져 내려와 / 소복이 쏟아 놓은 별나라 마을 / ─중략─ // 가을이 깊어질수록 / 점점 멀어져 가는 파란 하늘나라 / 수억 광년 왔을 것이데 / 사다리 몇 개 놓아도 부족할 정도로 / 갈 나라 멀고 멀다네.
>
> 　　　　　　　　　　　　　─ 서원생의 「코스모스」 중에서

이와 같이 서원생은 '코스모스'라는 사물을 통해서 이미지를 생성하고 있는데 이 이미지는 체험의 산물로써 체험을 성립시키는 대상 존재나 대상 사물에 의해 떠올리는 상상의 산물이라고 할 수 있다. 대체로 직접 외계의 자극에 의하지 않고 기억과 연상에 의하여 마음속에 떠오르는 상(像)이다. 시는 언어에 의하여 마음을 거슬러 올라가서 구체적인 것이 아니면서도 직접적으로 상상된 어떤 형상을 비춰는 중요한 역할이 바로 이미지이다. 이것을 실재적(實在的)인 것보다도 순간적으로 다양한 것이 요약된 인상 깊은 연상이며 심리적인 그림이라고 할 수 있는데 기억이나 상상은 모두 과거에 체험된 그 어떤 것이 동기가 되고 시는 그것들의 기능을 살리고 언어의 감촉으로 심상적인 세계, 바로 이미지를 만들어 내는 것이다.

　서원생의 '초가을'과 '별나라 마을'의 상상력은 '코스모스'가 내포한 심축(心軸)에는 그가 자신이거나 주변에서 체득한 체험들의 연상작용이 창조적인 활동으로 연결되고 있는 것이다. 그만큼 시에서 이미지를 중시하는 연유이기도 하다. ✻

(『흔맥문학』 2015. 12.)

생명체 탐구와 서정적 자아

벌써 11월이다. 음력으로 치면 동짓달이다. 동짓달하면 '동짓날 기나긴 밤 한 허리 베어내어 / 춘풍 이불 밑에 서리서리 넣었다가 / 어론님 오시는 날 밤이어든 구뷔구뷔 펴리라'라고 절창 (絶唱)한 황진이가 생각난다. 우리 한글로 쓴 시인 중에서 가장 으뜸으로 치는 명시인이다.

올해로 탄신 100주년을 맞는 시인들의 조명(照明)이 한창 진행중이다. 지난 6월에는 청록파 박목월 시인의 탄신 100주년을 맞이해서 용인 공원묘지에 있는 그의 유택(幽宅)에서는 '목월시정원'이 개원되어 그의 제자들과 후학들이 대거 참여하여 행사를 성황리에 마치는 문학사의 한 장을 다시 정리하였다.

그리고 지난 7월에는 미당 서정주 시인이 탄생 100주년을 맞아 그를 기리는 행사가 다양하게 열렸는데 『미당(未堂) 서정주 전집』(전 20권) 중에서 1차분으로 시 전집 5권이 출판되어 미당기념사업회가 동국대 강당에서 시전집 출판 기념회 열고 가수 송창식 씨가 출연해서 노래 '푸른 날'을 부르고 이어령 전문화부 장관과 정현종 시인 등 문화인들이 시낭독을 하면서 미당을 흠모(欽慕)하는 큰 행사가 열렸다.

지난달에는 동국대 한국문학연구소에서 '2015 미당문학제'가 전북 고창군 일원에서 열렸고 한국현대시인협회에서도 '미당 서정주의 시혼 청산에 깨다'라는 주제로 세미나를 개최, 여기서는 신규호 시인이 좌장으로 김용태(미당시의 발전과정, 그 불교적 의미), 유성호(서정주, 한국 서정시의 정점) 그리고 이남호(미당 시를 만나는 방식과 '노래'의 아름다움) 교수가 발표하여 미당의 정신을 되새겨 보았다.

각설하고 지난 10월호 『흔맥문학』에 발표된 작품들은 우리 인간의 생명체를 탐구하는 작품들이 그 특징을 보여주고 있었다. 우선 정의웅은 '특집 / 소시집'으로 무려 12편의 작품을 발표했는데 한결같이 우리 생명체에 대한 깊은 사유(思惟)를 투영하고 있다.

늘 푸른 허공을 날고 있는 / 세상을 꿰뚫어지게 바라보는 / 신비의 초점 / 참매의 눈빛처럼 / 방황하는 길고 긴 시간 / 외길만이 삶을 그려줄 뿐 / 높은 지상에서 // 생(生)과 사(死)의 갈림길에 / 많은 바람이 스쳐지나 가지만 / 초점이 꽂히는 찰나 또다른 삶을 그려 / 스스로 늘려가는 시간은 / 무섭게 집중하는 그 야성 그 집념.
                    – 정의웅의 「그 야성(野性) 그 집념(執念)」 전문

그는 우리 생명성에 관해서 '생(生)과 사(死)의' 문제를 심도(深度) 있게 관심을 표명하고 있다. 이는 우리 삶의 형태나 방식에서 추출한 사색의 결론으로써 '참매'의 예리한 눈빛을 통해서 삶을 조망(眺望)하고 있는데 '허공'과 '신비의 초점' 그리고 '방황'과 '삶'의 복합적인 구도에서 그의 주제는 바로 '또 다른 삶을 그려 / 스스로 늘려가는 시간'에서 생명체를 실감하고 있다.

> 우린 느끼고 느끼며 / 희망의 불빛이라고 / 망망대해 등대에 빛이
> 있는 / 끝까지 더 높게 더 많은 바람을 / 우리 허무함으로 상상할
> 뿐 / 조금 낮게 바라보라 / 그대의 마음에 부족하지만 / 조그마하고
> 아담한 / 아름답게 최후의 만족을 / 그대 눈으로 바라보라 / 바라보
> 는 것 잠시 잠깐.
>
> — 「바라보는 것 잠시 잠깐」 중에서

정의웅의 시선은 다시 '조그마하고 아담한 / 아름답게 최후의
만족'을 위해서 사색의 심연(深淵)으로 유로하고 있다. 그러나
그의 내면에는 '우리 허무함으로 상상할 뿐'이라는 결론에 도달
하게 되고 '조금 낮게 바라보라'거나 '그대 눈으로 바라보라'는
메시지로 공감을 흡인시키고 있다. 그는 이 작품 상황 설정에서
'그대에게 / 다 멀리 바라보는 것은 / 대망을 꿈꾸며 / 그 누가 원
하든 원치 않든 / 큰 꿈을 가슴에 담고'라는 어조(語調)로 멀리
'희망'을 갈구(渴求)하고 있다. 이러한 '희망의 불빛'은 '망망대
해 등대에 빛'과 같은 삶을 여망하고 있으나 허무의 상상이 내
재된 인생관이 바로 우리의 생명성에 발현하는 시적 진실의 탐
구라고 할 수 있다.

이렇게 '빛'을 통한 희망의 메시지는 '넓고 넓은 세상을 / 밝게
맑게 투명한 정화수가 되고 / 내 그대 숲속에 요정이 된다면 / 온
누리에 비춰주는 빛이 되리라(「내가 요정이 된다면」 중에서)'거
나 '아무런 흔적이 없고 / 보이지 않는 혈의 흐름이 / 여기 나와
흐르지 않고 / 신의 아름다움이여 / 꿈속에 나를 인도하심에 / 무의
식의 세계에서 빛을 바라보았네(「무의식의 세계」 중에서)'라는
등의 '빛'으로 그의 탐구는 계속되고 있다. 또한 일찍이 이어령

교수는 '광명과 어둠을 동시에 볼 수 있는 사람은 행복자이다. 그림자가 없고 광명만 있다면, 광명은 없고 그림자만 있다면 거기에는 다 같이 생명의 드라마가 없다'고 그의 글 「하나의 나뭇잎이 흔들릴 때」 중에서 말하는 것을 보면 이 광명(빛)과 생명체의 밀접한 상관성은 바로 우리들이 바라보는 삶의 진실성과도 일치하게 된다.

> 모든 걸 깊이깊이 가깝고도 멀고 먼 날을 / 항상 상상하고 꿈을 꾸지만 / 진정 지혜로운 마음으로 / 세상을 두루 살펴 / 기쁨과 슬픔 / 즐거움과 슬픔 / 맑음과 흐림을 / 모두 두루 살피고 / 마음에 와 닿는 / 순수한 미래를 / 가늠하듯 / 물을 한 오쿰 손아귀에 쥐어서 / 흘러내리듯 내리기 전에 / 베풀 수 있는 조그마한 마음을 / 모든 걸 이루고 / 아낌없이 모든 생명체에게 / 늦기 전에 진정으로 베풀 수 있는 / 가이없는 사랑을.
>
> ― 「모든 생명체에게 늦기 전에 진정으로
> 베풀 수 있는 가이없는 사랑을」 전문

그렇다. 정의웅은 작품의 소재와 같이 '아낌없이 모든 생명체에게 / 늦기 전에 진정으로 베풀 수 있는 / 가이없는 사랑을.'이라는 결론으로 '생명체＝사랑'의 등식을 확충시키고 있다. 이러한 그의 생명학은 '진정 지혜로운 마음'과 통섭(通涉)하면서 우리 인간들의 공통점인 애환(哀歡)과 고락(苦樂)과 명암(明暗)을 근원으로 한 '순수한 미래'를 지향하는 생명체의 절규라고 할 수 있다. 정의웅은 이러한 '가이없는 사랑'이 '베풀 수 있는 조그마한 마음'으로 승화하기를 진정으로 여망하는 순수 서정적 자아의 실현을 예비하고 있어서 그의 생명체 탐구는 시적인 자아가 곧 생명체의 진실로 명징(明澄)하게 적시하는 시법을 이해하게 된다.

생명체는 또 다른 선과 악을 / 살아간다는 야성적인 본능도 / 한쪽을 괴롭히지 않고는 / 그늘과 같은 악은 / 언젠가는 필요한 악이라고 하지만 // 기쁨과 슬픔은 / 먼 곳을 가늠하는 넓은 가슴으로 / 기쁨도 스스로 느끼고 / 한없는 슬픔의 눈물로 // 그대 꿈속에 저녁노을이 저물면 / 부엉새가 되어 어둠을 딛고 / 부엉이 부엉부엉 울어 별이 빛나는 밤에 / 멀리멀리 날아가리라.

— 「생명체는 두 눈을」 중에서

정의웅은 다시 '생명체'에 대한 진지한 고찰을 시작한다. 결론적으로 '생명체＝살아간다는 야성적인 본능'이지만 선과 악이 순환적으로 우리 인간들과 동행한다. 이러한 인생행로에는 언제나 '기쁨과 슬픔'이 공존하게 되고 우리는 이 '필요한 악'을 포용하면서 살아간다. 그러나 그는 '어둠을 딛고' 멀리 날아가는 꿈을 꾸고 있다. 생명체가 '한쪽은 맑음과 흐림을 한없이 / 빛이 비치는 아름다운 곳'과 '어두움을 // 지치지 않게 가리워주는 / 멀고먼 구름 속'을 동시에 현현하는 시법에서 그의 시적 진실을 엿보게 하고 있다.

정의웅은 '깊고 깊은 마음을 / 주위는 깨달을 수 없는 / 군중 속에 고독을 / 참고 참아 머물러 지나가고 / 삶은 숱한 크고도 조그마한 / 더 나은 내일을 위한 / 외로운 동행일 수밖에.(「더 나은 내일을 위한 외로운 동행」 중에서)'라거나 '수많은 사람 중에 / 무엇을 필요한 만큼 / 서로가 건네고 / 기다리는 마음으로 / 약속을 했어도 / 비 내리는 아스팔트 위에 / 뒤범벅된 흐름이 될 약속도 / 근심으로 점철되어 가지만 / 이도 이 또한 약속이고 / 더 나은 내일을 위한 아름다운 약속이네.(「더 나은 내일을 위한 아름다운 약속이란」 중에서)'라는 어조에서도 그가 분사(噴射)하고자 하는 생명체에 대한 내밀한 주제를 궁극적으로 적시하는 메시지를 읽을 수 있게 하고 있다.

　　힘들어요. 메마른 땅에서 뿌리 없는 생명이 힘들어요 / 죽기보다
　　도 살아남기 훨씬 힘들어요 / 차라리 / 남은 생명을 순교처럼 바
　　치고 싶어요 / 칭찬받는 고통보다도, 욕먹는 죽음을 / 선택하고 싶
　　어요 / 그러나 고통 속에 이대로 / 말라죽을 수는 / 도저히 없어요,
　　살라고 땅속 깊이 / 꽂아준 그분을 배반할 수는 / 없어요
　　　　　　　　　　　　　　　 － 류재상의 「꺾어 심은 나무」 중에서

　　여기 류재상도 생명성을 '나무'라는 사물을 통해서 의인화한
시법으로 강조하고 있다. '죽기보다도 살아남기 훨씬 힘'든 현
실을 적절한 이미지로 형상화하고 있어서 우리들의 공감을 확
대하고 있다. 이 밖에도 이 을의 「분화와 선택」에서, 김오수의
「나를 가꾸는 뜰」에서 그리고 박종문의 「꿈길에서」와 같은 작
품에서 우리의 소중한 생명체를 탐구하면서 서정성 깊은 작품
을 대할 수 있을 것이다. ✳

　　　　　　　　　　　　　　　　　　　　　　　(『흔맥문학』 2015. 11.)

서정적 사친가(思親歌)의 향연

　시월이다. 백로, 추분 지나가니 조석(朝夕)으로 제법 한기(寒氣)가 도는 기온이다. 하늘은 청명하고 산야에는 적황(赤黃)의 물감을 뿌려놓은 듯 자연 서정이 물결치고 있다. 이 계절의 조화는 참으로 우리 인간들이 살아가는데 없어서는 안될 시간적인 의미가 넓게 작용하고 있다.

　지난 9월에는 국제펜한국본부 주최로 '세계한글작가대회'가 경주에서 개최되어 국내외 문인들이 모여 대성황을 이루었다. 거기에는 2008년 노벨문학상 수상자인 르 클레지오 프랑스 작가와 김주연 숙명여대 석좌교수 그리고 노마 히데키 일본 메이지가쿠인대학 객원교수 등이 특별강연을 하여 많은 박수를 받았다.

　한편 서울에서는 '시가 흐르는 서울(대표 김기진 시인)'이 주최하는 월례시낭송회가 남산한옥마을에서 제64회 행사를 성황리에 마쳤다. 여기에서 이생진 시인이 '독서와 일기'에 대한 특강이 있었고 필자도 시론 '시적 체험과 언어'을 강의해서 갈채를 받은 바 있다. 이처럼 시 인구의 저변확대와 시 운동의 확산을 위해서 많은 단체에서 전국적으로 활발하게 전개해야 할 것이고 지자체나 국가 차원에서 지원해서 이런 운동이 활성화해야 할 것이다.

지난호 『흔맥문학』에서도 많은 작품들이 게재 되었는데 가을 향기가 나면서도 고향이나 사친에 대한 정서가 많이 반영되어 있어서 추석절과 함께 서정적인 내면의 시심(詩心)이 다수 발현되고 있었다.

> 하이얀 종위 위에 가을 편지를 씁니다 / 수줍어 말 못한 이야기들 / 사랑 가득 담아 곱디곱게 써내려 갑니다 / 노오란 봉투엔 가을꽃 한 송이 / 예쁜 단풍잎 하나 / 분홍빛 추억까지 / 정성껏 담겠습니다 / 가슴 저리도록 보고픈 마음에 / 가을꽃 우표를 골라 붙이고 / 빠알간 우체통에 넣어 / 당신께 보내려 합니다 / 반갑게 받아 주세요 / 오늘처럼 가을비 오시는 날 / '편지요'하는 소리에 / 설레는 마음으로 / 가을 편지 받아들고 / 해맑게 웃음 짓는 / 당신 모습 보고 싶습니다 / 그 땐 내 마음에도 / 가을꽃이 만발하겠지요.

우선 이 장석영의 「가을 편지」 전문에서 보는 바와 같이 가을이 되면 누구나 사랑하는 사람에게 편지 한 장을 쓰고 싶다. 그러나 컴퓨터가 발달하면서 수기(手記)로 쓰는 편지는 자취를 감추고 이메일로 주고 받는 시대로 변했다. 일찍이 릴케도 '지금 혼자만인 사람은 / 언제까지나 혼자 있을 것입니다 / 밤중에 눈을 뜨고 책을 읽으며 / 긴 편지를 쓸 것입니다 / 나뭇잎이 떨어질 때 불안스러이 가로수가 나란히 서 있는 길을 / 왔다갔다 걸어다닐 것입니다'라는 가을날을 노래하면서 편지를 쓰고 있다.

246

눈 감으면 아른거리는 / 옛날 내 고향 모습 / 아버지는 보구래로 밭을 갈았고 / 어머니는 따라가며 씨를 뿌렸다 / 누나들은 목화 따고 고추를 따고 / 나는 동생들을 업고 다녔다 // 해가 져서 달이 뜨면 / 모두 돌아와 / 저녁 식사 향연이 벌어졌었다 // 내일도 오늘 같이 이루어져서 / 달이 가고 해가 가며 / 살아갔었다.

— 김상회의 「농촌의 내 고향」 전문

'이 달의 시'로 발표된 김상회는 농촌 고향에 대한 향수(鄕愁)가 서정적으로 잘 현현되고 있다. 지난 달 추석을 지나면서 더욱 흡인(吸引)하는 작품이다. 대체로 시적 상황의 도입은 자신의 체험에서 발현하는 습성이 있다. 그는 '옛날 내 고향 모습 / 아버지는 보구래로 밭을 갈았고 / 어머니는 따라가며 씨를 뿌렸다'는 회상에서 상황을 전개하고 있어서 사향(思鄕)의 이미지는 더욱 아련하게 떠오르고 있다. 다시 그는 아버지와 어머니, 누나와 나 그리고 동생들까지 상기하면서 사친곡(思親曲)을 쓰고 있어서 옛고향의 정취가 물씬 넘치고 있다. 한편 '세월은 무상 / 너무 서두르지 말고 / 풍월처럼 담담할 것을'이라는 어조로 「살아가노라면」을 함께 발표하고 있다.

반짝반짝 빛나던 시절 / 싱그럽고 당찼던 미지의 숨소리 / 가보처럼 애지중지 금쪽같은 맘 나누고 / 연분홍빛에서 여린 시선 감추던 / 아버지의 분신이었을, / 그 옛날 청춘 시계가 / 거친 세파 고단함 주름까지 보태더니 / 세월 이길 장사 없듯 / 이제는 아득한 날들을 꿈인 양 고이 접고 / 추억과 그리움 삭히며 / 분침 시침은 아련하게 침묵한다.

— 고 운의 「아버지의 시계」 전문

고 운도 아버지에 대한 회상이 시적으로 전개되고 있다. '아버지의 시계'는 '아버지의 분신'이라고 단정하면서 시간성(세월)과 상관으로 사친가를 부르고 있다. 그는 '그 옛날 청춘 시계가 / 거친 세파 고단함 주름까지 보태더니 / 세월 이길 장사 없'다는 일반적인 서술로 아버지를 회상하고 있다. 그는 함께 발표한 「딸들에게」도 '참으로 아름다고 소중한 / 속세의 인연'을 노래하고 다시 이러한 인연을 통해서 '자식이 깨달을 때까지 / 기다려주는 것이 부모입니다 / 사랑도 사랑하는 사람이 / 그리워할 때까지 기다리는 것입니다'라고 「기다림」에서도 가족간의 인연이 적시되고 있다.

> 아버지는 마당 구석진 곳에 / 호박씨 하나를 심으셨다 // 어느 날 내가 너무 적다고 투덜거렸다 / 호박을 좋아하는 아내를 위해서다 / 아버지는 그 욕심까지 아셨을까 / 대답 대신 침묵을 하셨다 / −중략− / 아버지 냉장고를 열자 / 파란 침묵들이 와르르 쏟아졌다 / 호박씨 하나가 애국하였단다.
>
> — 서원생의 「호박과 침묵」 중에서

서원생의 '아버지'는 어떠한가. '마당 구석진 곳에 / 호박씨 하나를 심으'면서 아버지의 이미지는 창출된다. 결론적으로 아버지의 '침묵'은 온 가족들의 내심(內心)을 이해해주는 아버지의 인자한 모습이 회상되고 있다. 이는 아버지와 호박과 침묵이 시적 흐름을 유지시키는 그의 사친가이다. 그는 다시 '어느 봄날 / 허물어진 고향집 폐가의 담 너머 / 어머니가 유산으로 남긴 옻나무에 / 독이 차 오른 파란 옻순이 / 눈을 부릅뜨며 노려보고 있다 (「옻순을 따며」 중에서)'는 어조로 어머니에 대한 회상도 함께 노래하고 있다.

오솔길 따라 / 산자락 오르니 / 갈바람 어깨를 흔들며 / 저만큼 앞
장서 가고 / 노을 지는 서편 하늘은 / 사르지 못한 일념인 듯 / 사
정없이 토하려 한다 / 양지녘 묘비 앞 지는 햇살이 / 소리 없이
흐느끼며 나를 맞이한다 / 아, 나는 / 그토록 긴 세월인데 / 아직도
잊지 못해 / 이 가을도 찾아왔네요 / 어머니 / 어느새 지나가 버린
어린 시절 / 되돌아갈 수 없는 그날들이 그립습니다 / 내겐 늘 젊
으신 어머니 / 보고싶습니다

─ 주창렬의 「어머님 성묘」 중에서

주창렬은 지난 추석날에 어머니를 성묘하고 거기에서 전개된
외적 상황들이 어머니의 넋을 위로하고 있다. 그는 그리움을 시
적 주제로 하고 있지만, '양지녘 묘비 앞 지는 햇살이 / 소리 없
이 흐느끼며 나를 맞이한다'는 시각적인 이미지는 더욱 시적 감
응을 높이는 효과를 이해하게 한다. 또한 그는 '어느새 지나가
버린 어린 시절 / 되돌아갈 수 없는 그날들이 그립습니다 / 내겐
늘 젊으신 어머니 / 보고싶습니다'는 어조로 사친의 정감이 물씬
풍기는 서정성은 공감을 유로하고 있다.

그는 다시 '소슬바람 부는 아침 길 / 작은 길모퉁이 돌아서며 /
문득 떠오르는 유년시절 / 어머니 따라 길모퉁이 돌아갈 때 / 뒤
쳐져 가던 나를 기다려 / 길을 멈추어 계시던 어머니'라거나 '나
는 그렇게 / 어머니를 따라나서기를 좋아했고 / 어머니는 그런 나
를 늘 데리고 다니셨다 / 지금도 그 길 모퉁이를 돌아서면 / 어머
니가 기다리고 서 계실 것만 같다(이상 「유년 시절 어머니」 중
에서)'는 애절한 어조는 누구나 느낄 수 있는 사모곡이다.

머위가 시장에서 잔다 / 먼길 오느라 졸린가 보다 / 햇빛 보기가
싫은지 / 축 늘어져 잔다 // 할머니는 살며시 깨우려 / 손 흔들며

살살 물 뿌려주고 / 어머니는 그늘 따라 이리저리 옮기고
— 李起德의 「머위」 중에서

　이기덕도 할머니와 어머니가 시적 화자로 등장해서 사친의 정을 현현하고 있다. '머위'가 시장에서 조는 정경(情景)에서 가족의 애절한 정감이 유로되고 있어서 시적인 효과를 더욱 상승시키고 있다. 이와 같은 사친가는 그 중심에 아버지와 어머니 등 가족들이 시적 대상이지만, 회상하거나 조망하는 대상에 대한 외적인 묘사에만 그치면 시적인 감응은 감소된다는 점을 명심해야 할 것이다. ✳

(『흔맥문학』 2015. 10.)

서정적 관조에서 탐색하는 삶의 모습

   입추, 말복, 처서 지나고 나니 조석(朝夕)으로 서늘한 공기로 바뀌는 가을의 예감이 더운 기운을 몰아내고 있다. 헤르만 헤세가 '뜰이 슬퍼하고 있다 / 비가 꽃 속으로 시원스러히 빠져들어 간다 / 여름이 그 마지막을 향해 / 잠잠히 몸부림친다 // -중략- // 여름은 지금 잠시 동안 / 장미꽃과 더불어 잠들고 싶어 한다 / 이윽고 여름은 서서히 / 피로한 그 큰 눈을 감는다'는 시 「구월」에서 살필 수 있듯이 아쉬움(여름)과 새로움(가을)이 계절에서 교차하는 여운(餘韻)을 느낄 수가 있다.

   지난 8월에는 (사)한민족평화통일촉진문인협회와 (사)남북통일운동국민연합이 공동으로 여의도 국회도서관 대강당에서 '평화통일, 애국시 낭송예술제'가 성대하게 열렸다. 광복 70주년을 맞이하여 '통일. 애국'이라는 주제로 전국의 문인들이 앞장서서 통일. 애국에 관한 좋은 시를 많이 창작하고, 시낭송가들은 그 시들을 많이 낭송하여 통일. 애국 시가 널리 보급되기를 희망하면서 시낭송예술의 애호가를 늘림으로써, 맑고 아름다운 사회를 거쳐 통일의 문턱에 성큼 다가설 수 있으리라 확신의 취지가 8월 14일, 광복절의 엄숙한 분위기를 살렸다.

여기에서 현 국제펜한국본부 부이사장인 정순영 시인이 '그립고/ 그리워서 아파하는/ 봄날/ 통일의 아지랑이 피어오르는/ 한반도에서는/ 꽃들이 울먹이며/ 북으로 간다./ 새들도 훌쩍이며/ 남으로 온다./ 파릇파릇 생기 오르는 땅/ 꽃들이 화사하게 웃으며 반기는/ 봄날/ 겨레의 간절한 소망/ 통일이여, 오라./ 통일이여, 어서 오라./ 이념의 밧줄이나/ 탐욕의 망태기는 팽개치고/ 사뿐한 봄 처녀 버선발로 오라.'는 그의 작품 「버선발로 오라」를 낭송하여 많은 호응으로 갈채를 받았다.

각설하고 지난호 흔맥문학에서는 서정성을 내포하는 잔잔한 시심들을 엿볼 수 있어서 좋았다. 더구나 떠나가는 여름을 생각하면서 추회(追悔)의 이미지들이 시간성과 동시에 부각(浮刻)되고 있다.

비 잠시 그치니/ 산 주름 주름마다/ 자욱이 물안개 피어오르고/ 계곡물 소리/ 졸졸 흘러간다/ 산허리에/ 그림으로 떠 있는 작은 암자에서/ 바람타고 들려오는 청아한 풍경소리/ 산새 되어 날아가고/ 아주까리는 잎사귀마다에/ 고인 빗물/ 시원하게 쏟는구나
  ― 이창년의 「산중여적(山中餘滴)」 전문

이 땅의 마지막 로맨티스트답게 그의 시법은 아주 서정성을 탈피하지 못한다. 성하(盛夏)에 어디 계곡물에 발 담그고 며칠 지내다가 왔나보다. 산중에서 동화(同化)한 그의 시적 상황이나 전개는 이 세상의 번뇌를 말끔하게 지워버린 무아(無我)의 경지에 도달한 듯하다. 이러한 자연 서정은 우리 시인들이 즐겁게 응용하고 있지만, 이창년 시인은 관조(觀照)의 유유자적한 그의

내면의 온화함을 엿보게 한다. 만유(萬有)의 자연은 우리들에게 오관(五官)을 통한 이미지를 제공하는데 위의 작품에서는 주로 시각과 청각을 통한 신선한 감응(感應)을 전해 주고 있다.

그는 '자욱이 물안개 피어오르고'와 '산허리에 / 그림으로 떠 있는 작은 암자' 그리고 '아주까리는 잎사귀마다에 / 고인 빗물'에서 그가 예리하게 주시한 시각적 현상은 시적 상황의 설정이나 작품 전개의 골격을 이루면서 '계곡물 소리 / 졸졸 흘러간다'와 '바람타고 들려오는 청아한 풍경소리' 등에서와 같이 청각적인 음율들이 복합적으로 작품을 형성하고 있다. 이창년 제3시집 『나의 빈 술잔에』 실려있는 작품 「산사여적(山寺餘滴)」에서도 '투명한 숲 그늘에는 / 산벌이 날고 / 땀을 식히는 바위 밑으로 / 물소리 맑구나 / 까칠한 스님의 손등에 / 나비 한 마리 / 사뿟이 앉는다 / 한가한 아침 나절의 암자는 / 멀찌감치서 졸고 / 떠날 채비를 다한 나는 / 아쉬움이 손을 꼭 쥐다 / 흰눈 나리면 / 감자떡 해 놓을께요'라는 어조에서 알 수 있듯이 그의 서정적인 '여적'은 지금도 유효하게 적용되는 서정시법을 흡인(吸引)할 수 있게 한다.

바람 불지 않아도 / 때 되면 떨어질 것을 / 바람 기다리지 않고 /
꽃잎 떨어지길 기다리지 / 흔들림 많은 봄날 / 자지러지는 꽃가루
/ 봄 가득하다 / 뿌연 눈 / 꽃을 따라 길어진 길 / 압축할 수 없는 /
지난 꽃길들의 재현 / 그래서 / 봄날은 또 간다.

                                                    － 전용숙의 「꽃잎」 전문

여기 전용숙의 서정은 '꽃잎'이라는 외형적인 사물에서 관조하는 시간성과의 별리(別離)가 자연의 섭리와 인간과의 상관이 그의 내면에 잔잔하게 의식으로 흐르고 있다. 그는 '바람 불지 않아도 / 때 되면 떨어질 것을' 또는 '흔들림 많은 봄날'이 조화

를 이루는 바람과의 해후(邂逅)가 '지난 꽃길들의 재현'으로 형
상화하고 있다.

> 가슴으로 묻는다 / 지금의 삶을 사랑하느냐고 / 비록 몸 늙어 행
> 동이 벅차지만 / 꿈에서 이상까지 / 시인의 살가운 영혼으로 / 세상
> 과 말한다 / 봄이 꽃으로 시작하듯이 / 꿈같은 세상이지만 / 사랑하
> 는 마음 없다면 / 한순간도 견딜 수 없는 것이 / 바로 나라는 것
> 을 / 소꿉장난 같은 삶이 / 우리의 세상살이라는 것도 함께.
>
> — 고 운의 「고백」 전문

고 운은 시인의 '고백'을 통해서 삶과 영혼 등이 '우리의 세
상살이라는' 삶의 원류를 회복하려는 탐색이 이루어지고 있다.
거기에는 언제나 '꿈에서 이상까지 / 시인의 살가운 영혼으로 / 세
상과 말'하는 삶이 의식되고 있다.
일찍이 박목월 시인은 그의 글 「행복의 얼굴」에서 '삶도 시와
같다. 왜 사느냐? 즐겁기 때문이다. 그것 외에 삶의 본질을 설
명한다면 그것은 삶의 속성을 어느 일면에서 풀이한 것이다.'라
는 시와 삶의 연관을 통해서 행복을 논한 바가 있다. 그러나 고
운은 이러한 '바로 나라는 것을' 인식하면서 직접 화자로 내세
움으로써 '고백'이라는 소재가 상황으로 감응하게 되어 독자들
의 공감을 유로하고 있다. 이것이 고백문학의 이해로 전환하는
계기가 된다. 그러나 화자(나)를 시인 스스로의 어조로 너무 가
깝게 접근하면 혹시 넋두리의 범주(範疇)를 벗어나기 쉽지 않게
될 우려도 있다.

> 산골짜기의 / 이리저리 얽힌 바위틈을 / 비집고 힘들게 빠져나와 /
> 넓은 세상 만나려고 / 종종걸음으로 내려가네 / 울퉁불퉁 자갈길

지나 / 고통스러운지 졸졸졸 신음소리 / 굽은 길 좁은 길 막힌 길 험한 길 마다않고 / 온몸으로 부딪히며 내달음친디 / 이것이 우리 에겐 흐름의 순리라고 종알거리네 / 밤이면 달빛 머금어 / 서릿발 같이 하얀 몸이 되어 / 호수처럼 평온한 세상 꿈꾸며 / 한없이 흘러가는구나

— 이석병의 「물의 여행」 전문

이석병은 '넓은 세상'을 지향하는 인간의 희망과 '흐름의 순리'가 '평온한 세상'으로 전향하는 인간의 정도(正道)를 이 물을 통해서 형상화하고 있다. 이 세상은 '산골짜기의 / 이리저리 얽힌 바위틈'이며 '울퉁불퉁 자갈길'이며 '굽은 길 좁은 길 막힌 길 험한 길'이다. 이러한 고통의 세상을 그는 '비집고 힘들게 빠져 나와'서 '온몸으로 부딪히며 내달음'치면서도 '이것이 우리에겐 흐름의 순리'라는 교훈을 적시하고 있다. 그는 또한 '밤이면 달빛 머금어'라는 어조에서 그가 여망하는 순응의 미학이나 순리의 정도를 탐색하는 시법이 '물의 여행'을 형상화하고 있다.

하루를 나서는데 / 날씨가 꾸물거린다 / 널뛰듯 비가 내리면 / 주님을 섬기는 사람들은 미친다 / 하늘에서 번갯불 치지 않아도 / 알아서들 번개를 친다 / 끼리끼리 폰으로 톡톡톡 / 환승해서 달려온 2번 출구 골목길 / 더덕향 꼬리치는 막걸리 큰사발에 / 더덕더덕 술비가 나린다 / 빈 갈비뼈가 흠뻑 젖는다

— 정다운의 「번개 치다」 전문

장맛비가 내리면서 방구들에 갇혀 있다가 잠시 소강상태에 이르면 정다운은 '주님을 섬기는 사람들'에게 '번개'를 친다. '환승해서 달려온 2번 출구 골목길'에 번개팅으로 모여 '주님'과

의 교감이 시작된다. 우정이 넘친다. 지나가는 빗줄기와 함께 흔맥문학 사무실에 모여서 '더덕향 꼬리치는 막걸리 큰사발에 / 더덕더덕 술비가' 온종일 내리고 모두는 '빈 갈비뼈가 흠뻑 젖'도록 마신다. 이러한 시법은 일상적인 소재에서도 정감이 넘치는 작품을 구상할 수 있다는 평범성이 그의 인식에는 언제나 시와 일상생활과 주변의 체험들이 보편성을 능가하는 정다운(그의 이름처럼) 작품으로 창조되는 좋은 현상을 일별하게 된다.

한편 이러한 시법은 박일소도 작품 「왕십리 이야기」 중에서 '비오는 날 / 소월 시비가 있는 왕십리에서 / 고향 오빠와 순대국밥에 / 막걸리 한 사발 들이키며 / 오는 비에 젖어 / 어린 날 추억을 이야기한다'는 상황은 정다운의 '비'에서 투사된 이미지가 '주님(酒)'이나 '막걸리 한 사발'로 동일한 체험의 투영으로 현현되고 있어서 우리 주변의 상황들을 모두 시적으로 변환 발전할 수 있음을 보여주고 있다. ✳

(『흔맥문학』 2015. 9.)

시적 담론과 독백의 차이

　복 더위가 기승을 부리던 7월이 지나고 말복이 다가오자 창밖에는 매미의 합창이 천지를 진동하고 있다. 계절의 순환은 자연의 섭리와 함께 생명성의 원형에 대한 향유(享有)를 실감하게 한다. 일찍이 박재삼 시인은 그의 작품 「매미 울음소리」에서 '우리 마음을 비추는 / 한낮은 뒤숲에서 매미가 우네 / 그 소리도 가지가지 매미울음, / 머언 어린날은 구름을 보아 마음대로 꽃이 되기도 하고 잎이 되기도 하고 친한 이웃 아이의 얼굴이 되기도 하던 것을 // 오늘은 귀를 뜨고 마음을 뜨고, 아아 임의 말소리, 미더운 발소리, 또는 대님 푸는 소리로까지 어여삐 기뻐 그려낼 수 있는 / 명명한 매미가 우네'라고 매미소리의 절창(絶唱)으로 8월을 노래하고 있다.

　지난 달에는 미당 서정주 시인이 탄생 100주년을 맞아 그를 기리는 행사가 다양하게 열렸는데 『미당(未堂) 서정주 전집』(전 20권) 중에서 1차분으로 시 전집 5권이 출판되었다. 68년 동안 시를 쓰면서 시집으로 묶은 작품 950편을 모은 것이다.

여기에서 특이한 것은 지금까지 간행된 시집과 시작 노트를 비교하면서 기존 시집의 오자(誤字)를 바로 잡은 사실과 미당이 발표는 해놓고 시집에 싣지 않은 작품 180편과 미발표 120편은 제외한 것이다. 이는 따로 미발표, 미수록 시집으로 묶을 예정이라는 것이다. 미당기념사업회에서는 동국대학교 강당에서 시 전집 출판 기념회 열고 가수 송창식 씨가 출연해서 노래 '푸르른 날'을 부르고 이어령 전 문화부 장관과 정현종 시인 등 문화인들이 시낭독을 하면서 미당을 흠모(欽慕)하는 큰 행사가 열렸다.

'어느 해 봄이던가, 머언 옛날입니다 / 나는 어느 親戚의 부인을 모시고 城 안 冬柏꽃나무 그늘에 와 있었읍니다. / 부인은 그 호화로운 꽃들을 피운 하늘의 部分이 어딘가를 아시기나 하는 듯이 앉아 계시고, 나는 풀밭 위에 흥건한 落花가 안쓰러워 주워 모아서는 부인의 펼쳐든 치마폭에 갖다 놓았읍니다. / 쉬임없이 그 짓을 되풀이하였습니다. // 그 뒤 나는 年年이 抒情詩를 썼읍니다만 그것은 모두가 그때 그 꽃들을 주워다가 드리던― 그 마음과 별로 다름이 없습니다. // 그러나 인제 웬일인지 나는 이것을 받아줄 이가 땅 위엔 아무도 없음을 봅니다. / 내가 주워 모은 꽃들을 저절로 내 손에서 땅 위에 떨어져 구을르고, 또 그런 마음으로밖에는 나는 내 詩를 쓸 수가 없습니다.'(본문대로 옮겼음) 미당은 작품 「나의 詩」 전문에서 보는 바와 같이 우리들이 즐겨 외우던 「국화 옆에서」나 「자화상」, 「화사집」, 「동천」 등과는 약간 다른 심정적인 표현으로 자신의 시에 대한 소희를 내 보이고 있다.

이와 같이 어떤 하나의 담론으로 시적 정황을 설정해 놓고 자신의 정감을 가미하는 시법은 현재에도 많은 시인들이 응용하는 중요한 시적 전개임을 주목하게 한다. 이는 대체로 시인들이 자신의 체험적 상상력을 통해서 재생한 이미지지가 어떻게 형상화할 것인가에 집요하게 그 원류를 천착(穿鑿)하는 피치 못할 한 방법이기도 하다.

당신은 밤이 무섭지 않나요 / 40평도 넘는 아파트에 / 외홀로 지새는 긴 밤이 외로워 / 몸부림치는 당신 모습이 안쓰럽습니다 / 마음속에 그리운 임은 있어도 / 차마 그립다는 말도 못하고 / 홀로 애태우는 쓸쓸한 가슴 / 당신의 마음 알 것 같군요 / 검은 장막 같은 어둠이 깔려오면 / 그리움은 파도처럼 밀려오고 / 눈을 감아도 / 내 얼굴이 더욱 영롱하게 떠오르지 않나요 / 내가 보고 싶으시죠 / 나도 당신이 몹시 보고 싶어요 / 이 밤 / 임의 품속에 안겨 잠들고 싶어요 / 긴긴 이 밤이 외로울 때면 / 못견디게 당신이 그리워져요

이학주의 「당신은 밤이 무섭지 않나요?」 전문이다. 그는 상황 설정에서 우리 주변에서 흔하게 담론할 수 있는 스토리를 인용하고 있다. 그러나 시적 화자가 '나'로 시작해서 '당신'과 소통에서 관념적으로 끝나는 시법이기에 담론에서 추출하려는 '그리움'의 주제가 너무 일반적이며 보편성으로 흘러서 독백과 구분이 애매해지는 경향을 읽을 수가 있게 된다. 대체로 우리가 시창작에서 인칭대명사를 화자로 설정하는 경우에는 소재나 제재가 외적인 요소인 사물일 때에는 그 사물이 '나'로 의인화하거나 상당한 다른 은유로 변환하기 때문에 '사물＝나'라는 등식으로 이해하게 되어 작품의 이해도를 상승시키는 효과를 거둘 수가 있게된다. 그러나 반대로 이 작품과 같이 내적인 관념 이미지가 제목으로 했을 때에는 화자인 '나'가 자칫하면 그 시인 자신이 될 우려가 있어서 그 담론은 독백으로 전환되어 어떤 고백적인 작품으로 형태가 다르게 나타날 수도 있으니 유념해야 한다.

뭇 생명 본체는 / 빛과 물과 / 그리고 공기 / 육상 생태계는 강우량 기온에 / 토양 유형에 / 바람에 기대고 / 수중 생태계는 물에 스며드는 / 태양 광선 투과력과 기층 특성이나 / 수온 오존 물질에 기댄다

여기 이 을의 「생태계 영향」 전문은 그가 주제 설정한 「노느매기―환경 오염은 떼죽음의 지름길」에서 이미 이해할 수 있듯이 그의 담론은 하나의 교시적(敎示的)인 메시지를 분사(噴射)하고 있다. 이런 경우에는 그가 적시한 환경이나 생태계라는 자연 현상을 목도(目睹)하면서 생성한 지적(知的)인 이미지가 발현된 하나의 경고성 시법을 적용하고 있어서 보편적인 담론 같은 인상을 던지면서도 또 다른 이미지를 상상하게 하는 작품이다. 그가 함께 연재하고 있는 환경시 「수중에 녹아 있는 염」이나 「해양에 광합성 생물들」, 「진흙에 뿌리내린 식물은」 그리고 「산호초는 따뜻한 수온에서」에서 현현된 시적 전개의 담론은 바로 우리들에게 전달하려는 메시지가 친환경이라는 목적의식이 뚜렷하기 때문에 그의 시적 담론은 독백이 될 수가 없다는 점을 간과(看過)하지 못한다.

잠시 머물던 순천, 어린 날 / 올케 따라 간 순천 어시장 / 옹기종기 늘어선 / 아낙들의 조개맛살, 옹기 자배기 / 꿈틀거리는 낙지, 꼴뚜기 치켜들고 "살았어라우……", 뚝뚝 떨어지는 물방울 / 꼬막, 홍합, 전복 / 그 맑은 물, 양푼마다 헤엄치는 잔물고기들 / 그렇게 / 정갈한 아침 어시장 / 순천만 짭짤한 바다 내음 / 그 푸른빛이 / 신선한 풍광으로 남아 있다.

이 작품 이명희의 「순천 어시장」 전문에서는 '순천 어시장'이

라는 시적 정황에서 외적인 상황을 돌아보면서 추출된 작품의 전개가 바로 시적으로 연결되고 있는데 여기에서의 담론은 시각적으로 포착된 상황이 바로 현장성으로 유지되고 이미지는 크게 형상화한 부분이 없이 평상적인 묘사에 그치고 있다. 이러한 단정은 '그렇게 / 정갈한 아침 어시장 // 순천만 짭짤한 바다 내음 / 그 푸른빛이 / 신선한 풍광으로 남아 있다.'는 어조에서 나타나고 있듯이 그가 전개한 담론은 어시장에서 바라본 '풍광' 뿐이어서 시적 형상화를 통한 주제의 투영이나 창출은 보이지 않는다는 점이 아쉽다.

계절의 들뜬 하늘을 가로 지르며 / 지나가던 바람에 실려 온 철쭉 / 여기저기서 얼굴을 붉히고 / 사방을 엿보고 있다 / 누가 숨겨 둔 정표인가 / 살며시 / 드러난 달아오른 얼굴 / 꽃 풋내에 취해 / 쓰러져 간다 / 아지랑이도 너울너울 / 타오른다 / 드러난 여백 사이로 / 바람, / 아찔한 꽃수를 놓고 있다

이미화의 「붉은 철쭉」 전문에서는 위에 예시한 작품들과는 약간 다른 상황의 담론을 엿볼 수 있다. 우선 그가 설정한 시적 상황이 '지나가던 바람에 실려 온 철쭉'에서부터 시작하고 있다. '철쭉'이라는 한 사물에서 추출한 이미지는 그가 체험한 상상력에서 재생한 심저(心底)가 잔잔한 서정성으로 분사되고 있다. 이러한 시법에는 특수한 상황 설정의 담론이나 독백의 여지가 없다. 문장도 기승전결(起承轉結)의 구조를 잘 지키면서 자신의 고백적인 표현이 아니라, 시적인 표정으로 잘 나탄고 있다. 이는 단순한 시각적인 묘사라고도 할 수 있겠으나 지나친 화자의 활용도 없고 사물의 응시(凝視)를 통해서 자신만의 시적 진실을 탐색하고 있다.

그러나 함께 발표한 「고추장」에서는 다소 보편적인 담론으로 시를 구성하고 있어서 사적(私的)인(혹은 독백(獨白)적인) 담론으로 흐를 우려도 있다. 그런데 마지막 연에서 '쓰라린 눈동자를 훑으며 / 바람이 지나간다 / 아려오는 가슴 위로 / 동백꽃 / 글썽이며 바람에 떨어진다'는 어조에서 시적 형상화의 결론이 이를 희석하고 있는 효과를 알 수 있다.

이 밖에도 김상회가 작품 「큰 山」에서 '나는 큰 산을 좋아한다'거나 류기환이 작품 「사랑의 자취」에서 '그대여! / 내 곁을 다녀갔나요', 장석영의 작품 「보리밥 추억」에서 '보리밥에 찬물 부어 / 말아먹는 시원한 맛 상상하니 / 아무리 세월이 많이 흘렀어도 / 그 때 그 시절 잊지 못해 / 침 삼키며 입맛 다시네', 강봉중의 작품 「수염 깎기」에서 '무디어진 호밋날을 벼르지 않으면 / 헐거워진 삶이 농삿일 그르치리' 그리고 김오수의 작품 「행복은 부피가 없다」에서도 '나와 내 이웃에 대한 / 관심과 사랑이 쌓여 / 텅빈 가슴을 채워 주는 / 나의 기쁨과 행복이 된다'라는 어조에서 감지(感知)할 수 있는 담론은 자칫하면 독백의 우려를 상기해야 할 것이다. ✻

(『흔맥문학』 2015. 8.)

생명 탐색에서 동반하는 시적 정황

7월이다. 일찍이 이어령 교수는 그의 글 「차 한 잔의 사상」에서 '칠월은 태양의 달이다. 밝고 뜨겁고 건강한 계절 – 크레파스를 이겨 붙인 것 같다. 태양은 절망을 모른다. 일렁이는 바다 위에서 혹은 그렇게 푸르디 푸른 수해(樹海) 위에서 혹은 가난한 사람이나 외로운 사람이나 모든 사람들이 모여서 사는 그 도시 위에서 칠월의 태양은 아름답기만 하다'라고 칠월을 예찬하고 있다. 그러나 지나간 유월에는 문학행사들이 메르스라는 이상한 병 때문에 연기가 되거나 취소하는 현상이 벌어지기도 했다. 아직도 그 후유증들이 여러 곳에서 남아 있다는 보도를 접하면서 잔인했던 유월을 다시 상기해 본다. 이러한 와중(渦中)에서도 우리의 청록파 시인 박목월 선생의 탄신 100주년을 맞이해서 용인 공원묘지에 있는 그의 유택(幽宅)에서는 '목월시정원'이 개원해서 그의 제자들과 후학들이 대거 참여하여 행사를 성황리에 마치는 문학사의 한 장을 다시 정리하였다.

박목월 시인은 생전에 이곳 용인에 사후에 들어갈 묘지를 미리 사두었는데 이곳은 생거진천(生居鎭川) 사거용인(死去龍仁)이란 옛말을 실감하게 하는 곳이다. 지금 몇 만평의 묘지 공원으로 탈바꿈해서 단순히 장지로서의 묘지가 아니라 공원으로 변해 있었다. 박목월 시인은 당시 이곳에 땅을 매입하고 「용인행」(시집 『無順』에 등재)이라는 작품을 썼다. 그 전문을 소개한다.

목사님의 소개로 / 용인엘 갔었다. 내외가 / 고속버스를 타고 / 坪當 3,000원이면 싼값이지요 / 산기슭에서 소개업자가 말했다. / 나는 양지바른 터전을 / 눈으로 더듬고, / 서녘하늘 같은 눈으로 / 아내는 나를 쳐다 보았다. / 뫼뿌리가 어두워 들자, / 먼 마을에 등불 하나 둘 켜지고 / 그럴수록 황량해 보이는 山河. / 여보, 그만 가요, / 울먹이는 아내의 목소리가 / 가슴에 젖어들었다. / 돌아오는 길에도 / 고속버스를 탔다. / 무덤 속으로 달리는 차창에 / 비치는 내 모습, / 바람과 모래의 손이 / 마음을 쓰다듬어 주었다. / 우리에게 이미 토지는 / 이승의 것이 아니었다 / 가즈런한 한 쌍의 묘와 / 한 덩이의 돌이 떠오르는 / 흘러가는 차창의 스크린에 / 울부짖는 것은 / 바람소리도 짐승소리도 아니었다.

시인의 예감은 무섭기도 하다. 목월 시인은 이미 죽음을 감지했을까. 당시 교통도 험한 여기까지 와서 묘지를 장만하다니… 아무튼 유익순 사모님과 동행해서 '가즈런한 한 쌍의 묘'를 상상한 것이 이제는 합장으로 양지바른 유택에서 잠들어 있다. 그 후에 필자도 졸시 「餘白詩·56」 전문(2006년 8월호 『심상』에 게재)에서 '그는 달이 되었다 / 남도 삼백 리 구름 속을 거닐다 / 문득문득 돌아온 그는 / 이제 책갈피에서 안식을 취한다 / 가끔 책상머리에서 그를 만나면 / 그는 다시 저녁놀이 되었다 / 청노루 맑은 눈에 어리다 / 인화된 강물은 / 지금사 내 혼불 지피고 / 이승

수만 리 저편 끝에서 / 나그네의 술익는 그 향기 / 바람소리로 如
如하다 // 달빛, 놀빛 放光 / 그 광채… / 朴木月 詩人'이라는 작품
을 쓴 바가 있다.

　지난호 『한맥문학』에 수록된 작품을 읽으면서 생명을 탐색하
는 시편들이 많이 발견되고 있는데 이는 시의 주제나 상황의
전개가 우리의 삶을 통해서 체득한 존재의 인식문제에서 창출
하는 생명성의 재확인이라고 할 수 있다.

　　숙연한 시간이 왔다 / 하룻밤 지날 때마다 / 앞 다투어 피어나 가
　　득했던 가지에 / 듬성듬성 빈자리, / 죽음과 삶 뒤엉킨 불안한 공존
　　에 / 남은 송이들 떨고 있다 / 한 밤 더 지나서 / 마지막 눈물 떨구
　　면 / 대문 밖 기나긴 행렬 / 푸른 숲으로 점점이 멀어질 테지요 / 그
　　땐 훌훌 육신 벗고 / 바람에 시들지 않는 환영(幻影)으로 오세요.
　　　　　　　　　　　　　　　 - 강명숙의 「꽃이여, 꽃잎이여」 전문

　강명숙은 시간성에서 '죽음과 삶 뒤엉킨 불안한 공존에'서 탐
색하는 생명성의 절대적인 여망을 희구(希求)하고 있다. 그는
'꽃'이라는 사물에서 재생하는 상상의 범주(範疇)는 우리 인간과
의 밀착(密着)된 '바람에 시들지 않는 환영(幻影)으로' 상관하고
있다. 이러한 시법은 우리들이 자주 활용하는 이미지와도 무관하
지 않겠지만 사물과 인간을 접맥(接脈)시키면서 주제를 흡인하는
시법의 정수(精髓)를 잘 응용하면서 삶과 생명의 체험을 계속하
고 있는 것이다. 일찍이 톨스토이가 그의 『참회록』에서 '삶의 의
문에 대한 나의 탐구는 마치 내가 깊은 숲속에서 길을 잃은 사
람이 경험하는 것과 똑같은 경험이다.'라는 명언을 빌릴 필요도
없이 강명숙은 '죽음과 삶'에 뒤엉킨 꽃과 꽃잎의 존재 방식을
우리 인간에게 원용(援用)하는 이미지의 창출은 그의 순수한 시

간성에서 창조하는 존재의 명멸(明滅)이 확인되는 작품이다.

강명숙은 함께 발표한 작품 「오월의 신부에게」 전문에서도 '억압된 땅에서 싹을 틔우고 / 생명 없는 곳에서 / 꽃 피워낸 것에 대한 축포는 이미 끝났다 / 세상은 온통 푸르르다 / 크고 작음과 각진 곳이 없다 / 울쑥불쑥 솟구치던 욕망은 / 스스로 쇠락하여 일체의 규율에 순응한다 / 닥쳐온 인내의 시간 / 전 구역을 달려야하기에 / 미리 땀을 빼서도 안 되고 / 물놀이에 너무 취해 있어도 안된다 / 멀고 지루하지만 / 이미 반 토막 난 세월, / 피할 수 없는 상벌 앞에 서게 될 것이다 / 상상도 할 수 없었던 황금빛 들판.'이라는 어조는 바로 그가 지향하려는 삶의 의식이 시간과 생명의 동행으로 발현하면서 순응과 경계를 내포하고 있다. 이러한 생명성 탐구는 '오월'의 미미지에 부합하는 푸르름에서 반응하지만 '인내의 시간'이나 '반 토막 난 세월'에서 인식할 수 있듯이 '상상도 할 수 없었던 황금빛 들판'에의 기대와 여망은 오월의 청순한 청청(靑靑)으로 넘치고 있다.

비스듬히 황량한 들판이 보인다 / 거진항 할복장에서 늙은 여인네의 칼 사위에 / 뱃속 강탈당하고 / 애(腸)를 태우는 그을음이 / 항구의 곳곳으로 검게 스며들 때 / 인제 용대리 덕장으로 끌려왔다, 마구 구겨진 채로 / 생은 내 의지대로 흘러가지 않는 것 / 수초사이를 헤엄치며 / 지느러미로 꼬리칠 때 진즉 알아야했다 / 삶의 형태는 내가 만들지 않는다는 것을 / 칼바람 견디며 온 날들이 얼마인가 / 통통하던 사지 팅팅 불어 얼어터지고 / 속속들이 황달 좀먹어 / 몸은 푸석해져만 간다 / 명태였을 때의 아름다웠던 꼬리, 눈빛에 / 저녁노을이 걷어 채간 어둠이 내리고 / 죽고 살기를 반복하던 나는 / 이미 어제의 내가 아니다.

— 강경애의 「황태덕장에서」 전문

여기 강경애도 '생'과 '삶의 형태' 등에서 '죽고 살기를 반복하던 나'라는 황태의 일생을 반추(反芻)하고 있다. 그는 '이미 어제의 내가 아니다.'라는 결론의 어조에서 한 사물의 생명이 마감되는 현상에서 감득(感得)할 수 있는 이미지는 생명성이 시간과 융합하는 시적 정황을 이해할 수 있다. 그는 '생은 내 의지대로 흘러가지 않는 것'이라거나 '삶의 형태는 내가 만들지 않는다는 것'이라는 부정적인 어조에서 짐작할 수 있듯이 생명에 대한 예감적인 형상화는 시법의 절대적인 수용을 인식하고 있다고 할 수 있다.

　강경애는 특히 시적 화자인 '나'와 '너' 등을 적절하게 투영하는 시법을 잘 활용하고 있는데 '내 의지대로' 혹은 '내가 만들지' 등에서 알 수 있듯이 '황태＝나'라는 의인화가 작품의 질적 향상과 그 이해를 상승하는 효과를 노리고 있다. 그리고 '그녀, 그날따라(「겹동백」 중에서)'와 '너의 아픔이 (「섬」 중에서)' 등으로 의인법으로 처리한 화자의 시적 효과는 상당한 공감의 영역을 확보하는 장점을 갖고 있음을 알 수 있다.

어두운 밤 / 세상을 밝혀주는 달같이 / 드러내지 않는 / 아름다움이 좋다 / 체면과 허울을 말끔히 / 벗어던져 / 진솔한 영혼의 눈으로 / 삶을 관조하고 / 머물고 간 자리가 / 풀꽃 위에 내려앉은 이슬같이 / 갓 피어난 난초같이 / 흔적 없이 그윽한 향기만 풍기는 / 있을 때는 모르지만 / 떠나고 나면 그리워지는 / 그림자가 멋진 사람이 좋다.

　　　　　　　　　－ 황성운의 「그림자가 멋진 사람」 전문

　이 작품에서 황성운의 삶은 현재와 미래가 상관하는 삶의 관조가 형상화하고 있다. 그가 '아름다움이 좋다'는 현재의 시제

(時制)에서는 현실적인 삶의 형태를 가감없이 노출하지만 '진솔한 영혼의 눈으로 / 삶을 관조하'는 지적인 혜안이 나타남으로써 삶 저너머의 보이지 않는 세계 즉 영혼의 세계까지도 조망하고 있는 것이다.

그러나 '머물고 간 자리'나 '있을 때는 모르지만 / 떠나고 나면 그리워지는'이라는 어조에서는 예감적인 미래의 예언이 승화하고 있다. 이러한 어조는 그가 '그림자'라는 가공의 시적 대상물을 설정하고 실재(實在)하는 우리 인간들의 형상을 현현하는 시법이 시선을 흡인하고 있다.

이밖에도 서정적인 작품들을 많이 대할 수가 있는데 최법매의 작품 「봄나들이」에서의 서정은 심오(深奧)한 불성(佛性)이 깃든 서정이다. '4월 영산홍 / 꽃숲에 드러누워 // 맑은 하늘을 / 바라보고 있노라니 // 여기가 화엄 만다라 / 풀피리 릴리―리리리 꺾어 불던 꽃자리.' 이렇게 '꽃숲'과 '맑은 하늘'에서 심취하는 그의 내면에는 바로 '화엄'을 느낄 수 있으며 '풀피리'의 은은한 선율로 다가오고 있는 것이다.

이창년의 「봄바다」 중에서도 '넘실넘실 / 너스레를 떠는 선머슴 / 사연이야 내 몰라도 / 갈매기는 끼륵끼륵 어쩌자고 보채는지 / 봄바다는 / 철썩거리며 마냥 철썩러리며 / 갯바위에 물보라 일으켜 / 무지개 꽃을 날리고 있구나'라는 봄의 서정이 바다에 넘실거리고 있다. 우리 문단 항간에서 이 시대에 마지막 남은 낭만주의 시인 이창년의 서정성은 이미 오래전에 채득한 삶과 생명 그리고 존재의 인식이 그의 가치관이나 인생관으로 정착한 것이 이제 서정의 향기로 정상 괘도에서 인생을 항해하고 있는 것이다. ✳

(『혼맥문학』 2015. 7.)

봄의 잔영과 서정적 향연

　'유월은 모든 가능성을 배태하는 계절'이라는 스타인벡이라는 사람의 말처럼 유월은 만화방창(萬化方暢)의 시절을 마감하고 그 결과가 나타나기 시작하는 청청(靑靑)의 계절이다. 일찍이 우리의 공중인 시인은 「낭만적인 6월의 장」에서 '청청(靑靑), 수련(睡蓮)은 모란을 더불어 비취빛을 감는다 고궁(古宮) / 유월은 천년 그 고요의 무늬를 우려 / 젖빛 구름 너의 수의(壽衣) 삼아 연연히 흐르는 밀어(密語)의 화하(花河)'라는 어조로 푸르름을 낭만으로 승화하고 있다.

　그러나 지난호 『흔맥문학』에서는 지나간 봄의 향연이 많은 작품으로 형상화하고 있다. 이는 아쉽게 떠나간 시간성의 그리움이라는 또 다른 명제를 투영하기 위한 시인들의 꾸준한 탐색이 아닌가 생각된다. 6월에 이처럼 봄의 체험을 새롭게 승화하고 있는 것이다.

　어디 동백 목련꽃들만 봄이련가 / 우리 님 풀어 내린 깜노란 머

리채처럼 / 휘어져 내려 한들한들 물 위에 닿을 듯 / 가녀린 그
가지 눈마다 / 어느새 노릇노릇 잎이 돋았다 / 수양버들 그대가
있었기에 / 꽃보다 먼저 잎들이 / 새봄 알림을 알았네

                              — 송재운의 「수양버들의 봄」 중에서

우선 송재운은 '수양버들'에서 봄의 동적인 형태를 시각적으
로 교감하고 있다. 그는 다양한 시각적 이미지를 동원해서 '새
봄 알림'을 생명의 탄생으로 적시하고 있는데 이는 그가 응시한
사물 '수양버들'에서 획득한 봄의 탐색은 아늑한 서정적인 향연
으로 다가오고 있다. 그는 다시 '경칩을 지나 / 땅속의 생명들 꿈
틀거리면 / 푸른 호수 남녘 물가에도 / 수양버들 늘어진 온 가지
마다 / 봄물 흐르듯 소리 들리는 듯 / 때따라 그를 찾아 호숫가
걸으면 / 쉼 없는 자연의 찬란한 변화 / 온몸에 스미는도다'라는
생명의 환희를 염원하고 있다.

이달에 발표된 황애덕의 수필 「봄의 향연」 중에서도 '능수버
들, 수양버들 들어진 가지마다 새순이 돋고 수백 년 자란 아름
드리 거목들이 온갖 풍상을 이겨낸 표피를 자랑하며 버들가지
가지마다 짙게 내뿜는 내음과 함께 푸른 생명력은 보기만 해도
장하다'라는 봄의 소식을 생명성의 향연으로 현현하고 있다.

늙은 나뭇가지에 물기가 오르더니 / 면사포 쓴 신부가 노란 꿈의
꽃술을 받쳐들고 / 하얀 드레스를 터뜨리네요 / 오 오 / 꽃샘추위
속 산야에 퍼뜨리는 / 매화의 향기여 / 하나님이 땅에 내리신 신
비로운 봄기운에 / 봄 쑥이 귀를 쫑긋 / 목련은 순결의 입술을 쫑
긋 / 조잘거리는 개울물과 지저귀는 산새의 찬양의 노래가 / 산야
에 여울지니 / 아지랑이 들길을 봄 신부가 춤추며 걸어오네

                              — 정순영의 「봄 新婦」 전문

270

초대시 정순영도 봄의 시간성에서 전개되는 동적인 이미지들이 시적인 정황으로 현현되면서 잔잔한 서정을 우리들에게 전달하고 있다. 이 '봄 新婦'는 봄 소식과 상관하는 사물들이 집대성 하고 있는데 '늙은 나뭇가지', '매화', '봄 쑥', '목련', '개울물', '산새', '아지랑이' 등이 함께 '봄 新婦'로 장식하는 시법은 자연 서정의 원류인 자연과 인간의 교감이 더욱 명징(明澄)하게 현현되고 있다. 이러한 교감은 결론적으로 인간의 생명성 창조의 이미지를 내포하고 있어서 계절적인 시간성이, 특히 봄이라는 시간성은 만물이 소생하고 꽃피우면서 열매를 맺게 하는 창조성이 '봄 新婦'의 형태로 발현되고 있다.

이달에 발표된 권순악의 평설 「한시 몇 수」 중에서 '봄이 오기가 얼마나 힘이 드는 일인가. 한겨울의 그 추운 눈보라를 이겨 내고 언 땅에서 뿌리는 죽지 않고 살아 있다가 봄이 오면 싹이 트는 생명의 힘은 참으로 놀라운 일이다. 자연의 경이로운 섭리에 감복할 따름이다. 잎이 피고 꽃이 피기까지 그 인고의 고통에도 신음이나 몸부림도 없다. 한 마디 말도 없으면서 어느 조용한 적막 속에서 피어나는 꽃은 위대하기만 하다.'라는 자연의 경이와 인간의 인고를 접맥하는 봄의 향연을 엿보게 한다.

그리워하는 것은 사람의 일이다 / 봄날 벚꽃 난분분히 날리는 오후 / 어느 겨울날 희끗희끗 진눈깨비처럼 / 더 이상 머뭇거리지 말고 / 이제는 지상에 포근히 안길 일이다 / 괜히 길 잃은 사슴처럼 서성이지 말고 / 이제는 가슴으로 뜨겁게 안을 일이다 / 사랑 찾아 그렇게 안길 일이다.

- 김학철의 「벚꽃 아래서」 전문

김학철의 봄은 그가 체험한 '벚꽃'은 '그리워하는 것은 사람

의 일이다'라고 단정하고 있다. 그는 이 짧은 작품에서도 사물
과 관념의 이미지를 잘 결합시킨 시법이 돋보인다. '봄날 벚꽃
난분분히 날리는 오후'와 '어느 겨울날 희끗희끗 진눈깨비처럼'
이라는 사물적인 시행(詩行) 외에는 모두 관념 이미지로 시를
구성한 점은 우리 시법에서 사물과 관념의 적절한 혼용이 좋은
작품임을 엿보게 한다. 그의 주제는 '사랑'이다. '지상에 포근히
안길 일'과 '가슴으로 뜨겁게 안을 일'들이 바로 '사랑 찾아 그
렇게 안길 일이'임을 적시함으로써 자연과 인간 모두의 사랑이
필요한 현실적인 감응(感應)을 발현하고 있다.

　또한 함께 발표한 이연숙의 수필 「꽃들의 반란」 중에서 '벌이
사라지는 날 4년 후에 지구도 멸망한다'는 아인슈타인의 명언이
나의 가슴을 서늘하게 한다. 아무튼 이 화사한 봄의 향연 속에
서 나의 일정도 뒤빠르게 대처해야겠다. 저 만큼 뒤늦게나마 겨
울 숲 나뭇가지에서도 지푸라기 속의 샛노란 잔디에서도 파르
라니 몰오른 그들의 봄소식이 곧 전해 올 것이다.'라는 자연과
인간의 심도(深度) 있는 위기의식이 사랑으로 변해야 하는 당위
를 말하고 있다.

　김학철은 작품 「초춘(初春)」에서도 '겨우내 움추렸던 내 마음
널어/ 말랑말랑 말리면/ 창문 너머/ 나풀나풀/ 아지랑이 피어오
르고/ 그리운 그대 품속에도/ 포근히 안기것다'라는 어조와 같이
사랑의 갈구(渴求)를 여망하고 있다. 특히 그는 시적 어휘에서
'보들보들', '말랑말랑', '나풀나풀' 등과 같은 첩어를 많이 구사
함으로써 시적인 효과를 더욱 증대시키고 있다.

　　산들바람이 목어의 귓불을 어루작거리고/ 녹슨 거울은 이별이
　　서러워서 웁니다/ 때 이른 풀벌레 소리/ 내 허파의 산소가 되어
　　옛 추억 바다를 건너갑니다/ 어느 시골마을 천하대장군, 지하여

장군 / 365일 외로운 돛대 되어 / 길손의 선각자先覺者 뭇 사람의
목련으로 피어나고 / 하이얀 꽃망울은 / 하늘을 우러르고 / 초부樵
夫에게 악수를 청합니다.

– 최법매의 「봄바람」 전문

최법매의 서정적 봄은 어떠한가. 그는 잔잔하게 속삭이듯이
일상적인 언어로 메시지를 들려주고 있다. 이처럼 특수하고 새
로운 창조적인 언어보다는 우리가 공감할 수 있는, 누구나 읽고
마음으로 깊이 새길 수 있을 때 서로의 작품적 신뢰는 형성되
는 것이다. 그는 '녹슨 거울은 이별이 서러워서' 운다는 어조에
서 감지할 수 있듯이 '산들바람'과 '풀벌레 소리', '시골마을',
'길손', '꽃망울', '초부' 등은 누구에게나 쉽게 접목할 수 있는
이미지들이지만 '옛 추억 바다'에서 용해하는 사랑의 의미가 포
괄하는 서정성이 엿보인다. 그가 함께 발표한 「그리움」도 시적
사유의 원천은 '봄비가 오는 날은 / 어머니의 화사한 둥근달이
높이 솟아오른다 // 봄비가 오는 날은 / 어머니의 살내음이 온몸을
휘감고'라는 등의 어조에서처럼 '봄비'와 '어머니'의 상관성에서
우리는 사랑이라는 근본적인 의미를 추적할 수 있게 한다.

김상회는 「봄」 전문에서 '여기저기 지각을 뚫고 나오는 / 새싹
들의 함성 // 이곳저곳에서 앞다퉈 꽃망울 터지는 / 소리 요란하다
// 짐 속에 박혀 있는 사람도 / 다 쏟아져 나와 // 두꺼운 옷 다 벗
어던지고 / 햇볕 받으며 / 상쾌하게 걸어간다 // 봄은 잠자는 대지
가 잠 깨는 날 / 모든 것이 약동하고 활기차다.'는 어조로 만물의
소생에서 창조되는 생명의 과정에서 그의 이미지는 차분한 봄
의 향연으로 흡인(吸引)하고 있다. 그는 '새싹들의 함성'을 통해
서 '상쾌'와 '약동'등의 언어로 봄의 화두를 풀어나가고 있다.

라일락 나무 아래 향기 고요하다 / 바람이 불면 떨어지는 향기 /
이 세상 모두가 향기로 고요하다 / 잠에서 깨어난 개미가 줄지어
거리를 건너고 / 바람 몇 점이 고요를 깨우며 걸어간다 / 창 앞의
라이락이 고요로 묻힐 시간 / 더 높은 곳으로 향기가 바쳐진다
　　　　　　　　 － 정원옥의 「라이락꽃이 피면」 전문

　정원옥 역시 '라이락꽃'에서 유추하는 이미지는 그 향기의 고
요로움에서 탐색하는 생명성의 이해가 '더 높은 곳으로' 비상하
는 적요(寂寥)에서 암묵적으로 분사(噴射)하고 있는 것이다. 이
러하듯이 봄의 향연은 이제 유월에 와서야 그 빛을 발하게 되
는 것이다. 시의 발상은 지나온 자신의 체험을 가장 중시하기
때문에 일시적인 추억이거나 깊이 간직해야 할 정감일지라도
우리 시인들에게는 소중한 모티프가 되고 주제로 형상화하는
것이다.
　영국의 시인 워즈워스는 '시는 힘찬 감정의 발로이며 고요로
움 속에서 회상되는 정서에 그 기원을 둔다'는 언지로써 우리의
시 창작을 위무(慰撫)하고 있지만 개인의 정서가 우리의 칠정
(七情) 중에서 차지하는 깊이와 무게는 각자의 사유와 관계가
지대할 것이다. 우리의 피천득 시인(수필가)도 일찍이 「오월」
중에서 '유월이 되면 원숙한 여인같이 녹음이 우거지리라 // 그리
고 태양은 정열을 퍼붓기 시작할 것이다 / 밝고 맑고 순결한 오
월은 지금 가고 있다.'라는 원숙한 오월과 순결한 유월 사이에
서 시간과 자연은 그 순리에 따라서 살아가고 있는 것이다. ✻
　　　　　　　　　　　　　　　　　　(『흔맥문학』 2015. 6.)

생명의 존귀함 혹은 '나'의 지향점

　5월이다. 녹음방초 호시절, 계절의 여왕이 찾아왔다. 5월의 이미지는 소설가 정비석이 그의 유명한 글 「청춘산맥」에서 말했듯이 '오월은 푸른 하늘만이 우러러보아도 가슴이 울렁거리는 희망의 계절이다. 오월은 피어나는 장미꽃만 바라보아도 이성이 왈칵 그리워지는 사랑의 계절이기도 하다. 바다같이 넓고 푸른 하늘을 가만히 바라보고 있으면 어디선가 구성진 흥어리타령이 들려올 것만 같고 신록으로 성장한 대지에도 귀기울이고 있으면 아득한 숲속에서 아름다운 희망의 노래가 들려올 듯도 싶다. 하늘에 환희가 넘치고 땅에는 푸른 정기가 새로운 오월! 오월에 부르는 노래는 그것이 아무리 슬픈 노래라도 사랑의 노래와 희망의 노래가 아니어서는 안 될 것이다. 오월에 꾸는 꿈은 그것이 아무리 고달픈 꿈이라도 사랑의 꿈이 아니어서는 안 될 것이다.'는 사랑의 메시지가 가득하다.

　김영랑도 시 「5월 아침」에서 '비 개인 오월 아침 / 혼란스런 꾀꼬리 소리 / 찬엄(燦嚴)한 햇살 퍼져 오릅네다 // 이슬비 새벽을 적시울 지음 / 두견의 가슴 찢는 소리 피어린 흐느낌 / ..... // 이 아침 새 빛에 하늘대는 어린 속잎들 / 저리 부드러웁고 / 그 보금 자리에 찌찌찌 소리내는 잘새의 발목은 포실거리어'라는 어조와 같이 사랑이거나 새 생명의 향훈이 지천으로 요동치는 계절의 절정이다.

지난 4월호 『흔맥문학』에 수록된 시편들을 일별하면서 공감으로 유로한 화자들의 언술과 주제들은 5월의 이미지와 같이 생명성 탐구에 많은 관점을 집중시키고 있다.

> 안방 / 깊숙이 들어와 / 정갈하게 빗질하고 나간 / 햇살 / 정수리에 쏟아지면 / 그림자 / 가랑이 속으로 파고든다
>
> — 벌거숭이 된다.

> 숨었던 그림자 / 사타구니 사이로 나와 / 또다시 / 발목 잡아 / 새벽 안개 피워도 / 해는 가슴속에 뜬다
>
> — 나를 잊는다.

오희창의 위의 「해탈·Ⅱ」에서 시적 어조는 명쾌한 서정성을 잃지 않는다. 간명하면서도 시적 전개는 우리들에게 전달되는 시적 주제가 명징(明澄)해지는 특성을 이해할 수 있게 한다. 그는 '해탈'이라는 관념적인 소재에서 그가 불교적으로 체득한 속세의 속박과 번뇌를 벗어나서 걱정과 근심이 없는 안온한 심경의 경지에 이르는 심적인 진실을 탐색하는 시법을 이해하게 한다. 이 작품에서 주목하게 되는 것은 '나를 잊는다'라는 어조의 핵심이 '나'를 통한 시적 진실의 지향점인데 이는 그가 보편적인 심경에서 창출하는 일상적 사유보다는 더욱 성찰되고 자애롭게 삶을 영위하는 생명성의 원류에 시적 발상의 기저를 둔것

이라고 할 수 있을 것이다.

발길을 옮긴다 / 생각으로 가득찬 머릿속 / 미래는 확신 없는 일들로 빨간불 / 욕심으로부터 내려놓는 연습 중이지만 / 말처럼 쉽지 않다 // 매사 / 말 따로 몸 따로 / 엇박자 장단에 주름진 미소 / 여전히, 비우고 버리는 것에 / 쥐똥만큼의 진척을 보이지 않는다 // 나는 알고 있다 / 인생은 / 처음부터 작심삼일로 시작한 / 불확실성의 활화산 // 고체덩어리였다는 것을.
— 박경자의 「無題」 전문

그렇다. 박경자 역시 '미래는 확신 없는 일들로 빨간불 / 욕심으로부터 내려놓는 연습 중이지만 / 말처럼 쉽지 않다'는 인식이 그가 살아오면서 체득한 인생적인 사유나 정서가 '욕심'이라는 집착에서 벗어나지 못하는 고뇌가 시적 인식으로 그 원류를 이루고 있다. 그의 이러한 고뇌는 '여전히, 비우고 버리는 것에 / 쥐똥만큼의 진척을 보이지 않는다'는 어조에서 이해할 수 있듯이 그가 '인생'에 대해서 확신할 수 있는 것을 스스로 인지하고 있다. '나는 알고 있다'는 어조가 바로 인생과 삶이 조화를 이루려는 화해가 바로 그의 생명성의 근본임을 잘 알고 있는 것이다.
또한 그는 함께 발표한 작품 「소래포구」에서도 '지금 여기에 / 내가 숨쉬고 있음에 / 인생은 길이가 아니라 / 의미로 재는 것이라고 / 누군가 속삭이는데.'라는 결론을 적시하고 있어서 인생문제를 심도(深度) 있게 탐구하고 있다.

아! 너무 춥다 / 이대로 선 채 조금만 지나면 바위가 되겠구나 / 낡은 초가에 문도 없고 한쪽 벽은 또 어디로 / 그때는 못 보았는데 지금 보이는 건 왜일까 / 내가 감내해야 할 인고의 시간이라며 / 백년토록 검은 연기에 그을린 천장이 조롱한다 / 나도 따라 그저 헛웃음 울 수밖에 / 김이 모락모락 피어오르는 / 새벽 여물죽 먹던 소와 함께 / 촌부의 시간도 사라졌으니 / 나 또한 곧 시간 여행을 마칠 순간이 오리라 / 물을 뿌려 정갈하게 비질한 부엌이니 / 무너진 벽 사이로 밤이면 / 찬바람과 달빛이 들어와 쉬어 가리 / 군불도 때고 예불도 마치고 공양도 했으니 / 휘영청 마실이나 가볼거나.

- 禪門의「산중세담 ─ 백일기도의 백야성」중에서

이 작품에서도 '나 또한 곧 시간 여행을 마칠 순간이 오리라'라는 예감의 어조가 흡인되고 있어서 '나'의 지향점은 바로 인생이나 생명과의 상관성이 시적 주제로 투여되고 있다. '내가 감내해야 할 인고의 시간'이나 '나도 따라 그저 헛웃음 울 수밖에' 없는 삶의 현장과 그 여건은 그가 지향하는 진실의 향방이 모두 생명과 연관하는 시법에서 공감의 영역이 확보되고 있다.

하늘도 울었고 / 땅도 울었습니다 / 행복을 전해주던 풀벌레도 / 고이 잠들었습니다 // 생명의 존귀함은 / 멀리멀리 맹풍(猛風)으로 사라지고 / 검텡이 버섯구름이 / 온 누리를 잿빛으로 물들이고 / 새벽을 알려주던 닭들이 쓰러지고 / 주인 잃은 개는 다리를 절뚝거리며 걸어갑니다 / 어미 잃은 송아지는 음메 소리 한번 못하고 / 피를 토하고 쓰러집니다.

- 최법매의「후쿠시마 변주곡·2」중에서

이 작품은 일본 후쿠시마 원전사고에서 '생명의 존귀함'을 주제로 작품을 전개하고 있다. 이 작품에 대해서는 작년에 서울

조계사 대웅전에서 사고 3주기 추모 시낭송과 법회에서 발표했다. 필자가 이 추모시에 대해서 감상평을 다음과 같이한 바가 있었다.

'오늘 일본 후쿠시마 원전 사고 3주기를 맞이하여 사상자법회 및 추모시낭송회가 성스러운 조계사 대웅전 큰 법당에서 열림에 따라서 김천 직지사 명적암 주지이시며 시인이신 법매 스님이 낭송한 「후쿠시마 변주곡」 3편과 다른 스님들의 작품을 잘 감상하였습니다. 우리들이 잘 아시는 바와 같이 지난 2011년 3월 11일 일본 동북부 지역을 강타한 규모 9.0의 대지진과 쓰나미로 인해서 후쿠시마현에 위치해 있던 원자력발전소가 붕괴되면서 방사능이 누출된 사고, 우리 인류의 대재앙을 당한지가 벌써 3주기를 맞게 되었습니다. 어떤 보도에 따르면 발전소 작업원이 4,300명이나 사망하고 지금도 그 악몽에서 시달리는 사람이 얼마인지조차도 확실하게 발표를 하지 않고 있어서 도쿄전력이 이를 은폐하고 있다는 파문이 확산되고 있다고 합니다.
법매 스님께서는 「후쿠시마 변주곡」을 통해서 그날의 비극을 재조명하면서 '인류의 암덩어리 / 생명'성에 대한 존엄을 다시 강조하였으며 유명을 달리하신 '어머니의 가슴'으로 울려퍼지는 울음의 메아리가 지금도 진동하고 있음을 전해주었습니다. 그리고 법매스님은 '생명이 또 다른 생명을 뜯어먹는 / 후쿠시마 그래도 원전이더냐 / 알량한 문화문명 미명 아래 / 지구는 병들고 / 우리의 생명은 피를 토하고 쓰러진다'는 담담한 어조로 현대문명과 함께 우리 인간들의 생명성을 주제로 강렬하게 토로하고 있습니다.'

이렇게 최법매 스님의 작품을 언급하였다. 원로 스님 시인인 진관스님과 청화 스님 등이 동참해서 낭독했고 신도와 시애호가들이 자리를 함께 했다. 그는 다시 '구부리면 코 닿을 곳 / 도호쿠(東北) 후쿠시마 원전 / 인류의 암 덩어리 / 생명을 좀먹는 벌레들이 / 무시무시하게 다가옵니다(「후쿠시마 변주곡·1」 중에서)'라거나 '희망의 농부가를 부르는 / 생명이 흐느적거리며 / 길 위에 맥없이 쓰러집니다 (「후쿠시마 변주곡·3」 중에서)'라는 애절한 어조와 같이 그는 존귀한 생명에 대한 경악과 동시에 경외(敬畏)를 분사하고 있다.

이밖에도 삶과 생명이 상관하면서 '나'를 지향하는 작품들이 많이 발표되었으나 이영성의 '숲속의 아늑한 속에 산새들 / 하이든의 <놀람 교향곡>이 / 삶의 변주곡으로 / 울려 퍼진다(「봄 숲길」 중에서)'거나 '생(生)의 끈기 질긴 / 생명력을 말하려면 어찌 / 여기서 너를 제(除)하랴(「잡초 - 그 묘한 지혜봄」 중에서)' 등과 같이 생명 지향의 시적 진실을 사물과 관념의 복합적인 이미지로 형상화하는 작품들을 감상할 수 있었다. ✳

(『흔맥문학』 2015. 5.)

시 월평 읽기 작품 찾아보기

(가나다 순)

김송배의 '시 월평' 현황

이 월평집 『시의 구도, 시인의 기상도』 발간 이전에 '김송배 시론집' 6권에 수록된 시 월평임.

● 『순수문학』

성숙과 체념의 변주 (1994. 6.)

그리움, 그 순수한 절규 (1994. 7.)

흔들림과 그 무엇의 표정 (1994. 8.)

미래의 간구 또는 환희 (1994. 9.)

욕망 또는 체념 위에서 좌초되는 허무 (1994. 10.)

기행시편들의 주제 성숙 (1994. 11.)

꿈과 자기 존재의 복원 (1994. 12.)

필연적 존재로의 사랑 (1995. 1.)

책임질 수 있는 자기의 세계 (1995. 2.)

서정성 지향과 '비움'의 미학 (2006. 8.)

생활 서정과 시적 호소력 (2006. 9.)

시적화자의 어조와 메시지 (2006. 10.)

현대시의 비유와 형상화의 동질성 (2006. 11.)

사물 이미지와 시간의 상보성 (2006. 12.)

시로 쓰는 속세의 허망 (2007. 1.)

현대시와 스토리 텔링 (2007. 2.)

'세월'과 여과된 성찰로서의 기원 (2007. 3.)

시적 사유의 다양성과 시인의 진실 (2007. 4.)

영혼의 공간에서 '의미 만들기 (2007. 5.)

● 『한맥문학』

삶의 궤적에 대한 화해 (1995. 5.)

현실적 고뇌의 해법 찾기 (1995. 6.)

공간적 구성과 그 균형 (1995. 7.)

존재 인식에 대한 다단계 표징 (1995. 8.)

설득력 있는 정서의 표현 (1995. 9.)

창조적 체험과 시의 진실 (1995. 10.)

시의 사회성과 휴머니즘 (1995. 11.)

'그리움'에 대한 사고의 전이 (1995. 12.)

삶의 실체 해부와 진실 (1996. 1.)

화자의 공허와 시적 진실 (1996. 2.)

겨울, 하얀 언어의 방황 (1996. 3.)

투명한 서정적 발원 (1996. 4.)

고향, 그 내면공간에 승화된 향수 (1996. 5.)

세기말적 자아 확인과 언로의 투명성 (1999. 12.)

영혼의 시적인 교감과 시인의 영성 (2000. 1.)

존재의 경외 또는 성찰의 외경 (2000. 2.)

존재 확인을 위한 '사랑' 꿈꾸기 (2000. 3.)

시의 향기 혹은 시인의 그리움 (2000. 4.)

시의 위의, 시인의 진실 (2000. 5.)

외연과 내포의 자화상 (2000. 6.)

고독은 상상력의 미학이 될 수 있는가 (2000. 7.)

역사의 시간성과 정서의 가역반응 (2000. 8.)

이미지의 복합성 혹은 인식의 전환 (2000. 9.)

'해외문인 시'-그들의 특징과 새로운 지평 (2000. 10.)

자연 친화와 동양적 전통의 복원 (2000. 11.)

외형적인 시, 내면적인 영혼 (2000. 12.)

고향, 그 영원한 교향곡 (2005. 4.)
공감각적 이미지의 조화 (2005. 5.)
시인의 기원 연약한 기도 (2005. 6.)
가을 산사에서 들리는 중생의 언어 (2007. 11.)
겨울의 그리움 그 안온한 풍정 (2007. 12.)
'여인'들의 시간성에 대한 표정 (2008. 1.)
현대문학 100년과 그 담론 (2008. 2.)
시적 상상력과 온고이지신 (2008. 3.)
'무심한 말들이 바람에 흩어져' (2008. 4.)
봄의 소리, 꽃의 언어 (2008. 5.)
'삶과 언어'의 상호 조화 (2008. 6.)
생명성 형상화와 직유법의 한계 (2008. 7.)
시적 공간과 실재의 의미 (2008. 8.)

● 『월간문학』
상선약수, 그 심오한 해법 찾기 (1999. 5.)
낯선 시간과 존재확인의 상보성 (1999. 6.)
회의, 그리고 조화를 위한 성찰 (1999. 7.)
울음의 순수함 또는 눈물의 미학 (1999. 8.)
꽃들의 언어, 그리움의 잔영 (2007. 6.)
시간성과 소멸의 대위적 행간 (2007. 7.)
향수 또는 친자연적 생명력의 교감 (2007. 8.)
생명력 탐색과 시적 진실 (2008. 9.)
실재와 낯선 의미의 전달 (2008. 10.)
자성의 언어 혹은 인식의 미학 (2008. 11.)
독백 언어의 한계를 넘어 (2008. 12.)

- 『문학세계』
시인의 체험 현장 혹은 시의 사회성 (2007. 8.)
보편적 사물에 투영하는 이미지 (2007. 9.)
자성의 기도와 생명성의 조감 (2007. 10.)
물에 관한 다양한 시적 사유 (2007. 11.)
사물의 표정과 낯설게 하기 (2007. 12.)
문학의 세계화, 세계문인협회 (2008. 1.)
신춘문예 당선작과 신춘 화두 (2008. 2.)
색채 언어의 시적 상관성 (2008. 3.)
'낡은 시어'와 '사랑의 언어' (2008. 4.)
사랑의 계절과 공허의식 (2008. 5.)
성찰의 언어로 관조하는 삶의 진실 (2008. 6.)
생명성, 인간과 자연의 조화 (2008. 7.)
자연 친화와 시적 형상화 (2008. 8.)
인연의 길, 영혼의 길 (2008. 9.)
의문형 어조에 대한 선택적 진실 (2008. 10.)
시적이냐, 산문적이냐 (2008. 11.)
실험정신의 새로운 도전인가 (2008. 12.)

- 『문학저널』
인식과 기원의 순정적 언어들 (2008. 11.)
소멸의식과 '낭만적' 환상 (2008. 12.)

- 『지구문학』
'빈 항아리' 혹은 채움의 순환 (2008. 봄.)
꽃에 관한 독시법 (2008. 여름.)
언어의 절제 혹은 함축성 (2008. 가을.)

'나 속의 나'를 아는 일과 시의 이유 (2008. 겨울.)

● 『문학미디어』
비움과 채움의 행간 또는 공허 (2007. 겨울.)
다양한 개성과 시적화자의 상관성 (2008. 봄.)
낙화의 계절에 음미하는 존재 인식 (2008. 여름.)
시적화자의 어조, 그 진실 (2008. 가을.)
시간성에 관한 시적 의미 (2008. 겨울.)

김 송 배 시인 연보

- 경남 합천 출생(1943)
- 중앙대 예술대학원 예술지도자과정 수료
- 조계사불교대학 수료

  *   *   *   *   *

- 『심상』 신인상 당선 등단(1983)
- 한국예술문화단체총연합회(예총) 『예술세계』 주간, 이사(역임)
- 한국문인협회 사무처장, 시분과회장, 부이사장, 평생교육원 교수(역임)
- 2003년도 한국문화예술진흥원 문예진흥기금 심사위원(역임)
- 한국통일문인협회 문학교육관장 및 시창작지도 교수(역임)
- KSB방송문화센터 시창장반 지도교수(역임)
- 청송시창작아카데미 교수(역임)
- 성남문예대학, 문협문예대학, 그레이스백화점 문화센터, 삼성반도체연수원 주부문예대학, 한국여성문예원, 새문학신문, 경기도 광주문학아카데미, 동두천문인협회, 안산제일교회, 서울원불교문인협회 시창작 강사(역임)
- 신라문학대상, 경찰문학상, 보훈문학상, 한국해양문학상, 근로자예술제 문학상, 병영문학상, 소월문학상, 지훈문학상, 조명희문학상 등 심사위원(역임)

❖ 현 재
- 한국문인협회 자문위원
- 국제펜한국본부 자문위원

- 서대문문인협회 고문
- 『시와수상문학』 고문
- 『문예사조』 편집고문
- 목월문학포럼 중앙위원
- 한국시인협회 심의위원
- 심상시인회 회원(회장 역임)
- 한국수필가협회 회원(이사 역임)
- 청송시인회 상임고문
- 한국문예학술저작권협회 회원
- 문학의 집. 서울 회원
- 『한국시원』 편집인(발행인 역임)
- 한국시원시창작연수원 회장 및 지도교수
- 한국현대시론연구회 회장

❖ **시집**

『서울허수아비의 수화』(1986 - 모모. 재판 1987 - 미래문화사)

『안개여, 안개꽃이여』(1988 - 거목)

『백지였으면 좋겠다』(1990 - 혜화당)

『黃 江』(1992 - 한강)

『혼자 춤추는 이방인』(1994 - 문단)

『시인의 사랑법』(1996 - 모아드림)

『시간의 빛깔, 시간의 향기』(1998 - 삶과꿈)

『꿈, 그 행간에서』(2000 - 청송시원)

『여백시편』(2006 - 시원)

『물의 언어학』(2013 - 시원)

『나와 너의 장법』(2017 - 책만드는집)

❖ 시선집
『허물벗기 연습』(1994 – 경원)
『김송배시전집』(2003 – 청송시원)

❖ 시론집
『화해의 시학』(1996 – 국학자료원)
『성찰의 언어』(2004 – 청송시원)
『여백의 시학』(2008 – 한강)
『상상과 진실』(2008 – 시원)
『존재의 원형』(2008 – 천우)
『감응과 반응』(2013 – 시원)
『시의 구도, 시인의 기상도』 시 월평집 (1)(2019 – 시원)
『나는 누구인가에 대한 시적 성찰』 시 월평집 (2)(2019 – 시원)

❖ 시창작법
『시가 보인다, 시인이 보인다』(1997 – 모아드림)
『김송배 시창작교실』(2011 – 엠아이지)
『김송배 시감상교실』(2012 – 청어)

❖ 산문집
『시인, 대학로에 가다(1992 – 문단)』
『그대 빈 가슴으로 대학로에 오라』(1994 – 한미디어)
『시보다 어눌한 영혼은 없다』(1995 – 씨앗)
『지성이냐 감천이냐』(1998 – 모아드림)

❖ 수상
• 제6회 윤동주문학상 우수상 수상(1990)

- 문화부 장관 표창(1990 – 이어령 장관)
- 제1회 탐미문학상 수상(1995)
- 제23회 평화문학상 수상(2003)
- 제11회 영랑문학대상 수상(2006)
- 제27회 조연현문학상 수상(2008)
- 제16회 한민족문학대상 수상(2010)
- 제14회 한국글사랑문학대상 수상(2014)
- 제10회 한국시학상 대상 수상(2017)

　　　※　　※　　※　　※　　※

- '시와 맥' 감사패(1984 – 시와맥 동인)
- 합천교육장 감사패(1991 – 전상주)
- 합천군수 감사패(2001 – 강석정)
- 한국시인협회 회장 감사장(2002 – 허영자)
- 육군103보병여단장 감사패(2007 – 준장 강완구)
- 청송시인회장 감사패(2012 – 김수산나)
- 청송시인회장 감사패(2017 – 조경화)
- 『시와수상문학』 발행인 감사패(2016 – 정병국)
- 시가흐르는서울 회장 감사장(2018 – 김기진)

김송배 시인의 시월평 공유 (1)
시의 구도, 시인의 기상도

1판 1쇄 인쇄 / 2019년 3월 26일
1판 1쇄 발행 / 2019년 4월 5일

지은이 / 김송배
펴낸곳 / 도서출판 시원
등 록 / 2000.10.20. 제312-2000-000047호
03701. 서울시 서대문구 연희로 11사길 16-4
전 화 : 010-3797-8188
Printed in Korea ⓒ 2006. 시원
찍은곳 / 신광종합출판인쇄
배부처 / 책만드는집 (Tel 02-3142-1585)
04022. 서울시 마포구 양화로3길 99. (지하)

ISBN 978-89-93830-36-1   03810

값 18,000원

❖ 잘못된 책은 바꿔 드립니다.
❖ 저자와 협의하여 인지는 생략합니다.

이 도서의 국립중앙도서관 출판예정도서목록(CIP)은 서지정보유통지원시스
템 홈페이지(http://seoji.nl.go.kr)와 국가자료공동목록시스템(http://www.nl.go.kr/kolisnet)
에서 이용하실 수 있습니다. (CIP제어번호: CIP2019011573)